Christine Sylvester Ganoven-Blues

Christine Sylvester, geboren 1969 in Bielefeld, ist Journalistin und lebt als Autorin, Lehrerin, freie Mediendozentin und Mutter zweier Kinder bei Dresden. Neben einer mehrbändigen Buchreihe um die Dresdner Kommissarin Lale Petersen hat sie sich mit verschiedenen überregionalen Kriminalromanen sowie Kurzkrimis einen Namen gemacht. Zuletzt erschienen im Verlag Bild und Heimat: *Adel verzichtet* (2016) und *Neue Meister, alte Sünden* (2015).
Weitere Buchveröffentlichungen und Informationen unter *www.sylvester-artikel.de*

Christine Sylvester

Ganoven-Blues

Ein Dresden-Krimi

Kökkenmöddingers dritter Fall

Bild und Heimat

Von Christine Sylvester liegen bei Bild und Heimat außerdem vor:

Neue Meister, alte Sünden. *Ein Dresden-Krimi* (2015)
Adel verzichtet. *Ein Dresden-Krimi* (2016)

ISBN 978-3-95958-148-6

1. Auflage

Umschlaggestaltung: fuxbux, Berlin
Umschlagabbildung: © iStockphoto LP / benkrut
Druck und Bindung: GGP Media GmbH, Pößneck

Ein Verlagsverzeichnis schicken wir Ihnen gern:
BEBUG mbH / Verlag Bild und Heimat
Alexanderstr. 1
10178 Berlin
Tel. 030 / 206 109 – 0

www.bild-und-heimat.de

Man kann alles bezweifeln, nur nicht den Zweifel selbst.

René Descartes

Die Sache mit der Seele

»So ein Mist, *pokkers!*«, murmelte Kökkenmöddinger, als er mit dem Taxi vom Hof fuhr. Er drehte die Musik auf: Eric Clapton, »Still Got the Blues«, das traf genau seine Stimmung.

›Nimm dir ein paar Tage frei‹, hatte die Chefin gesagt, ›wir können keine Sonderschichten finanzieren. Wir können genau genommen nicht einmal die normalen Schichten finanzieren. Lass den Wagen auf dem Hof stehen.‹

Das klang nach Kurzarbeit. Und das schmeckte ihm nicht. Und keinesfalls würde er den Wagen stehen lassen. Gut, wenn er keine offizielle Schicht fuhr, dann eben nicht. Dann würde er auf eigene Rechnung arbeiten. Er durfte natürlich den Kollegen nicht die Kunden wegnehmen. Seine üblichen Standorte waren tabu.

Kökkenmöddinger lenkte sein Taxi in Richtung Innenstadt, während Clapton »So long ago, but I still got the blues …« hauchte. Es war immer noch besser, neben dem Wagen in der spätsommerlichen Sonne zu sitzen als zu Hause allein in der Küche. Ja, wenn er die ungewohnte Freizeit mit Jelena verbringen könnte. Das wäre ein Gewinn. Aber seine entzückende Mitbewohnerin und heimliche Herzdame war auf einer Fortbildung in der Lausitz. Vor dem nächsten Wochenende war mit einem gemeinsamen Abend nicht zu rechnen.

Rechnen … Das würde er in Zukunft wohl öfter tun müssen, denn die Geschäfte liefen in der Tat nicht gut. Dresden hatte nicht nur zu viele Taxis, sondern seit ein paar Jahren auch immer weniger Touristen. Und wenn, dann fuhren diese kurze Strecken, und das Trinkgeld saß auch nicht mehr so locker.

Er steuerte den Wagen durch den sonntäglich gemäßigten Verkehr. Alle Taxistände, die er passierte, waren mit wartenden Wagen bestückt. Er parkte in einer Seitenstraße und zog eines seiner Philosophiebücher aus dem Handschuhfach. *Die Seele als Lebenshauch.* Kökkenmöddinger seufzte. Ihm gefiel die Vorstellung von der Einheit von Körper und Seele, wie sie die alten Griechen beschrieben. Die untrennbare Einheit von Verstand, Wille und Lust in der Seele als Wesen des Menschlichen. Das konnte er empfinden. Nicht diese aufgeklärte Trennung von Körper und Seele. Jeder denkende Mensch spürte es schließlich, dass der Alltag nicht nur unvernünftig war, sondern einem immer wieder mitten durchs Gemüt latschte. Bei aller Erkenntnis und freiem Willen war der Mensch doch seinem Gemüt immer wieder ausgeliefert. Er konnte nicht glauben, dass sich die Seele immer noch in vermeintlich wissenschaftlichen Betrachtungen verhedderte.

Während Clapton wiederholt seinen Blues besang, warf Kökkenmöddinger das Buch auf den Beifahrersitz, drehte den Ton ab und stieg aus. Da vorn war ein Zeitschriftenladen, der sonntags geöffnet war. Dort bekam er auch einen anständigen Kaffee.

Als Kökkenmöddinger den Laden betrat, nahm er tatsächlich nicht nur den Duft von frischem Kaffee wahr, sondern auch das scharfe Zischen einer Espressomaschine. Er wandte sich einer langen Reihe von Zeitschriften zu. Mit irgendwelchen Adelsgazetten und Klatschblättern wollte er sich ebenso wenig aufhalten wie mit den vermeintlich investigativen Politmagazinen, deren Schlagzeilen ihm schon im Internet zu viel wurden. Er fokussierte den Blick auf wissenschaftliche Blätter aus Philosophie, Physik und Psychologie. Da, *Denken & Verstehen* war ein recht umfangreiches kleinformatiges Heft, das als Schwerpunkt »Seele« im Titel führte: »Von der Wahrheit der Seele zur Freiheit der

Seele«. Er griff nach dem Heft und ging zum Verkaufstresen. »Einen Espresso, bitte, klein und stark.« Zügig zählte er ein paar Euro auf den Tresen.

»In Eile, wie immer.« Die Verkäuferin lächelte.

»Nein, eigentlich nicht.« Kökkenmöddinger rieb sich die Stirn. Er hatte es nicht eilig, aber das Gefühl, keine Zeit zu haben, saß tief in ihm drin. »Sie haben mich ertappt. Es fühlt sich nur immerzu so an, als sei man in Eile.«

Erst jetzt bemerkte Kökkenmöddinger einen weiteren Kunden, der hinzutrat. Offenbar war er mit der Auswahl von Zigarren beschäftigt gewesen und nun zu einem Ergebnis gekommen.

»Hiervon nehme ich eine Kiste«, sagte er mit dröhnendem Bass. »Die größte, die Sie haben.«

Kökkenmöddinger wunderte sich sogleich, wie er diesen Mann hatte übersehen können. Er war mindestens so groß wie er selbst und von ebenso kräftiger Statur. Sein weiter Mantel und der breitkrempige Hut ließen ihn sogar noch etwas stattlicher wirken.

Der Mann nickte ihm zu. »Sie haben da gerade etwas sehr Weises gesagt. ›Es fühlt sich nur immerzu so an, als sei man in Eile.‹ Das muss ich mir merken.«

Kökkenmöddinger grinste schief. »Ja, eigentlich sind wir alle ganz anders. Wir kommen nur so selten dazu, wir selbst zu sein.« Er nahm den kleinen Espressobecher und wandte sich zum Gehen.

Kaum hatte er sich vor dem Geschäft auf einer Bank niedergelassen und einen heißen Schluck genommen, verstellte ihm jemand die Sonnenstrahlen.

»Sie sind ja ein wahrer Philosoph.« Der Typ aus dem Laden nahm neben ihm auf der Bank Platz. »Ich darf mich doch zu Ihnen gesellen?«

»Sicherlich.« Kökkenmöddinger blinzelte in die Sonne.

»Aber erwarten Sie nicht zu viel. Philosophie ist nur mein Medikament gegen schlechte Stimmungen.«

Der Mann lachte dröhnend. »Wenn das mal kein Placebo-Präparat ist.« Er zückte eine Zigarre und schnitt das Mundstück mit einer Taschenguillotine an. »Da habe ich etwas Besseres.« Er riss ein Streichholz an und streichelte gekonnt mit der Flamme die Zigarre. Dann steckte er sie in den Mund und brannte sie paffend und dampfend an.

Amüsiert beobachtete Kökkenmöddinger dieses Schauspiel. Der mächtige Schnurrbart des Mannes gab ihm die Aura eines dampfenden Walrosses. Kökkenmöddinger schielte auf seine Zeitschrift. Der Titel machte ihn neugierig. Das hatte schon lange kein Druckerzeugnis dieser Art mehr geschafft. Er leerte den Espressobecher und erhob sich. »So, ich muss weiter.« Mit einem Nicken deutete er hinüber zu seinem Wagen.

»Ist das Ihr Taxi?« Der Mann stieß Rauch aus.

»Ja.« Kökkenmöddinger drückte den Türöffner.

Der andere stand ebenfalls auf. »Sind Sie frei?«

Kökkenmöddinger schmunzelte. »Ja, ich bin frei. Da geht es mir nicht anders als der menschlichen Seele im Allgemeinen. Ich bin frei, weil mir gar nichts anderes übrigbleibt.«

»Sie sind nicht nur ein Philosoph«, stellte der Zigarren-Mann fest. »Sie kommen auch wie gerufen. Ich brauche Sie.«

Kökkenmöddingers Schmunzeln wurde breiter. Na also, da war doch sein erster Fahrgast. Er hielt ihm die hintere Tür auf. »Bitte sehr.«

Der Mann nahm samt dampfender Zigarre und Vorratskiste auf dem Rücksitz Platz. »Hervorragend. Bringen Sie mich zu meinem Auto.«

Kökkenmöddinger klemmte sich hinters Steuer und betrachtete den Mann im Rückspiegel. Er sah aus wie ein Al-Capone-Double. »Und wo steht Ihr Auto?«

»Keine Ahnung.« Der Mann zuckte die mächtigen Schultern. »Wir müssen es gemeinsam suchen.«

Kökkenmöddinger lachte. Das wurde ja immer besser. Mit ein bisschen Glück wurde es eine halbe Tagestour, bis dieser Mann sein Auto fand. »Wo haben Sie es denn zuletzt gesehen?«

»Es muss vor einem Jazzlokal stehen. Vor irgendeinem dieser Clubs, durch die wir letzte Nacht gezogen sind.« Er paffte. »Ich habe nicht mitgezählt. Blueskonzerte, Sie verstehen? Irgendwann musste ich den Wagen stehen lassen.«

»Oh, da gibt es aber eine Menge Lokale, die in Frage kommen.« Kökkenmöddinger ließ den Wagen an und schaltete die Musik ein.

»Clapton«, stellte der Fahrgast fest und ließ sich im Sitz zurücksinken. »Haben Sie die Bluesversion von ›After Midnight‹ von Clapton und J. J. Cale?«

»Aber sicher.« Kökkenmöddinger nickte und wählte das verlangte Musikstück. »Die beiden habe ich mal live erlebt.«

»Hier in Dresden?« Der Blues-Fan beugte sich vor und blies ihm den Qualm in den Nacken.

»Nicht direkt.« Kökkenmöddinger ließ das Fenster herunter. »Das war in San Diego.«

Bier, Beefsteak und Blues

»Hier ist weit und breit keine dunkle Limousine«, stellte Kökkenmöddinger fest, als er den Wagen zwischen der Synagoge und dem östlichen Aufgang zur Brühlschen Terrasse stoppte. »Sind Sie sicher, dass Sie im *Bärenzwinger* waren? Hier sind nicht immer Veranstaltungen.«

Sein Fahrgast verließ den Rücksitz und zückte eine weitere Zigarre. Es musste die vierte sein, seit er das Taxi vor dem Zeitschriftenladen bestiegen hatte. »Doch, doch, das kommt mir sehr bekannt vor.«

Das hatte er bereits gesagt, als sie vor dem ersten Jazzclub gehalten hatten, bei den diversen anderen Lokalen und zuletzt in der Lingnerstadt, die sie minutiös rund um den *Motown Club* nach geparkten Limousinen abgesucht hatten. Kökkenmöddinger beschlich der Verdacht, dass der Mann mehr als nur einen vorübergehenden Filmriss sein Problem nannte.

»Haben Sie schon in Erwägung gezogen, dass man Ihr Auto vielleicht abgeschleppt hat?« Kökkenmöddinger war ausgestiegen und reckte und streckte sich.

Der Mann zeigte keinerlei Reaktion. Also wiederholte Kökkenmöddinger seine Frage.

»Nein.« Er blies Rauch in die Luft. »Ich kann Ihnen versichern, dass dem nicht so ist.«

»Ach, und wie können Sie da so sicher sein?« Kökkenmöddinger folgte dem Mann, der nun zum Eingang des *Bärenzwingers* hinunterschlenderte.

»Es ist so«, erklärte er knapp. »Glauben Sie mir.«

Kökkenmöddinger schnaufte. Gut, ihm sollte es recht sein.

Sie standen vor der verschlossenen Tür und studierten den Aushang. Tatsächlich, hier hatten an den vergangenen beiden Abenden Veranstaltungen stattgefunden. Die Bandnamen sagten Kökkenmöddinger nichts. Vermutlich regionale Gruppen.

»Schade, geschlossen.« Der Mann streckte den linken Arm vor. Unter dem Ärmel seines dunklen Mantels kam eine klobige Uhr mit riesigem Ziffernblatt zum Vorschein. »Wie wäre es mit einem Imbiss?«

Kökkenmöddinger lächelte. Dafür war er immer zu haben. »Wollen Sie dann noch weitersuchen?«

»Unbedingt. Ich mache keine halben Sachen«, erwiderte sein Fahrgast prompt.

»Gut.« Kökkenmöddinger sah sich kurz um. »Wir haben alle in Frage kommenden Lokalitäten auf der Altstädter Elbseite und sämtliche Eric-Clapton-CDs abgehakt. Ich schlage also vor, wir nehmen uns die andere Elbseite vor. In der Neustadt liegen die Clubs dichter beieinander. Dort bekommen wir auch etwas zu essen.«

»Und hoffentlich etwas Anständiges zu trinken.« Der Mann lachte dröhnend. »Nach ein paar Drinks erinnere ich mich wahrscheinlich besser an die letzte Nacht.« Er beugte sich im Taxi vor. »Haben Sie Muddy Waters?«

Kökkenmöddinger wählte einen Tonträger aus dem Speicher. So seltsam dieser Fahrgast auch war, musikalisch schwammen sie auf einer Wellenlänge.

Sie lauschten der markigen Stimme Muddys keine fünfzehn Minuten lang, da hatte Kökkenmöddinger das Taxi über Carolabrücke und Albertplatz in die Neustadt gelenkt. Hier herrschte noch mäßiger Betrieb, aber immerhin bereitete sich *das* Kneipenviertel Dresdens selbst an einem Sonntag wie heute auf das Nachtleben vor. Kökkenmöddinger regelte die Lautstärke herunter.

»Wir werden ein paar Schritte laufen müssen«, erklärte er seinem Fahrgast, während er das Taxi durch die Görlitzer Straße hinauf Richtung Alaunpark fuhr. Dabei hielt er weiterhin Ausschau nach einer dunklen Limousine. Davon gab es hier nicht allzu viele. »Was für ein Kennzeichen hat Ihr Wagen denn?«

»Sie fragen mich Sachen.« Der Fahrgast lachte. »Da muss ich nachschauen.«

Kökkenmöddinger hielt neben einer Parklücke und ließ das Taxi rückwärts rollen. Es war verdammt eng in der dicht beparkten Einbahnstraße. Er musste dreimal ansetzen und den Winkel korrigieren, bis der Wagen ordentlich in der Lücke stand.

»Da, ich habe es.« Der Mann wühlte in einer großformatigen Brieftasche. »MK-49-CC-12.«

»Bitte?« Kökkenmöddinger stieg aus. Konnte der Mann nicht richtig lesen? Oder brachte er nur Ziffern und Buchstaben durcheinander? »Kommen Sie aus dem Märkischen Kreis?«

Der Mann lachte schallend, während er sich vom Rücksitz erhob. »Sagen wir es mal so: Ich komme aus merkwürdigen Kreisen.« Dann wanderte sein Blick die Straße hinauf. »Also hier steht die Scheißkarre schon mal nicht. Egal, ich brauche etwas zu beißen.«

Kökkenmöddinger deutete auf einen Pub. »Schauen Sie, die haben geöffnet. Bestimmt bekommen wir dort auch etwas zu essen.«

»Nevermore«, sagte der seltsame Fahrgast.

»Nicht?« Kökkenmöddinger stutzte. Kräftiges Bier, deftiges Essen … Sollte er den Mann so falsch eingeschätzt haben?

»Doch, doch, sehr gut.« Er nickte. »*Nevermore* heißt der Laden. Sind Sie Fan von Edgar Allan Poe?«

Nun war es an Kökkenmöddinger, laut zu lachen. »Ach so. Ja und nein. Also Poe habe ich auch schon gelesen. Aber ich ziehe philosophische Texte der Kriminalliteratur vor.« Er hielt seinem

Fahrgast die Tür auf. »Ich bezweifle allerdings, dass das ein Poe-Pub ist.«

»Die Auswahl an Bieren ist jedenfalls ordentlich.« Er hob seinen Hut an und grüßte in das Lokal. Augenblicklich waren alle Augen auf sie gerichtet.

Kökkenmöddinger beobachtete schmunzelnd, dass man ihnen sofort einen großen runden Tisch in einer gemütlichen Ecke anbot, einen Aschenbecher brachte und seinem imposanten Begleiter Hut und Mantel abnahm. Auch ohne Kopfbedeckung blieb der Mann eine mächtige, ehrwürdig ergraute Erscheinung. Sein Schnurrbart wirkte ohne Hut sogar noch eine Spur markanter.

»Wir hätten gern Bier«, gab er sogleich Auskunft und lachte dröhnend. »Es geht doch nichts über ein kühles Helles nach getaner Arbeit.«

Kökkenmöddinger setzte nur hinzu: »Für mich bitte alkoholfrei.«

Die Kellnerin notierte sich die Bestellung. »Möchten Sie etwas essen? Soll ich Ihnen die Karte bringen?«

»Ja und nein.« Der illustre Fahrgast lachte erneut. »Können Sie uns nicht einfach etwas empfehlen? Ich lege meine Wahl da lieber in Ihre Hände, als mich auf die Versprechen einer Speisekarte zu verlassen.«

Kökkenmöddinger war intensiv mit den Angeboten beschäftigt, die man mit Kreide auf einer Tafel notiert hatte. Erst jetzt gewahrte er zwischen Schnitzel und Sülze, dass die Kellnerin ausgesprochen attraktiv wirkte. Eine etwa dreißigjährige schlanke Brünette mit leuchtenden Augen und entzückenden Grübchen. Deshalb also gockelte sein Fahrgast so herum.

»Dann empfehle ich Ihnen eine unserer Spezialitäten.« Sie zeigte ein sympathisches Lächeln. »Nehmen Sie den Balkanteller.«

»Um Gottes willen!« Der Schnurrbart zuckte. »Alles, aber bitte keinen Balkan! Ich bin froh, wenn ich damit nichts zu tun habe.«

Die Bedienung schaute fragend von einem zum anderen, und Kökkenmöddinger schnaufte. Ihm wurde das langsam zu blöd. Er wollte etwas essen und das so schnell wie möglich. »Also, ich nehme den Balkanteller, wenn möglich mit Bratkartoffeln.«

Die hübsche Frau notierte und wandte sich wieder dem imposanten Bartträger zu. »Für Sie vielleicht ein Bäffschtek?«

»O ja, das ist eine tolle Idee!« Er nickte begeistert. »Und dazu bitte auch Bratkartoffeln.« Er blickte ihr unverhohlen aufs Hinterteil, als sie jetzt mit wippendem Gang Richtung Tresen verschwand. »Entzückend, nicht wahr?« Er stieß Kökkenmöddinger leicht in die Seite.

»Mmmh.« Kökkenmöddinger schämte sich etwas für seinen Fahrgast; vermutlich gerade weil er die Kellnerin ebenfalls sehr attraktiv fand.

»Sagen Sie mal, was ist das eigentlich, ein Bäffschtek?«

Kökkenmöddinger grinste breit. »Gemeint ist ein Beefsteak, also Hackbraten oder auch eine große Frikadelle.«

»Aha! Eine lustige Sprache ist das, dieses Sächsisch.« Der Fahrgast lachte. »Sie klingen allerdings nicht, als ob Sie von hier sind. Kommen Sie von drüben?«

Kökkenmöddinger stutzte. »Drüben? Sie meinen die gebrauchten Bundesländer?«

Der Fahrgast nickte, dass sein Schnurrbart bebte.

Kökkenmöddinger schüttelte den Kopf. »Nein. Genau genommen komme ich gar nicht aus Deutschland. Ich bin Däne.«

»Ah ...« Der Bartträger sah ihn neugierig an. »Wo haben Sie denn Ihren Akzent gelassen? Der dänische Akzent ist toll, den müssen Sie nutzen. Der kommt sicher rasend gut an bei den Frauen.«

»So?« Kökkenmöddinger dachte an Jelena. Sie hatte ihm bisher die schönsten Komplimente für seine hochdeutsche Aussprache gemacht. Nun ja, sie setzte durch ihren Radiojob vielleicht andere Prioritäten. »Ich weiß nicht, ob das notwendig ist.«

»Haha.« Der Fahrgast klopfte ihm auf die Schulter. »Natürlich ist das notwendig. Schöne Frauen sind immer notwendig für uns Männer. Es geht doch nichts über eine schöne Frau.«

Kökkenmöddinger räusperte sich.

In diesem Moment ertönte eine Melodie. Das war doch … Kökkenmöddinger lauschte auf. Das war doch die elektronische Variante eines Johnny-Cash-Songs.

Sein Begleiter tastete die Taschen seines Sakkos ab, während der Sound kurz verebbte, um dann wieder laut zu werden.

»Ring of Fire.« Kökkenmöddinger grinste.

»Genau … Da ist es.« Er zog ein Smartphone hervor und sah aufs Display. »Sorry, da muss ich drangehen. Meine Frau …« Er nahm mit einer Fingerbewegung das Gespräch entgegen. »Mein Liebling, wie schön! Wie geht es dir, meine Beste? … Da hast du aber Glück … Ja, Glück, dass du mich erreichst … Ja, Schatz, du kannst es dir nicht vorstellen, was heute los ist!« Er zwinkerte Kökkenmöddinger zu. »Schätzchen, es jagt eine Besprechung die andere, du weißt doch, wie das ist, Schatz … Ja doch, den ganzen Tag … Seit heute Morgen … ein Termin nach dem anderen, einfach furchtbar!« Er zwirbelte sich den Bart. »Man kommt nicht einmal dazu, auf die Toilette zu gehen. Du kennst das doch … Sag mal, mein Hase, hast du dir gestern etwas Schönes gegönnt? Was Hübsches gekauft und eine Massage bekommen? … Das ist gut, das … Ja, dann lass dir doch noch etwas Leckeres zu essen aufs Zimmer bringen, schau einen schönen Film und … Ja, nein, warte nicht auf mich. Bei mir kann es heute spät … Ja, genau. Wir müssen noch die Ergebnisse von

gestern Abend auswerten. Da ist viel zusammengekommen ...«
Er lachte auf, und es blieb unklar, ob das Lachen der Gattin oder dem Mithörer galt.

Kökkenmöddinger rutschte auf seinem Stuhl hin und her. Was für eine seltsame Scharade.

»Ja, meine Beste. Ich habe dir ja gesagt, das wird hier leider kein Urlaub, auch nicht am Wochenende ... Ja, das auch ... Küsschen ... Schlaf schön, hörst du, mein Liebes, und träum schön ... von mir natürlich, ja ... Ja, ich dich auch ... Nein, Schatz, ich dich mehr ... Ja, Küsschen!« Er beendete das Gespräch, legte das Smartphone zur Seite und seufzte vernehmlich. »Frauen sind so entzückende Wesen. Wenn sie nur nicht immer so anstrengend wären. Und so anhänglich.«

Kökkenmöddinger zog die Augenbrauen hoch und dachte an Jelena. Seiner Meinung nach hätte seine schöne Mitbewohnerin ruhig etwas anstrengender und anhänglicher sein dürfen.

Nun wurde das Bier serviert. Sein Fahrgast erhob das Glas, während Kökkenmöddinger noch alkoholfreies Gebräu aus der Flasche in sein Glas beförderte.

»Ach ja, die Damen! Immerzu brauchen sie Aufmerksamkeit.« Der Bartträger prostete ihm zu. »Wie heißen Sie eigentlich?«

»Kökkenmöddinger ist mein Name.« Auch er erhob das Glas.

»Ullmann-Brixdorf.« Er lachte. »Und ich dachte, mein Name sei kompliziert. Wie war das? Köddenmökken?«

»So ähnlich.« Kökkenmöddinger schmunzelte, wiederholte seinen Namen und buchstabierte ihn.

»Sie sollten mit dänischem Akzent sprechen«, riet Ullmann-Brixdorf erneut. »Das macht Frauen ganz kribbelig.«

Kökkenmöddinger räusperte sich. »Was lässt Sie vermuten, dass ich das möchte?«

»Na, sowas ...« Der Schnurrbart zitterte unter einer Lachsalve, und gleich darauf unterbrach die attraktive Kellnerin den angefangenen Satz mit zwei überladenen Tellern.

Kökkenmöddinger lief das Wasser im Mund zusammen, als er Würstchen, Fleisch, Cevapcici, Käse und allerhand Salat und Gemüse gewahrte.

Sein Begleiter stieß ein wohliges Raunen aus. Dann deutete er auf Kökkenmöddingers Teller. »Balkan, ganz typisch!« Er nickte anerkennend. »Ein buntes Durcheinander, manches zerhackt und durchgedreht und jede Menge arme Würstchen.«

Kökkenmöddinger grinste schief. »Sie sind wohl Experte.«

»Allerdings.« Er schaufelte Kartoffeln auf seine Gabel. »Beeilen Sie sich, bevor die Gurken die Tomaten angreifen, weil sie mit den Zwiebeln paktieren. Diese Oliven … lebendige Handgranaten. Der Balkan war, ist und bleibt ein Pulverfass.«

Kökkenmöddinger langte heftig zu. Der Mann schien tatsächlich Experte zu sein. Trotz oder gerade wegen seines Sarkasmus wirkte er themensicher. Doch genau da setzten plötzlich Instrumente ein, und Applaus hob an. Die Gäste des *Nevermore* begrüßten eine Band. An eine Unterhaltung war bei dieser Lautstärke nicht mehr zu denken.

Kökkenmöddinger kaute genüsslich. Ullmann-Brixdorf tat es ihm gleich. Die Band coverte einige Stücke von den Blues Brothers. Das Essen war wirklich hervorragend. Im Gegensatz dazu fehlte der Musik allerdings etwas. Der Balkanexperte legte kritisch die Stirn in Falten. Am Essen konnte es auch bei ihm nicht liegen. Binnen weniger Musikstücke hatte er seine Riesenfrikadelle samt Bratkartoffeln verputzt.

Beim etwas ruhigeren »Shotgun Blues« schien es ihm zu reichen. »Den meisten Deutschen fehlt einfach das Feeling für den Blues.«

Kökkenmöddinger nickte. »Erstaunlich, wo ihr Deutschen doch sonst so kompetent das Negative seht.« Er nahm den letzten Schluck Bier. »Kommen Sie, im Auto habe ich eine Originalaufnahme. Die haben wir uns verdient.«

Ullmann-Brixdorf lachte auf. »Das sind verlockende Aussichten.« Er winkte der Kellnerin.

Wilde Nacht ...

Die Blues Brothers waren erklärte »Soul Men« und Kökkenmöddinger mit seinem Latein fast am Ende. Nur draußen im Industriegebiet an der Heeresbäckerei waren noch ein oder zwei Clubs, in denen es Livemusik gab. Sie hatten allerdings nicht unbedingt Gäste, die sich mit dem Taxi chauffieren ließen, so dass er keineswegs sattelfest in seinen Ortskenntnissen war. Er regelte die Lautstärke der Musik herunter.

»Sind Sie sicher, dass der Club, vor dem Ihr Auto steht, hier in Dresden ist?«, fragte Kökkenmöddinger, als sie Richtung Norden fuhren.

»Nein, keineswegs.« Sein Fahrgast blies Zigarrenrauch durch das Taxi. »Wir müssen eben in alle Clubs hineingehen. Dann werde ich mich schon erinnern.«

Kökkenmöddinger seufzte. Genau das taten sie seit den Abendstunden. Nach dem *Nevermore* hatten sie jedes Lokal in der Neustadt besucht, das im Entferntesten mit Musik zu tun hatte. Manchmal für seine Begriffe sogar sehr, sehr entfernt. Sein Fahrgast war da weniger empfindlich, um nicht zu sagen: Mit jedem weiteren Bier sanken seine Ansprüche an den Krach, den Menschen mit Instrumenten zu fabrizieren vermochten. Er hatte einen ebenso erstaunlichen Durst wie verblüffende Trinkfestigkeit bewiesen. Während Kökkenmöddinger schon vom alkoholfreien Bier – das in Masse auch nicht ganz umdrehungsfrei blieb – auf Tee umgestiegen war, hatte Ullmann-Brixdorf nicht nur literweise Bier, sondern auch den einen oder anderen Whiskey genossen. Und selbst das hatte seinem imposanten Auftreten keinen Abbruch getan. Im Gegenteil: Mit Witz und Charme hatte er die offensichtlich sehr interessierte Damenwelt unterhalten. Es musste diese verruchte Al-Capone-Aura sein, die ihm ein Höchstmaß an Aufmerksamkeit verlieh.

Kökkenmöddinger war einigermaßen erleichtert, dass es nun so aussah, als nähme diese Auto-Odyssee ein baldiges Ende. Es blieb ja nur noch das Areal auf dem Industriegelände, um die beschriebene Limousine zu finden.

Der Verkehr war mitten in der Nacht ruhig. Kökkenmöddinger lenkte den Wagen nach rechts ins Industriegebiet. Im fahlen Mondlicht und dem Schein der – offensichtlich neuen – Straßenlaternen konnte er erkennen, dass hier in den letzten Jahren eine Vielzahl an Bautätigkeiten stattgefunden hatte. Wo früher lediglich vorübergehend alte Hallen als Lagerplätze genutzt worden waren, gab es jetzt Firmenschilder, Containerbauten und abgesperrte Parkplätze.

Er bog nach links ab, verlangsamte kurz die Fahrt, doch bei der Menge Unkraut am Straßenrand konnte er vermuten, dass die Bahngleise hier inzwischen ins Leere führten.

»Das kommt mir hier alles sehr bekannt vor«, ließ sich sein Fahrgast vernehmen.

Kökkenmöddinger unterdrückte ein Gähnen. »Dann besteht ja Hoffnung.«

»Hoffnung besteht immer.« Ullmann-Brixdorf wirkte entspannt. »Wir haben es außerdem nicht eilig.«

Kökkenmöddinger schnaufte leise. Der Mann besaß wirklich eine beachtliche Kondition.

Kökkenmöddinger schaltete das Fernlicht ein. Sonntagnachts war hier nichts los. Vermutlich waren die Musikschuppen ohnehin nur an Freitagen und Samstagen besucht. Im Lichtkegel erkannte er ein Fahrzeug, das am Straßenrand stand. Er wollte gerade wieder abblenden, als plötzlich ein Motor aufheulte, Bremsen quietschten und ein Fahrzeug von links über die Kreuzung schlitterte. Kraftvoll trat Kökkenmöddinger auf die Bremse, rutschte ein Stück weiter und riss das Lenkrad nach rechts, um einen Aufprall zu verhindern. Doch es gelang nur fast. Mit einem durchdringenden Quietschen rutschte der andere Wagen am linken Kotflügel des Taxis entlang. Der Scheinwerfer zerbarst.

»*Pokkers!*« Kökkenmöddinger schlug mit der flachen Hand aufs Lenkrad. Er öffnete die Tür und zog sie gleich wieder zu, als ein weiterer Wagen schlitternd auf der Kreuzung zum Stehen kam.

Verblüfft sah Kökkenmöddinger im Lichtkegel seines unversehrten Scheinwerfers, dass ein junger Mann aus dem zweiten Wagen stieg, den Fahrer des ersten Wagens vom Fahrersitz zog, ausholte und mit geballter Faust zuschlug.

»Hey, hey!« Kökkenmöddinger sprang aus dem Taxi. »Was soll denn das?« Er stellte sich zwischen die beiden.

Jetzt kam ein Typ aus dem wartenden Wagen dazu. Der Schläger herrschte ihn an: »Warum hast du Sackgesicht nicht gemeldet, dass hier was im Anmarsch ist?«

»Ey, Alter, das ist'n Taxi, ey«, entgegnete er.

»Bist du doof, ey?« Der Schläger tippte sich an die Stirn. »Die Zivilbullen werden auch härter, ey.«

»Bullen, so, so.« Kökkenmddinger schüttelte den Kopf. Dann zog er ein Taschentuch hervor und hielt es dem Geschlagenen vor die blutende Nase. »Die werden wir jetzt natürlich tatsächlich brauchen. Ihr habt mein Taxi beschädigt.«

»Wir?« Die Schlägertype baute sich drohend vor ihm auf. »Du bist meinem Kumpel hier in die Karre gefahren.«

Kökkenmöddinger zog die Augenbrauen hoch. »So, so, wir duzen uns also, Bürschchen?« Auch er richtete sich zu voller Größe auf und überragte den Rüpel immerhin um lohnenswerte Zentimeter. »Und deshalb hast du ihm vorsichtshalber gleich mal ins Gesicht geschlagen?« Er sah mitleidig auf den Lädierten hinunter. »Der Kleine hier hat mir die Vorfahrt genommen. Mehr nicht.«

»Was? Alter, das hätte ich gesehen«, sagte der Typ, der aus dem wartenden Auto gestiegen war. »Du hast ihn angebummst, und er ist mit der Fresse voll vors Lenkrad geknallt.«

»Genau.« Der Schläger grinste blöde.

Die beiden traten näher an ihn heran. Kökkenmöddinger schnaubte verächtlich. Er verspürte ein unangenehmes Hungergefühl, wie immer, wenn er sich ärgerte.

»Wenn du weiter Stress machst, alter Mann, gibt's was auf die Fresse, klar?!« Der Schläger ballte seine tätowierte Faust.

Kökkenmöddinger deutete auf seine Hände. »Hast du die beschriften müssen, damit du weißt, wo rechts und wo links ist?«

Der Typ schaute ihn wild an. »Was willst du von mir, hä?«

In diesem Moment flog eine Autotür ins Schloss, und kurz darauf trat Kökkenmöddingers Fahrgast hinzu.

»Aus dem Weg!«, donnerte er in die Runde.

Die jungen Männer schreckten zurück und beobachteten mit offenen Mündern, wie Ullmann-Brixdorf sich langsam und genüsslich eine Zigarre anbrannte. »Wollt ihr euch etwa mit uns anlegen, ihr kleinen Drecksbengel?« Er lachte böse auf und fuhr mit der Hand in seine rechte Manteltasche. »Schön vernünftig bleiben, Bürschchen.«

Kökkenmöddinger bemerkte, dass der Geschlagene sich zu seinem Kumpel hinüberbeugte. Er blickte ängstlich um sich. Vermutlich sah er auch ohne seine Blessuren nicht viel besser aus, schoss es Kökkenmöddinger durch den Kopf.

Der Junge zupfte am Ärmel seines Kumpels. »Ey, Vorsicht. Der Typ hat 'ne Knarre«, zischte er.

»Ach, halt die Fresse!«, gab der Schläger zurück.

»Was hast du gesagt?« Ullmann-Brixdorf klang gereizt. »Muss

ich dir Manieren beibringen?« Er spielte mit der Hand in der Manteltasche, und Kökkenmöddinger sagte beiläufig:

»Jungs, ich würde es nicht darauf ankommen lassen.« Dann wandte er sich seinem imposanten Fahrgast zu. »Das wirkt hier alles ziemlich illegal.« Er schnüffelte Benzinmief und verbranntes Gummi. »Außerdem brauchen wir die Polizei. Schon wegen der Versicherung.«

Ullmann-Brixdorf blies Zigarrenqualm durch die Nase. »Die Polizei also. Das klingt langwierig und bürokratisch, nicht wahr?« Er warf ein fieses Grinsen in die Runde. »Blechschaden, nicht beachtete Vorfahrt mit überhöhter Geschwindigkeit, Körperverletzung …«

»Ey, was denn …«, maulte der Schläger.

»Schnauze, jetzt rede ich!«, wies Ullmann-Brixdorf ihn barsch zurecht. »Ihr veranstaltet hier illegale Autorennen, was? Vermutlich habt ihr nicht einmal Führerscheine. Und die Autos sind geklaut …«

»Nein, nein!«, quietschte der Junge mit der blutenden Nase dazwischen.

»Halt die Fresse!« Das war wieder der Schläger. Hinter seiner flachen Stirn arbeitete es sichtlich.

»So, Schluss jetzt!« Ullmann-Brixdorf wippte auf seinen Fersen, was ihn noch größer wirken ließ. »Ihr habt jetzt genau zwei Möglichkeiten: Wir hängen das an die große Glocke, was mein Kollege hier korrekterweise sicher tun würde. Das ist nämlich ein Guter!« Er deutete auf Kökkenmöddinger und zog dann ausgiebig an seiner Zigarre. »Oder wir regeln das auf meine Weise.« Sein Schnurrbart vibrierte. »Die Balkan-Methode, ihr versteht?!«

Der Geschlagene jammerte, und der angebliche Augenzeuge drehte sich um. »Mir reicht's, ich mach heeme.« Mit wenigen Schritten war er bei seinem Auto und ließ den Motor an.

Ullmann-Brixdorf machte einen Schritt auf den Schläger zu.

»Na, da ist doch mal einer richtig flott im Köpfchen.« Er nickte anerkennend. »Los, worauf wartet ihr? Kratzt die Kurve, ihr Drecksbengel!«

»Aber ...« Der Schläger sah seinen Kumpel an.

Der duckte sich gleich wieder. »Komm schon, lass uns abhauen«, sagte er mit zitternder Stimme.

»Los jetzt, bevor ich es mir anders überlege!« Ullmann-Brixdorf wandte sich an Kökkenmöddinger. »Ich übernehme den Schaden. Ich kann mir Ärger mit den Bullen nicht erlauben.«

Kökkenmöddinger atmete tief durch. »So, so ...«

»Kommen Sie, wir sind schließlich hier, um meine Scheißkarre zu finden.« Er stieg ins Taxi, und Kökkenmöddinger folgte ihm widerwillig. Diese Situation schmeckte ihm ganz und gar nicht. Aber es war sicherlich die schnellste Möglichkeit, in dieser Nacht doch noch zum Schlafen zu kommen. Eine Unfallmeldung hätte für ihn auch nur Ärger bedeutet, nachdem er gar nicht offiziell im Dienst war. Er kontrollierte den Kotflügel; nur der äußere Scheinwerfer hatte etwas abbekommen. Das wäre mit einem halben Tag in der Werkstatt erledigt.

Kaum saß er wieder hinter dem Steuer, rollte auf einmal eine ganze Kolonne aus tiefergelegten und getunt dröhnenden Golfs und BMWs an. Diese Typen hatten sich hier tatsächlich zu einem heimlichen Autorennen getroffen. Nun allerdings begab sich die Kolonne gesittet in Richtung Hauptstraße. Ob sie wohl begriffen, dass sie Scheiße gebaut hatten?

Kökkenmöddinger seufzte. »Finden Sie es richtig, das diesen Idioten durchgehen zu lassen?«

»Haben Sie Kinder?«, lautete die Gegenfrage.

Kökkenmöddinger verneinte. Wenn er diese Vorstadtrüpel betrachtete, war er sogar ganz froh darüber. »Sie?«

»Und ob«, seufzte der Fahrgast. »Viel zu viele, wenn Sie mich fragen ...«

Kökkenmöddinger fragte lieber nicht weiter nach. Er hatte langsam die Nase voll von all dem hier und wollte nur noch in sein Bett. »Wir drehen jetzt eine letzte Runde um die Lokalitäten herum. Falls wir Ihren Wagen hier stehen sehen, werden wir ihn morgen abholen. Ich verstoße heute nicht noch einmal gegen ein Gesetz«, sagte er bestimmt, steuerte das Taxi geradeaus und fuhr eine Runde, indem er die rechts und links abgehenden Sackgassen ignorierte. Die Gebäude blieben dunkel, und die meisten Gelände lagen hinter geschlossenen Toren. Nicht einmal parkende Autos waren zu sehen.

»Ich kann es wirklich nicht gutheißen, dass diese Vorstadtrüpel mit ihren Autorasereien davonkommen«, ließ Kökkenmöddinger seinen Gedanken freien Lauf. »Was dabei alles passieren kann. Und was dabei bereits alles passiert ist!« Er schüttelte verärgert den Kopf. »Man ist damit beschäftigt, die Gesetze dahingehend zu ändern, dass illegale Autorennen strafrechtlich verfolgt werden sollen.« Er begann, sich in Rage zu reden. »Eigentlich schlimm, dass diese Gesellschaft alles gesetzlich regulieren muss. Schlimm, dass Menschen so dumm sind. Nein, dass so viele Menschen so dumm sind … Ich meine, es gehört nicht allzu viel Grips dazu, sich vorzustellen, dass Autorennen gefährlich sind. Andererseits gibt es Idioten, die hauptberuflich mit halsbrecherischer Geschwindigkeit bei ohrenbetäubendem Lärm und absoluter Luftverpestung im Kreis fahren. Und es gibt noch größere Idioten, die diese Idioten als Helden feiern und die sich diesem Lärm und Dreck gefährlich nah auf Zuschauertribünen aussetzen. Und es gibt noch idiotischere Idioten, die ihre Wochenenden vor Bildschirmen verbringen, um sich diesen kindischen, lebensgefährlichen und arschteuren Quatsch anzuschauen … Wenn ich es mir recht überlege, ist bei weniger begabten Gehirnen die Freude an nächtlichen Autorennen außerhalb der Stadt fast noch eine intelligente und soziale Reaktion … Was meinen Sie?«

Als keine Antwort kam, warf Kökkenmöddinger einen Blick in den Rückspiegel: Sein Fahrgast lehnte, die erloschene Zigarre im Mundwinkel, mit geschlossenen Augen im Sitz.

»Herr Ullmann-Brixdorf?« Kökkenmöddinger fuhr auf die Stauffenbergallee zu.

Sein Fahrgast reagierte mit leisen Schnarchgeräuschen.

Kökkenmöddinger seufzte. Sein Gehirn bäumte sich nur mühsam gegen die Müdigkeit auf, und seine Blase meldete Pinkelbedarf an. Kurzentschlossen lenkte er das Taxi auf die Stauffenbergallee und gab Gas in Richtung Waldschlösschenbrücke. Er würde den schlafenden Bluesfreund einfach in seinem Gästezimmer einquartieren.

Verzöger- und Verzauderungen

Am Vormittag schlenderte Kökkenmöddinger mit der Brötchentüte in der Hand durch Johannstadt zurück nach Hause. Er hatte entgegen seinen sonstigen Gewohnheiten eine Ausgabe der *Tagespost* gekauft. Das Boulevardblatt war nicht seine bevorzugte Lektüre, doch angesichts des wartenden Lesestoffs über die Seele wollte er sich nicht zu ausführlich mit den tagesaktuellen Neuigkeiten aufhalten. Ein paar bunte Bilder und vereinfachende Schlagzeilen kamen ihm da ganz gelegen.

Er hatte gerade die Artikel von »Angst vor der Rente« über »Gefährliche Körperverletzung« bis »Zukunft des Tourismus« überflogen, als ihn ein Nachbar vor dem Hauseingang abfing. Es war ein alter Herr aus dem Erdgeschoss, der gern ein wenig plauderte. Und da diese Gelegenheiten wegen Kökkenmöddingers Arbeitszeiten selten waren, ließ er ihn gewähren. Schließlich hatte sein Übernachtungsgast noch geschlafen, als er vorhin zum Bäcker gegangen war. Kein Wunder nach der letzten Nacht. Kökkenmöddinger hatte es einige Mühe gekostet, den imposanten Herrn Ullmann-Brixdorf aus dem Auto und in den Aufzug und schließlich ins Gästezimmer zu bugsieren.

»Wie gut, dass ich Sie treffe«, verkündete der Alte aus dem Erdgeschoss nach dem üblichen Grußgeplänkel. »Ich wollte schon bei Ihnen anklingeln.«

»Was ist denn passiert?« Kökkenmöddinger klemmte sich die *Tagespost* zwischen Brust und Kinn und fingerte nach seinem Schlüssel.

»Ihr Taxi, schauen Sie!« Er deutete auf den parkenden Wagen. »Da hat heute Nacht jemand Ihr Fahrzeug demoliert.«

»Wie kommen Sie denn darauf?« Kökkenmöddinger schmunzelte.

»Diese Vandalen schleichen nachts um die Häuser und zerstören fremdes Eigentum«, ereiferte sich der Nachbar. »Schlimm, schlimm, schlimm! Das haben wir nun davon ...«

Kökkenmöddinger stutzte. »Was haben wir wovon?«

»Na, die ganzen Ausländer«, sagte der alte Mann im Brustton der Überzeugung. »Die kommen hierher, weil sie denken, hier ist alles ganz toll, und jeder schwimmt im Geld. Und dann ist es nicht so toll, und jeder muss viel arbeiten. Das kennen die doch gar nicht!«

»Ach so?« Kökkenmöddinger öffnete die Tür und blieb im Eingang stehen. »Und deshalb meinen Sie, dass Ausländer wohl mein Taxi demoliert haben?«

»Natürlich.« Der Nachbar nickte. »Autos, noch dazu deutsche Qualitätsautos, das kennen die doch gar nicht. Das ist eine andere Kultur, eine andere Mentalität, da haben die keinen Respekt.« Er machte einen Schritt auf Kökkenmöddinger zu. »So schaut es nämlich aus!«

»Ich glaube, da muss ich Sie jetzt auf ganzer Linie enttäuschen«, entgegnete Kökkenmöddinger freundlich, aber bestimmt. »Ich habe da ganz und gar andere Erfahrungen gemacht. Und das mit dem Taxi waren sächsische Rotzbengel, die weder Umgangsformen noch Rechtsbewusstsein haben und in der Tat keinerlei Respekt.« Er registrierte grinsend das staunende Gesicht des alten Mannes. »Und mal so ganz unter uns: Ich bin selbst einer von den ganzen Ausländern. So schaut es nämlich aus!«

Er ließ den verblüfften Nachbarn vor der Tür stehen und stieg in einen der wartenden Aufzüge. Während der Aufzug sich in Bewegung setzte, warf Kökkenmöddinger erneut einen Blick in sein Revolverblatt. Immerhin hatte er zwölf Stockwerke lang

Zeit für das abgedruckte Lamentieren über die »Generation Gewalt« – ein ausgesprochen oberflächlicher Artikel über junge Fußballfans; als ob die älteren harmloser wären … Er runzelte die Stirn. Der kurze Text rangierte an erster Stelle unter der Rubrik »Die Vandalen sind unter uns«, die durch verschiedene Sachbeschädigungen und Körperverletzungen ergänzt wurde. Der Verfasser bezeichnete Vandalismus als »neuen Volkssport«. Kökkenmöddinger seufzte. Von »Vandalen« hatte sein ausländerfeindlicher Nachbar auch gesprochen. Bildung hätte gegen solcherlei Borniertheit enorm geholfen. Schließlich waren die Vandalen ein germanisches Volk, das im fünften Jahrhundert Rom geplündert hatte; und zwar nicht in blinder Zerstörungswut, sondern gezielt und systematisch, ohne unnötiges Blutvergießen … Oh, »brennendes Auto auf Industriegelände«. Der Aufzug hielt, und seine Türen öffneten sich mit einem langgezogenen Pliiing. Kökkenmöddinger schlenderte lesend zur Wohnungstür. Man hatte im Industriegebiet im Dresdner Norden ein ausgebranntes Auto gefunden und vermutete einen Zusammenhang mit jugendlichem … na klar, Vandalismus! Ob das in Zusammenhang mit den Vorstadtrüpeln und ihren hirnlosen Autorennen stand?

Kökkenmöddinger schloss die Wohnungstür auf und lauschte. Sein Gast schien zu telefonieren.

»Aber Mäuschen, das habe ich … Nein, das habe ich dir doch erklärt … Ja, natürlich … Aber sicher … Ganz genau … Und dann … Nein, nicht heute, nein … Nicht jetzt und nicht hier … Ich bitte dich, ich muss arbeiten, das weißt du doch … Ich bin doch nicht zum Vergnügen hier in Dresden … Genau, sei lieb, mein Schatz …«

Kökkenmöddinger schüttete die Brötchen in den Brotkorb und goss Kaffee auf. Dann begann er, den Tisch zu decken.

»Schatz, ich muss jetzt wirklich Schluss machen. Ich bin jetzt hier im Konferenzraum angekommen.« Der Gast kam in die Küche, nahm Kökkenmöddinger die Kaffeekanne aus der Hand und stellte sie auf den Tisch. »Du hast ja keine Vorstellung ... Eben, woher auch? Du musst ... Nein!« Er nahm Kökkenmöddinger die Butterdose ab. »Du musst mir schon vertrauen, mein Schatz ... Die Unterlagen, ja ... Wie? Ach so, ja, ja, die Unterlagen habe ich alle bei mir.«

Kökkenmöddinger verteilte Teller und klapperte mit dem Besteck. Dann schenkte er Kaffee ein. »Milch oder Zucker oder beides?«

Sein Gast nickte. »Ja, Schatz, genau. Ich bekomme gerade Kaffee ... Danke!«, wandte er sich an Kökkenmöddinger. »Nur Zucker, bitte ... Schatz, ich verlasse mich auf dich. Sei ein liebes Mäuschen. Nicht schmollen, hörst du! Küsschen! Ja ... aber natürlich, aber ja ... Oh, die Verbindung wird hier gerade ... Oh, ich höre dich nur noch ganz schlecht ... Küsschen ...« Er legte schnaufend das Telefon zur Seite und ließ sich auf einen Stuhl sinken. »Frauen!« Er fuhr sich mit der Hand durchs Gesicht. »Danke, mein lieber Kökkenmöddinger, dass Sie mir Asyl gewähren. Die Weiber sind wie die Geier!«

Kökkenmöddinger grinste schief. »Hat Ihre Frau Sie heute Morgen vermisst?« Er verstrich Butter auf einer Brötchenhälfte.

»Das auch.« Der Gast winkte ab und nahm einen Schluck Kaffee. »Wenn es das nur wäre. Meine Frau ist nicht das Problem. Mein Problem ist, dass das gerade nicht meine Frau war ...« Er verdrehte die Augen.

»Oho.« Kökkenmöddinger zog die Augenbrauen hoch. »Aber es war dennoch eine Frau, nehme ich an.«

Ullmann-Brixdorf lachte dröhnend. »O ja, und was für eine!«

Kökkenmöddinger reichte ihm den Brotkorb. »Greifen Sie zu. Sie müssen erst mal zu Kräften kommen.«

Kaum hatte der Gast ins Brötchen gebissen, gab sein Smartphone wieder mal den elektronisch verfremdeten Johnny-Cash-Sound von sich.

Nach dem zweiten »Ring of Fire« nahm er das Gespräch entgegen. »Ullmann-Brixdorf. Was verdammt … Hasilein …« Er zwinkerte Kökkenmöddinger zu. »Das ist aber eine schöne Überraschung. Wie geht es dir, mein Hasi? … Wie? Du hast wohl vergessen, dass ich zurzeit in Dresden bin, was?« Er nippte am Kaffee. »Nein, nein, nein. Reine Arbeit. Ja, meine Frau ist zu Hause geblieben … Natürlich … Ja, beim nächsten Mal gern, das ist eine tolle Idee, dass ich da nicht selbst drauf gekommen … Ja, Hasi, wunderbar! Nein, gut siehst du aus, natürlich … Ich bitte dich, an dir ist doch kein Gramm zu viel. Und Hasi, dieses Kleid steht dir ausgezeichnet … du solltest nur die Haare lieber offen … Oh, krzschstrchkrratsch …« Er zerdrückte ein Brötchen mit der Hand und hielt sein Smartphone direkt daneben.

Kökkenmöddinger verschluckte sich fast. »Was wird das denn?«

Ullmann-Brixdorf legte sein Telefon zur Seite. »Wirklich süß, die Kleine, aber leider weder hell noch schnell im Kopf.« Er tippte sich an die Schläfe. »Wenn Sie wissen, was ich meine.«

Kökkenmöddinger runzelte die Stirn. Er wusste noch immer nicht, was er von seinem Gast halten sollte und überlegte, was Jelena dazu sagen würde. Vermutlich würde sie die Schultern zucken und sagen: »Das kann dir doch wurscht sein.« Ja, das würde sie sagen. Er entschied, das Thema zu wechseln. »Die Macke an meinem Taxi scheint aufzufallen, ich muss das dringend reparieren lassen.«

Ullmann-Brixdorf nickte und biss in sein zerdrücktes Brötchen.

»Und ich muss mich in meiner Zentrale melden …« Kökkenmöddinger überlegte. Er brauchte eine Story für Sarah.

»Sitzt eine Frau bei Ihnen in der Zentrale? Dann würde ich wie folgt vorgehen …« Sein Gast lachte. »Machen Sie der Dame ein Kompliment, das wirkt immer!«

Kökkenmöddinger grinste breit. »Sie müssen schon verzeihen, aber unsere Telefondame ist ausgesprochen liebreizend *und* ausgesprochen pfiffig.«

»Das sind die Schlimmsten«, gab Ullmann-Brixdorf von sich und seufzte. »Aber auch die Reizvollsten.« Erneut meldete sich das Telefon mit Johnny Cash zu Wort. Er stöhnte auf. »Gut jetzt.« Er griff zum Apparat und schaltete ihn aus. »Wir machen das anders. Ich buche Sie. Für den Rest der Woche. Sagen Sie das Ihrer Quasselperle.«

Ein Stunde später lauerte Kökkenmöddinger mit dem Taxi in einer Seitenstraße nahe dem Hotel seines Kunden. Der hatte den Wunsch geäußert, nicht vor dem Hotel gesehen werden zu wollen. Kökkenmöddinger sollte das angesichts seines leicht lädierten Wagens ganz recht sein. Er war nicht scharf darauf, irgendeinem seiner Kollegen zu begegnen. In der Zentrale hatte man seine neue Dauerbuchung natürlich begrüßt. Dennoch blieb ihm ein ungutes Gefühl wegen des nicht korrekt abgewickelten Schadens. Solche Unehrlichkeiten rumorten empfindlich in seiner Seele. Nicht auszudenken, wenn er so ein Lügengebilde wie dieser Ullmann-Brixdorf betreiben müsste. Allein der Gedanke an eine vergleichbare Situation verursachte Kökkenmöddinger regelrecht körperliche Schmerzen. Körper und Seele … Er blätterte in der Zeitschrift, die er sich kurz vor der Begegnung mit dem Lügenbaron gekauft hatte. »Von der Wahrheit der Seele …« Und immer wieder ging es sowohl in der Philosophie als auch in anderen Disziplinen um die Trennung von Körper und Seele. Kökkenmöddingers Seele allerdings sträubte sich – bei aller wissenschaftlichen Erkenntnis –

dagegen, lediglich eine Nebenwirkung der materiellen Existenz zu sein …

»Zum Hauptbahnhof!« Die Beifahrertür wurde aufgerissen.

Kökkenmöddinger fuhr zusammen. »Wie bitte?«

»Los! Zum Hauptbahnhof!« Die durchdringende Kommandostimme gehörte einer strammen Blondine mittleren Alters, die ganz selbstverständlich auf dem Beifahrersitz Platz nahm.

»Tut mir leid«, sagte Kökkenmöddinger und bemerkte zugleich, dass diese Aussage eine dreiste Lüge war. »Mein Wagen ist belegt. Ich erwarte einen Stammgast.«

»Ich sehe keinen.« Die Frau klang ungerührt. »Nun fahren Sie schon.«

»Nein.« Kökkenmöddinger atmete tief ein. »Wie Sie unschwer am unbeleuchteten Schild meines Wagens erkennen können, ist dieses Taxi belegt.«

»Ach?« Sie sah ihn zum ersten Mal direkt an.

»Ja, ach.« Kökkenmöddinger konnte und wollte seinen Ärger nicht verbergen. »Und wenn Sie sich dazu durchringen könnten, eine Spur freundlicher zu sein, dann sähe ich mich durchaus dazu in der Lage, Ihnen einen meiner Kollegen zu rufen.«

Sie schien nach Luft zu schnappen. Dann warf sie einen Blick auf ihre Uhr, sah Kökkenmöddinger an und sagte: »Na gut. Also bitte.«

»Bitte was?«

»Bitte fahren Sie mich zum Bahnhof.«

»Wie bitte?« Kökkenmöddinger zog die Augenbrauen hoch.

»Gut. Dann besorgen Sie mir eben einen Ersatz.« Sie schnaufte. »Bitte!«

»Na also, geht doch«, murmelte er und griff zum Handy. Doch bevor er die Kurzwahl von Sarah in der Zentrale drückte, fiel ihm der demolierte Kotflügel ein. Das war keine gute Idee.

Kökkenmöddinger überlegte kurz … Heinz! Sein alter Kumpel Heinz musste ran. Bei dem hatte er ohnehin noch etwas gut seit der Geschichte mit dem Überfall damals.

Er tippte Heinz' Nummer und hatte Glück. Heinz stand wenige Straßen weiter am Schillerplatz in höchst ungünstiger Warteposition. Noch während ihres kurzen Telefonats bog Heinz' Taxi in die Seitenstraße ein und hielt neben seinem Wagen.

»Wie machst du das nur?«, wurde Kökkenmöddinger begrüßt. »Du hast einen Stammgast und besorgst mir noch Kunden.« Heinz lachte, und Kökkenmöddinger legte den Finger auf die Lippen.

»Vorsicht, die Dame ist Zicke hoch zehn.« Kökkenmöddinger senkte die Stimme. Dann deutete er auf den Kotflügel seines Taxis.

»Oha!« Heinz beugte sich über die Reste des Scheinwerfers und betrachtete den Schaden genauer. »Vandalismus?«

»Nein«, presste Kökkenmöddinger zwischen den Zähnen hervor. »Das erzähle ich …«

»Was ist denn nun?« Die Frau mit der Kommandostimme trat hinzu.

»Nehmen Sie Platz, es geht sofort los«, versprach Kökkenmöddinger. Dann wandte er sich an Heinz. »Du hast doch da diesen alten Kumpel mit der Autowerkstatt. Kannst du mir die Adresse geben?«

Heinz sah ihn an. »Steckst du schon wieder in irgendeiner wilden Geschichte?«

»Nein, nein.« Kökkenmöddinger machte eine Kopfbewegung hinüber zum Taxi. »Dein Fahrgast hat es eilig. Gibst du mir die Adresse?«

Heinz nickte. »Die Adresse habe ich nicht im Kopf. Das ist irgendwo draußen Richtung Großenhain, glaube ich. Der hat die Werkstatt vom Schwiegervater übernommen. Oder war es der Onkel? Am besten rufst du mal bei Bärbel an. Die kennt ihn auch, weil sie damals ...«

»Schon gut, danke«, unterbrach ihn Kökkenmöddinger. »Sieh zu, dass du deine neue Fuhre schnell wieder loswirst.« Er zwinkerte Heinz zu. »Sie will zum Hauptbahnhof.«

Kaum hatte Kökkenmöddinger sich wieder seiner Seelen-Lektüre zugewandt, kam ein gutgelaunter Ullmann-Brixdorf die Straße herunter. Er trug mehrere Reisetaschen. Sogleich sprang Kökkenmöddinger auf und lief ihm entgegen, um ihm beim Tragen zu helfen.

»Nix da, Finger weg! Die paar Taschen schaffe ich noch allein.« Er lachte dröhnend. »Und ganz unter uns: Die sind sowieso fast alle leer.«

Kökkenmöddinger öffnete den Kofferraum, um das Gepäck seines Fahrgastes zu verstauen, während dieser sich eine Zigarre entflammte. »Ist das nicht ein herrlicher Tag?«

Kökkenmöddinger fand ihn zumindest nicht überdurchschnittlich schlecht. »Von meiner Seite aus gibt es wenig zu beanstanden.«

»Dann wollen wir mal dafür sorgen, dass das so bleibt.« Der Kunde schwang sich mit seiner Zigarre auf den Rücksitz und legte seinen Hut neben sich. »Fahren Sie mich mal zu einer großen Bank in der Innenstadt, damit wir ein bisschen Kleingeld organisieren.«

Kaum war Ullmann-Brixdorf im Haupteingang der Bank verschwunden, lehnte sich Kökkenmöddinger so ans Taxi, dass er den lädierten linken Kotflügel verdeckte. Dann zückte er sein Telefon.

»Guten Tag, meine liebe Bärbel«, begrüßte er die Frau von Heinz, die bereits nach dem zweiten Klingeln den Hörer abnahm.

»Kökki, hallo! Ich habe deinen Anruf schon erwartet. Heinz meinte, du brauchst die Adresse vom Gröbel …«

»Wenn das der Kumpel mit der Autowerkstatt ist«, erklärte Kökkenmöddinger.

»Genau, das ist der. Der Gröbel hatte doch damals diesen Unfall«, plauderte Bärbel. »Da hat er dann die kleine Werkstatt von dem Stiefvater seiner Frau übernommen. Der Alte kann ihm helfen. Sind zwar längst geschieden, aber die Werkstatt gibt es noch. Tragische Geschichte …«

Kökkenmöddinger stutzte. »Was ist tragisch? Die Scheidung oder der Unfall?«

»Beides. Alles.« Bärbel seufzte. »Erst der Unfall, bei dem der Wagen in Flammen aufging … Obwohl, er hat ja Glück gehabt, der Gröbel. Aber er ist nie mehr so richtig der alte geworden, der Gute.« Sie seufzte erneut. »Und dann ist ihm auch noch die Frau weggelaufen. Die konnte das ja noch …«

»Was?« Kökkenmöddinger setzte sich ins Taxi und kramte Zettel und Stift aus der Mittelkonsole. »Was konnte sie noch?«

»Na, laufen. *Sie* konnte ja noch laufen«, erklärte Bärbel. »Weg war sie. Die Mutter tot. Und nun sitzt er da, der Gröbel, mit dem dementen Alten …«

»Wo sitzt er denn genau, dieser Gröbel?«, unterbrach Kökkenmöddinger sie. Er wollte schließlich sein Auto reparieren lassen und keine Familienchronik anfertigen. »Gib mir doch mal bitte die Adresse der Werkstatt.«

»In Diesbar-Seußlitz«, sagte Bärbel. »Das ist hinter Meißen, noch durch Diera-Zehren durch, rechtselbig.«

»Danke«, ging er erneut dazwischen. »Kenne ich.« Er notierte Straße und Hausnummer. »Gröbel also. Bärbel, du hast mir sehr geholfen. Vielen Dank! Und grüß Heinz von mir. Ich muss jetzt weiter …«

Er brach das Gespräch ab, bevor Bärbel weitere Schicksalsschläge des befreundeten KFZ-Menschen hervorkramen konnte, ihn zum Essen einladen oder sich womöglich nach Jelena erkundigen würde. So sehr er Bärbels Küche und ihre fürsorgliche Art schätzte, heute wollte er sich nur auf Wesentliches konzentrieren. Die anstrengende Nacht und der Schlafmangel saßen ihm in den Knochen.

Er schaltete das Radio ein, auch wenn er derzeit nicht Jelenas Stimme hören würde, strahlte Radio Elbradar doch eine gewisse Vertrautheit aus. Wie lange, hatte Jelena gesagt, dauerte ihre Fortbildung in der Lausitz? Nun ja, vor dem Wochenende wäre sie gewiss nicht wieder zu Hause. Eine Männerstimme im Radio kündigte lokale Nachrichten mit einem immerfröhlichen Erkennungsgedudel an, betonte, dass das lokale Geschehen jenes in Dresden sei, und setzte in ernstem Tonfall an.

»Wie die Polizei erst jetzt bekanntgab, handelt es sich bei dem am gestrigen Sonntag bekannt gewordenen Autobrand im Dresdner Norden nicht nur um Sachbeschädigung. Im Wrack des ausgebrannten Wagens wurde eine noch nicht identifizierte männliche Leiche gefunden. Die Polizei geht von einem Tötungsdelikt aus.« Übergangslos setzte der Sprecher fort: »Beim Überfall auf die Tankstelle am Morgen an der Bautzner Straße sind den Ermittlern zwei Verdächtige ins Netz gegangen. Den beiden arbeitslosen Männern wird vorgeworfen, bereits an Überfällen auf Tankstellen in Niedersedlitz und Reick beteiligt gewesen zu sein. Die Fahndung nach dem noch unbekannten dritten Täter läuft. Die Staatsanwaltschaft …«

Kökkenmöddinger drehte dem Radio den Ton ab und startete eine Clapton-CD. Brände, Tote, Überfälle … Man konnte in dieser Welt tatsächlich den Blues bekommen. »Travelin' light is the only way to fly …«

Mitten in diesem markigen Seelen-Seufzer sah Kökkenmöddinger nun seinen Kunden heraneilen. So schnell hatte sich der imposante Ullmann-Brixdorf seit ihrer gestrigen Begegnung noch nicht bewegt. In jeder Hand eine Tasche, den Hut schief auf dem Kopf, hastete er mit wehendem Mantel auf das Taxi zu.

Kökkenmöddinger stieg aus, um ihm den Kofferraum zu öffnen, doch Ullmann-Brixdorf riss bereits die hintere Tür auf, warf die Taschen auf den Rücksitz und krabbelte hinterher.

»Los! Fahren Sie! Nichts wie weg hier!« Er zog die Tür zu.

Kökkenmöddinger setzte sich wieder hinter das Steuer und sah ihn fragend an.

»Los jetzt! Weg hier!« Der Mann keuchte.

Kökkenmöddinger startete den Wagen, fuhr an und fädelte sich in den fließenden Verkehr ein. Er warf einen Blick in den Rückspiegel und bemerkte, dass zwei großgewachsene Männer in dunklen Anzügen am Straßenrand mit den Armen ruderten. Dann nahm er seinen Fahrgast im Spiegel ins Visier. Ullmann-Brixdorf nahm den Hut ab. Schweiß perlte von seiner Stirn. Er zückte ein Stofftaschentuch und tupfte sich das Gesicht ab.

»Ist es Ihnen recht, wenn ich jetzt erst mal zur Werkstatt fahre?« Kökkenmöddinger behielt ihn im Auge.

»Sicher doch, mein lieber Kökkenmöddinger.« Er rang noch immer nach Atem, kramte jedoch nichtsdestotrotz eine Zigarre hervor.

»Es ist allerdings etwas außerhalb, die Elbe hinunter«, erklärte Kökkenmöddinger.

»Umso besser, nichts wie raus aus dieser Stadt.« Ullmann-Brixdorf schnitt seine Zigarre mit der Taschenguillotine an. »Ist das wieder Clapton?«

»Ja. ›Traveling Light‹.« Kökkenmöddinger steuerte das Taxi über die Brücke auf die andere Elbseite. »Ich mag den Song.«

»Sehr schön.« Er streichelte mit der Flamme des Feuerzeugs die Zigarre.

Kökkenmöddinger fuhr auf der Leipziger Straße in Richtung

Radebeul. Wenn er das recht in Erinnerung hatte, mussten sie nur lange genug der Elbe folgen, um in Diesbar-Seußlitz anzukommen. Sicherheitshalber schaltete er das Navigationsgerät ein.

»Hat denn bei der Bank alles geklappt?«, erkundigte er sich vorsichtig bei seinem Fahrgast.

Der saugte an seiner Zigarre und winkte ab. »Machen Sie doch mal die Musik lauter, mein Bester«, verlangte er und verschwand hinter einer dicken Rauchwolke.

»Gern.« Kökkenmöddinger drehte voll auf.

Bald darauf glitten sie mit »Find Myself« die Elbe entlang gen Westen.

Kontraste

Nach einer guten Stunde hatten sie Diesbar-Seußlitz erreicht.

»Herrliche Gegend«, ließ sich Ullmann-Brixdorf immer wieder vernehmen. Und »niedlich«, »entzückend«, »zauberhaft«.

»O ja«, stimmte Kökkenmöddinger zu. »Natürlich besonders für Weinliebhaber. Aber Sie bekommen hier durchaus auch anständiges Bier aus kleinen Privatbrauereien.«

»Sehr schön, sehr schön.« Er lachte.

Kökkenmöddinger folgte auf Anraten des Navigationssystems einer schmalen Straße hinauf in die Berge. Irgendwo hier im Hinterland musste die Werkstatt liegen. Das Ziel war auf der kleinen Monitor-Landkarte bereits zu erkennen. Er bog ab auf einen geteerten Feldweg, der ins Nichts zu führen schien. Hinter einer bewaldeten Anhöhe lag ein Bauernhof, dessen vorderes Gebäude nicht gerade einladend wirkte. Der Putz bröckelte, die Fenster schienen jedoch unversehrt. Kökkenmöddinger fuhr durch das Tor auf einen abenteuerlich gepflasterten Hof. Ein altes Schild verriet, dass man hier bereits seit neunzehnhundertsechzig Autos reparierte.

Kökkenmöddinger hielt vor einer Scheune an. Als er ausstieg, hörte er Radiogedudel und Werkeleigeräusche aus dem Innern. Sie waren also richtig.

»Hallo? Schönen guten Tag.« Kökkenmöddinger klopfte an die offen stehende Tür. Es roch metallisch, nach Öl, Diesel und Gummi. »Ich suche Herrn Gröbel.«

Ein alter Mann im blaugrauen Kittel tauchte hinter einem teilweise zerlegten Auto auf. Er blinzelte und tastete seine Kitteltaschen ab. »Hä?«

»Hallo!« Kökkenmöddinger hob die Stimme. »Sind Sie Herr Gröbel?«

»Nee.« Der Alte zog eine Brille aus der Tasche. Umständlich schob er sich das altmodische Gestell auf seine Nase und glupschte Kökkenmöddinger nun aus unwirklich stark vergrößerten Augen an. »Freundschaft.« Er kam mit ausgestrecktem Arm auf ihn zu, zog die Hand jedoch gleich wieder zurück. »Tschuldigung, Öl.«

Kökkenmöddinger schmunzelte. »Wo finde ich denn Herrn Gröbel? Ich habe hier ein Auto zur Reparatur. Kotflügel und Scheinwerfer. Man hat mir diese Werkstatt empfohlen …«

»Da schauen wir doch mal.« Der Alte folgte Kökkenmöddinger hinaus zum Wagen. Ullmann-Brixdorf stand Zigarre paffend daneben, doch der alte Mann schien ihn gar nicht zu bemerken.

»Ui, flotter Wagen. Wo haben Sie den denn her?« Er streichelte sanft die Motorhaube, als wollte er das Auto beruhigen. Kökkenmöddinger dachte unwillkürlich an die Begrüßung eines Pferdes, indem man ihm den Hals tätschelte.

»Wo haben Sie denn die Ersatzteile?« Der Alte sah Kökkenmöddinger erwartungsvoll an. »Da brauchen wir doch Ersatzteile.« Er deutete auf den demolierten Scheinwerfer.

»Ja, genau.« Kökkenmöddinger nickte. »Wir brauchen einen neuen Scheinwerfer.«

»Na sowas, den müssen Sie doch mitbringen!« Er betrachtete erneut eingehend den Schaden. »Eieieiei …«

Plötzlich richtete er sich auf und sah Kökkenmöddinger durchdringend an. »Keine Ersatzteile, keine blauen Fliesen … Ihr seid wohl von der Partei.« Dann rief er unvermittelt: »Gröbel, komm, hier sind Genossen!«

Ullmann-Brixdorf lachte herzhaft. »Sie machen mir Spaß! Herrlich!«

Der Alte lachte ebenfalls. »Nu klar, für solche Fälle sind wir gerüstet, Genosse.«

In diesem Augenblick schepperte es hinter der Scheunentür. Dann kam ein Mann im Rollstuhl heraus. »Herbert, nun lass die Leute doch in Ruhe«, verlangte er und wandte sich an Kökkenmöddinger. »Was kann ich für Sie tun?«

»Sind Sie Herr Gröbel?« Kökkenmöddinger wollte ihm die Hand reichen, doch der andere hielt seine ölverschmierten Finger in die Höhe.

»Ja, ich bin Gröbel.« Er nickte.

»Die haben keene blauen Fliesen«, mischte sich der Alte ein. »Nicht einmal Spargel oder Räucheraal. Ich sage dir, die sind von der Partei ...«

»Herbert, lass das doch!« Gröbel klang gereizt.

»Und dann dieser Wagen«, insistierte der Alte weiter. »Eindeutig Genossen, von ganz oben.«

»Schluss jetzt, Herbert!«, zischte Gröbel.

Der alte Herbert nickte Kökkenmöddinger zu. »Ich hol uns mal 'nen Schnaps. 'nen Blauen Würger nehmt ihr doch, was?« Ohne eine Antwort abzuwarten, verschwand er hinter der Scheunentür.

Gröbel schüttelte den Kopf. »Entschuldigen Sie bitte, mein Schwiegervater ist nicht mehr ganz richtig im Oberstübchen.« Er tippte sich an die Stirn. »Aber wenn es um Autos geht, macht ihm keiner etwas vor. Er war zu DDR-Zeiten einer der ersten Golffahrer hier im Osten Ende der Siebziger.«

»Man fuhr Golf in der DDR?«, mischte sich nun Ullmann-Brixdorf ein. »Das ist ja interessant.«

»Ja, etwa zehntausend Wagen haben sie damals hier zugelassen«, erklärte Gröbel. »Der von meinem Schwiegervater fährt noch immer.«

»Beeindruckend.« Ullmann-Brixdorf paffte.

»Allerdings«, stimmte Kökkenmöddinger zu. »Offensichtlich sind wir hier goldrichtig. Sie wurden mir von meinem

Freund und Kollegen Heinz empfohlen. Mir ist da mit dem Taxi ein Malheur passiert, das ich nicht an die große Glocke hängen möchte …«

Ullmann-Brixdorf deutete auf den Kotflügel. »Im Grunde ist es meine Schuld, dass wir hier sind.«

Gröbel rollte zum Wagen und betrachtete den Schaden eingehend. »Ist ja wirklich nur eine Kleinigkeit. Das bekommen wir schnell wieder hin.«

»Sehr schön«, freute sich Kökkenmöddinger. »Wie schnell ist denn schnell? Bis heute Abend?«

»So schnell sicher nicht.« Gröbel klang bedauernd. »Wenn es nach mir ginge sicherlich. Der Kotflügel ist ja schnell ausgebeult. Allerdings habe ich RAL 1015 nicht vorrätig, und auch den Scheinwerfer muss ich bestellen.«

»RAL 1015?«, warf Ullmann-Brixdorf ein. »Was ist das denn?«

»Die Taxifarbe«, erklärte Gröbel. »Hellelfenbein. In Deutschland ist das natürlich genormt.« Er zuckte die Achseln. »Bei der Farbe dürfte das schnell gehen, aber ein Ersatzteil wie ein Scheinwerfer kann schon mal zwei Tage lang auf sich warten lassen.«

»Das ist aber sehr unpraktisch.« Kökkenmöddinger rieb sich das Kinn.

»In einer Vertragswerkstatt haben Sie da sicher mehr Glück«, mutmaßte Gröbel. »Zumindest die Farbe haben sie vorrätig, und wenn Sie Glück haben sogar …«

»Ach was!«, unterbrach Ullmann-Brixdorf. »Wir haben es doch nicht eilig. Im Übrigen ist das hier ein herrliches Fleckchen Erde. Wie geschaffen für einen kleinen Sonderurlaub …« Er klopfte Kökkenmöddinger auf die Schulter. »Was, mein lieber Kökkenmöddinger?!«

Der lachte. »Das ist natürlich ein hervorragendes Argument.«

»Brauchen die Genossen einen Ersatzwagen?« Der Alte kam mit einem Stapel Schnapsgläsern in der einen und einer Flasche mit blauem Etikett in der anderen Hand aus der Scheune. »Ich habe da noch meinen Golf …«

Kökkenmöddinger grinste. »Das wird wohl nicht nötig sein.«

»Genau«, stimmte Ullmann-Brixdorf zu. »Wir müssen ja nur auf die Ersatzteile warten.«

»Das kann schon ein paar Wochen dauern, Genossen.« Der Alte verteilte die Schnapsgläser. »Ihr wisst doch, wie der Hase läuft. Die Werktätigen reißen sich alles selbst unter den Nagel.« Er goss der Reihe nach Schnaps in die Gläschen. »Für'n Trabant hätten wir ja alles da. Da haben wir immer was in der Hinterhand, falls einer von euch Genossen kommt. Aber für so eine Staatskarosse …«

»Nun ist es aber gut, Herbert«, schimpfte Gröbel.

»Recht haste, mein Kleiner.« Der alte Herbert erhob das Glas. »Prost Genossen! Rückwärts nimmer, vorwärts immer! Wenn ihr wollt, baue ich bei allen Trabis den Rückwärtsgang aus …«

Eine Stunde später hatten Kökkenmöddinger und sein Begleiter mit den drei Reisetaschen einen ordentlichen Marsch absolviert. Kökkenmöddinger spürte seine Füße. Er war so viel Bewegung gar nicht mehr gewohnt. Ullmann-Brixdorf hatte stöhnend die erstbeste Restauration angepeilt, und so saßen sie nun in Diesbar-Seußlitz in einem italienischen Lokal, ohne bisher die Sehenswürdigkeiten beachtet zu haben.

»Wir suchen erst mal diese Unterkunft«, schlug Kökkenmöddinger vor. »Da können wir das Gepäck loswerden.«

Ullmann-Brixdorf stimmte zu. »Und dann gehen wir gemütlich einen heben.« Er lachte. »Haben Sie verstanden, wo diese Pension sein soll, die der Mann uns empfohlen hat?«

Kökkenmöddinger nickte. »Auf der anderen Elbseite. Hier gibt es eine Fähre. Und auf der anderen Seite geht es links und immer die Elbe entlang. Das muss so eine Art Bauernhof sein.«

»Herrlich.« Ullmann-Brixdorf klang begeistert. »Das ist so schön ländlich hier. Genau, wie ich es mag.«

Während Ullmann-Brixdorf die Getränkerechnung beglich, erkundigte sich Kökkenmöddinger nach der Fähre. Sie mussten nur direkt über die Straße zum Anleger hinunter.

»Keine zweihundert Meter«, ließ der Kellner ihn wissen. »Da kommen Sie direkt rüber nach Niederlommatzsch.«

»Wir brauchen eine Karte«, erklärte Kökkenmöddinger, als sie kurz darauf hinunter zum Fluss liefen. »Sonst finden wir die Werkstatt von Gröbel gar nicht wieder.«

»Schauen Sie mal, wie niedlich.« Sein imposanter Begleiter deutete hinüber zu dem kleinen Fährschiff, das am anderen Ufer lag. »Wirklich ganz entzückend.«

Nur wenige Minuten später näherte sich die Fähre. Als Kökkenmöddinger mit seinem Begleiter das kleine Schiff bestieg, fragte er sich, ob der Fährmann nur ihretwegen fuhr.

»Nein, wie schön!« Ullmann-Brixdorf konnte seine Begeisterung offenbar gar nicht bremsen. Er kramte in seinen Manteltaschen. »Wo habe ich denn meine Zigarren?«

Noch bevor er diese Frage endgültig klären konnte, legten sie an. Einige Touristen kamen gerade aus einem Lokal direkt am Anleger.

»Ich mag Sachsen«, erklärte Ullmann-Brixdorf. »Hier gibt es überall Lokale. Selbst im kleinsten Nest.«

Kökkenmöddinger schmunzelte. »Jetzt geht es aber erst mal auf Zimmersuche«, ermahnte er. »Nicht, dass wir nachher ohne ein Bett für die Nacht dastehen.«

»O ja. Und ich muss Ihnen bei aller Sympathie gestehen, dass mir zwei Betten sogar lieber wären.« Ullmann-Brixdorf lachte dröhnend, während sie die Fähre verließen und sich nach links wandten.

Ein Rad- und Fußgängerweg schlängelte sich die Elbe entlang, und Kökkenmöddinger war hocherfreut, dass hier weitaus weniger los war als auf den Elberadwegen in Dresden. Dort herrschte bei schönem Wetter selbst werktags regelrechtes Gedrängel. Hier jedoch überholte sie nur gelegentlich ein Radfahrer, und andere Fußgänger gab es gar nicht.

»Ah, da ist eine!« Ullmann-Brixdorf zog strahlend eine Zigarre in Aluhülle aus der Manteltasche. Dann seufzte er. »Ich fürchte, die anderen habe ich im Auto liegenlassen. Die ganze Kiste.«

»Dann sollten Sie sich die letzte aufheben«, riet Kökkenmöddinger und zeigte auf ein Schild, das an einem Fahrrad hing, das wiederum an einen Zaun gekettet war. »Pensionszimmer mit Frühstück.«

Mit einem reichhaltigen Essen in der *Elbklause* und ungezählten Runden Bier hatten sie den Abend beschlossen. Mangels verfügbarer Zigarren war Ullmann-Brixdorf notgedrungen auf Zigarillos umgestiegen, und Kökkenmöddinger hatte fasziniert beobachtet, wie ein Glimmstängelchen nach dem anderen unter dem mächtigen Schnurrbart dahinging. Sie schienen vergleichsweise wie Streichhölzer abzubrennen. Ullmann-Brixdorf hatte denn auch – neben allerhand Schnäpsen zum Bier – zwei Schachteln Zigarillos niedergemacht. Kökkenmöddinger selbst hatte sich den gesamten Abend lang an Bier gehalten, bis er sich schließlich selbst daran festhalten musste. Ihm sauste der Kopf, als er sich nun auf sein Pensionsbett sinken ließ.

Aus dem anderen Bett war bereits das Schnarchen Ullmann-Brixdorfs zu vernehmen. Dummerweise hatte es nur noch ein Doppelzimmer in der Pension gegeben. Doch immerhin hatten sie getrennte Betten.

Kökkenmöddinger beobachtete im Dämmerlicht, wie sich der mächtige Oberkörper von Ullmann-Brixdorf auf und ab bewegte und sein Schnarchen immer wieder neue Rhythmen hervorbrachte.

Kaum hatten sie das Zimmer bezogen, hatte dieser ungewöhnliche Kunde eine seiner drei Reisetaschen geöffnet und ihm eine frische Zahnbürste und noch verpackte Boxershorts in die Hand gedrückt.

Das war natürlich sehr praktisch, doch nun, mit ein bisschen Überlegung, ging Kökkenmöddinger auf, dass Ullmann-Brixdorf die Sachen besorgt haben musste, bevor sich überhaupt die Notwendigkeit der Übernachtung ergeben hatte. Hatte er gewusst, dass sie in der Provinz stranden würden? Oder hatte er gar vorgehabt, sie beide irgendwo einzuquartieren? Doch warum?

Kökkenmöddinger versuchte, sich abzulenken. »Der Sitz der Seele ist da, wo sich Innenwelt und Außenwelt berühren …« Er konnte sich nicht recht konzentrieren, Novalis und der Sitz der Seele, dann der Geist als das, was das menschliche Hirn macht – mehr oder weniger gesteuert … Er rieb sich die Stirn. Sein Schädel dröhnte zu sehr, um sich mit philosophischen Gedanken zu beschäftigen. Seele, Bewusstsein, Freiheit. Sein Bewusstsein war so frei, sich zu verselbständigen. Und immer wieder kehrten seine Gedanken zu diesen ungewöhnlichen Umständen zurück. Was tat dieser Mann eigentlich hier? Was hatte er vor?

Erst suchte er sein Auto, dann schien er es gar nicht finden zu wollen … Er log seine Frau an, seine Freundin ebenfalls, möglicherweise noch mehr Frauen … Und nun wirkte es, als wolle er von der Bildfläche verschwinden. Sonderurlaub?

Kökkenmöddinger setzte sich im Bett auf, und Ullmann-Brixdorf tat einen besonders lauten Schnarcher. Hier war doch etwas faul. Er beobachtete den schlafenden Mann, der jetzt wieder gleichmäßig vor sich hin schnaufte. Vorsichtig stieg Kökkenmöddinger aus dem Bett und schlich mit wenigen Schritten hinüber zum Fenster, wo im Dämmerlicht das Gepäck von

Ullmann-Brixdorf stand. Eine Reisetasche war geöffnet. Weitere Socken und Shorts waren zu sehen, T-Shirts, Hemden – allesamt noch verpackt. Kökkenmöddinger griff vorsichtig tiefer in die Tasche und fand Kosmetikartikel vom Shampoo bis zum Einwegrasierer. Er stutzte. Und was war das? Behutsam befühlte er einen schweren, kühlen und metallischen Gegenstand … Er hielt kurz den Atem an. Doch als er die Hand aus der Tasche zog, konnte er im Dämmerlicht erkennen, dass es sich um nichts anderes als eine Taschenlampe handelte. Einen Moment lang hatte er tatsächlich befürchtet, auf eine Waffe gestoßen zu sein, doch dann … Moment! Kökkenmöddinger runzelte die Stirn. Ungewöhnlich war eine Taschenlampe durchaus auch.

Er schaltete die Lampe ein. In diesem Moment schnarchte Ullmann-Brixdorf laut, gab ein paar tiefe Grunzlaute von sich und drehte sich zur Seite. Das Bett seufzte auf. Kein Wunder, unter dem Gewicht. Kökkenmöddinger schmunzelte bei dem Gedanken. Dann fummelte er den Reißverschluss der nächsten Tasche auf. Er würde nur einen kurzen Blick hineinwerfen, beruhigte er sein aufjaulendes Gewissen. Vielleicht hatte sein seltsamer Kunde ja auch noch etwas Proviant eingesteckt. Kökkenmöddinger hätte jetzt einen Happen vertragen können. Der leckere Rostbraten lag schließlich schon wieder zahlreiche Bierrunden zurück.

Er leuchtete ins Innere der Tasche und schreckte zurück. Geld! Er befühlte das bedruckte Papier. Er schnupperte daran. Es fühlte sich an wie Geld, und es roch wie Geld. Bei genauerer Betrachtung war die Tasche voller Euroscheine. Von Fünf- und Zehneuronoten über Zwanzig-, Fünfzig-, Hundert- bis hin zu Zweihunderteuroscheinen. Kökkenmöddinger tauchte den Arm einmal tief in die Tasche. Offenbar war tatsächlich die ganze Tasche voller Bargeld. Er vermochte allerdings nicht abzuschätzen, wie viele Euro tatsächlich in der Reisetasche Platz fanden.

Nun nahm sich Kökkenmöddinger das letzte der drei Gepäckstücke vor. Er erwartete allerdings nicht mehr wirklich etwas Essbares. Ha, noch mehr Geld! Das wurde ja immer besser. Er leuchtete einige Scheine mit der Taschenlampe genau ab. Dann schüttelte er irritiert den Kopf. Das war kein Euro. Das war überhaupt keine ihm bekannte Währung. Er betrachtete die Scheine genauer. Das war zweifelsohne Geld. Er erkannte kyrillische Schriftzeichen auf rötlichorangen und türkisrosafarbenen Bildern. Die Motive wirkten zum Teil sakral, auch Blumen und Getier sowie künstlerische Motive waren zu erkennen. Die Werte wurden mit zehn, fünfzig, hundert über fünfhundert und tausend bis hinauf zu fünftausend beziffert. Die Währung allerdings war beim besten Willen nicht zu entziffern.

Ein lauter Seufzer von Ullmann-Brixdorf erschreckte Kökkenmöddinger. Rasch stopfte er die Scheine zurück und schloss die Tasche. Dann löschte er die Taschenlampe und steckte sie zurück in das erste Gepäckstück. Sein Zimmergenosse schien unruhig zu werden und wälzte sich im ächzenden Bett hin und her.

Kökkenmöddinger legte sich auf sein Bett und verschränkte die Arme hinter dem Kopf. Was hatte das nur alles zu bedeuten?

Mal so, mal anders

Vorsichtig nippte Kökkenmöddinger an seinem heißen Tee. Er war der erste Pensionsgast im Frühstücksraum, hatte bereits die zweite Portion Rührei auf seinem Teller und genoss die Ruhe.

Viel Schlaf hatte er in der vergangenen Nacht wieder nicht bekommen. Zu sehr kreisten seine Gedanken um den merkwürdigen Ullmann-Brixdorf, dessen Reisetascheninhalte und seine eigenen Mutmaßungen, die sich selbst in seinen unruhigen Träumen verfangen hatten. Ein wirres Durcheinander aus unbekannten Waldgegenden, einer tanzenden und singenden Jelena und in Geld eingewickelten Frikadellen waren die letzten Traumschnipsel, die sein Bewusstsein festgehalten hatte. Und irgendeine undefinierbare Stimme hatte in diesem Traum ständig auf ihn eingeflüstert. Er konnte sich allerdings nicht erinnern, was sie gesagt hatte. Er wusste nicht einmal, in welcher Sprache diese Stimme gesprochen hatte.

Kökkenmöddinger putzte mit einem Stück Brot den letzten Rest Rührei vom Teller und wandte sich zum Frühstücksbüfett. Neben Brötchen, Butter, Wurst, Käse und Obstsalat pflückte er sich eine der Tageszeitungen vom Büfett. Dann ließ er sich mit seiner Fracht am Tisch nieder und schlug die Zeitung auf. Wenn er Glück hatte, schlief sein Begleiter noch eine Weile, so dass er in Ruhe die Zeitung lesen konnte. Dem seltsamen Ullmann-Brixdorf konnte er später noch auf den Zahn fühlen. Die Zeitungsmeldungen waren zwar alles andere als erfreulich, aber das war ja nichts Neues. Eigentlich war Neues für die Zeitungen ja nur neu genug, wenn es Unerfreuliches zu berichten gab. Wie sagte Jelena immer so schön? ›Wir Journalisten irren verwirrt zwischen Problembewusstsein und Sensationsgier hin und her. Wenn wir Probleme thematisieren, müssen sie sensationell daherkommen, um wahrgenommen zu werden. Und wenn man sie dann wahrnimmt, sind wir die Schuldigen.‹ Kökkenmöddinger überflog seufzend grausame Kriegsgeschehnisse, Flüchtlingsschicksale und Randgruppen-Kriminalität. Es stimmte natürlich, dass die Schreiberlinge nichts für das Elend in der Welt konnten. Im Grunde waren sie zu bedauern, da sie immer nur mit Elend konfrontiert wurden und mit Elend konfrontierten. Sie konnten eben genauso schlecht mit schlechten Nachrichten umgehen wie er und all die anderen Leser. Aber jede Seite machte die andere dafür verantwortlich.

Schluss jetzt mit Philosophieren!, ermahnte er sich, spürte er doch, dass seine Gedanken schon wieder um Jelena zu kreisen begannen. Er widmete sich einem ausführlichen Artikel auf Seite drei. Wieder ging es um den ausgebrannten ausländischen Wagen in Dresden, in dem man einen Toten gefunden hatte. Das Thema schien die Polizei der Landeshauptstadt in Atem zu halten. Ah, da stand es ja … Man hatte die Identität des toten Mannes herausgefunden. Ein Mitglied einer ausländischen Botschaftsdelegation. Der Wagen gehörte offenbar einem Diplomaten, der spurlos verschwunden war. »Unseren Informationen zufolge wurde der Mann seit Wochen massiv bedroht«, zitierte man einen Polizeisprecher. Welcher denn nun?, fragte sich Kökkenmöddinger und studierte aufmerksam weiter den Artikel. Ach, es ging gar nicht mehr um den Toten, sondern um irgendeinen ausländischen Politiker, der »womöglich die Mafia« am Hals habe. »Genauere Angaben können wir zum gegenwärtigen Zeitpunkt nicht machen«, schloss man den Artikel mit einem Zitat des Polizeisprechers.

Kökkenmöddinger schüttelte den Kopf und biss in sein Käsebrötchen. Der Informationsgehalt dieses Artikels war trotz epischer Breite höchst dürftig.

In diesem Moment betrat Ullmann-Brixdorf den Frühstücksraum und lüftete den Hut. Sogleich eilte eine Mitarbeiterin der Pension herbei.

»Wünschen Sie Kaffee oder Tee zum Frühstück?«, fragte sie und lachte höchst albern, als Ullmann-Brixdorf mit dröhnendem Bariton antwortete:

»Am liebsten Tee mit Schuss – peng-peng!«

Unwillkürlich stöhnte Kökkenmöddinger auf.

»Guten Morgen, mein lieber Kökkenmöddinger!« Ullmann-Brixdorf ließ sich am Tisch nieder. »Oh, schon am frühen Morgen so viel Information?« Er deutete auf die Zeitung, die noch aufgeschlagen auf dem Tisch lag, während die Angestellte ihm ein kleines Tablett mit Tee und einem halbgefüllten Kognakglas servierte.

»Meine Liebe, ich hätte gern Rührei mit Speck und ein paar leckere Brötchen«, ließ er sich vernehmen.

»Das ist ein Frühstücksbüfett«, knurrte Kökkenmöddinger. »Da ist Selbstbedienung.«

»Ach was«, beeilte sich die Angestellte zu sagen und strahlte Ullmann-Brixdorf an. »Ich stelle Ihnen ein hübsches Tellerchen zusammen.«

Er lachte. »So hübsch es auch sein wird, meine Beste, mit Ihnen kann es sicher nicht konkurrieren.«

Sie kicherte dämlich und begann, sich am Büfett zu schaffen zu machen.

Kökkenmöddinger zog die Augenbrauen hoch und deutete auf das Foto von dem ausgebrannten Wagen in der Zeitung. »Haben Sie das mitbekommen?« Er klang gereizt.

»Ja, ja«, winkte Ullmann-Brixdorf ab. »Diese Presseleute machen ja aus allem immer einen Skandal.«

»Und was fällt Ihnen dazu ein?«, forschte Kökkenmöddinger weiter. »Was ist denn eigentlich nun mit Ihrem Auto?«

Ullmann-Brixdorf grinste. »Nichts, was soll damit sein?«

»Immerhin wurde ein ausländischer ausgebrannter Wagen gefunden.« Kökkenmöddinger sah ihn an.

»Ja, mit einem Toten.« Er nickte der Mitarbeiterin zu, die ihm zwei vollbeladene Teller brachte. »Danke, meine Beste.«

»Könnte das Ihr Wagen sein?« Kökkenmöddinger klang schärfer als beabsichtigt.

»Wohl kaum«, erwiderte Ullmann-Brixdorf und schaufelte Rührei auf seine Gabel. »Wie Sie sehen, lebe ich ja noch.« Er ließ es sich schmecken. »Herrlich, dieses Ei …«

»Nun nehmen Sie doch wenigstens beim Essen mal diesen Hut ab«, entfuhr es Kökkenmöddinger.

Ullmann-Brixdorf sah ihn erstaunt an. »Nanu, Sie haben aber schlechte Laune.« Er nahm den Hut vom Kopf und legte ihn auf den Stuhl neben sich. »Schlecht geschlafen?«

»Ich habe so gut wie gar nicht geschlafen.« Kökkenmöddinger dachte an die Reisetaschen und ihre seltsamen Inhalte. »Sie schnarchen!«

»Oh, das tut mir leid.« Ullmann-Brixdorf nippte zunächst am Tee und leerte dann das dazugehörige Glas in einem Zug. »Ich kann mich nur in aller Form entschuldigen. Das passiert mir eigentlich nur, wenn ich Alkohol getrunken habe.«

Kökkenmöddinger faltete die Zeitung zusammen. »Wann haben Sie denn mal keinen Alkohol getrunken?!« In diesem Moment klingelte es in Kökkenmöddingers Jackentasche. Er zog sein Mobiltelefon hervor. »Ja?«

»Kökki, guten Morgen«, meldete sich Sarah aus der Zentrale.

»Morgen, Sarah.« Kökkenmöddinger seufzte ins Telefon. »Was gibt's?«

»Ich wollte dich nur daran erinnern, dass du dein GPS wieder aktivierst«, erklärte Sarah freundlich. »Wir haben dich gestern irgendwann irgendwo hinter Meißen vom Schirm verloren.«

»Ach so.« Kökkenmöddinger überlegte kurz. »Ja, natürlich. Sobald ich unterwegs bin, schalte ich es ein. Bis später.«

Er drückte das Gespräch weg und sah, dass sich der Akku seines Telefons bereits zur Hälfte geleert hatte. *»Pokkers«,* murmelte er. Er hatte das Ladekabel im Taxi liegenlassen. Mit GPS würde das Gerät nicht mehr lange durchhalten.

Dann wandte er sich an Ullmann-Brixdorf. »Wir müssen noch einmal zu dieser Werkstatt. Ich habe etwas im Auto vergessen.«

»Prima«, freute sich Ullmann-Brixdorf, unverdrossen mampfend. »Dann bekomme ich endlich meine Zigarren.«

Wenig später setzten sie – jeder mit einer Reisetasche auf der Schulter – mit der Fähre über nach Diesbar-Seußlitz. Kökkenmöddinger wusste dank seiner Schnüffelei, dass das die beiden prall mit Banknoten gefüllten Taschen waren. Einen Moment lang hatte er heute früh noch gedacht, seine seltsamen Erkenntnisse geträumt zu haben. Doch jetzt keimten sie als Gewissheit.

Ullmann-Brixdorf qualmte gutgelaunt seine letzte verfügbare Zigarre. Er wirkte so unbekümmert, dass Kökkenmöddinger immer argwöhnischer wurde. Dieser Mann hatte entweder Dreck am Stecken und musste sich – buchstäblich – aus einer Affäre ziehen oder er plante etwas, was mit Sicherheit nicht ganz legal war.

Sorgenvoll blickte Kökkenmöddinger auf das Display seines Telefons. Das GPS-Signal ging hinaus. Es wurde allerdings höchste Zeit, den Akku aufzuladen.

»Ein wunderschöner Morgen.« Ullmann-Brixdorf hatte dem Fährmann ein üppiges Trinkgeld gegeben, als habe dieser eigens für ihn die Sonne angeknipst. Überflüssig, ihm zu erläutern, dass so etwas bei öffentlichen Verkehrsmitteln ganz und gar nicht üblich war. Kökkenmöddinger schnaufte. Immerhin war dieser imposante Schwätzer großzügig.

Auf dem Weg durch die Elbwiesen drehte sich Ullmann-Brixdorf mit wehendem Mantel im Kreis. »Herrlich!«, rief er immer wieder. »So ein wunderbares Fleckchen Erde!«

»Das wissen wir ja nun«, murmelte Kökkenmöddinger vor sich hin. Er wunderte sich selbst über seine miese Laune. So schlechter Stimmung war er schon lange nicht mehr gewesen. Zum letzten Mal, als Jelena mit diesem Rudi angekommen war … Ha, Rudi! Nun musste Kökkenmöddinger doch schmunzeln. Rudi hatte sich als stockschwul entpuppt. Er sollte doch besser vorsichtig mit seinen Urteilen sein. Nicht immer lag seine Menschenkenntnis weit vorn. Manchmal unterliefen auch ihm eklatante Fehleinschätzungen, weil er vor lauter Gefühlen keinen klaren Gedanken fand.

»Hören Sie mir gar nicht zu?« Ullmann-Brixdorf legte ihm eine Hand auf die Schulter, die Kökkenmöddinger reflexartig abwehrte. »Ich spreche mit Ihnen, mein lieber Kökkenmöddinger.« Er schüttelte den Kopf. »Ich mache mir langsam Sorgen um Sie, mein Bester.«

»Lassen Sie das einfach«, schlug Kökkenmöddinger vor und kramte eine kleine Karte aus der Tasche. »Schauen Sie mal mit auf die Karte, damit wir die Werkstatt wiederfinden.«

Sein Begleiter lachte laut auf. »Das ist doch ganz einfach.« Er zeigte auf die Straße, die sie gerade hinaufliefen. »Wir gehen hier den Berg hoch, und dann geht es irgendwann rechts ab in die Pampa.«

Kökkenmöddinger schnaufte und steckte die Karte in die Tasche. Dann folgte er Ullmann-Brixdorf, der fröhlich paffend vorauslief.

Was Jelena wohl gerade machte? Ob sie ab und zu mal an ihn dachte? Kökkenmöddinger runzelte die Stirn. Warum nur hatte er jedes Mal diese seltsame Hoffnung auf grundlegende Veränderung der Verhältnisse, wenn sie sich ausnahmsweise mal ein paar Tage nicht sahen? Jedes Mal vermisste er seine schöne Mitbewohnerin. Und jedes Mal hoffte er darauf, dass sie in seiner Abwesenheit ihre Einstellung geändert hätte. Dass sie ihn begrüßen würde wie einen Geliebten, wie ihren festen Partner. Er war ein alter Narr. Aber dieses Wissen half ihm nicht weiter. Es änderte nichts an den Tatsachen: Sie teilten sich die Wohnung, einen Teil des Alltags, und hin und wieder kamen sie sich etwas näher. Aber Jelena wollte nichts als Freundschaft. Und er konnte ihr echte Freundschaft nicht mit gutem Gewissen bieten. Immerzu lauerte er auf Liebe …

»Wenn ich Ihr Gesicht anschaue, fällt mir ein, dass ich den Schirm vergessen habe.« Ullmann-Brixdorf stand an der Weggabelung. »Hier geht es lang.«

»Wieso den Schirm?« Kökkenmöddinger beobachtete, wie der imposante Mann mit einem wehmütigen Seufzer den Stummel seiner Zigarre in den Straßengraben verabschiedete.

»Sie machen ein Gesicht wie drei Tage Regenwetter.« Er lachte. »Kommen Sie, Sie Trauerkloß, ich werde Sie ein bisschen aufheitern.«

Kökkenmöddinger stöhnte auf. Hoffentlich kamen jetzt nicht irgendwelche Anekdoten aus Ullmann-Brixdorfs bewegtem Liebesleben.

Doch der suspekte Kunde zog eine Mundharmonika aus der Tasche. Dann begann er, langsam weiterlaufend, ein paar Bluesakkorde zu intonieren.

Kökkenmöddinger schmunzelte unwillkürlich. Ullmann-Brixdorf hatte in der Tat ein gutes Gefühl für Musik. Die Melodie jedoch konnte er nicht erkennen. Offenbar improvisierte der Freizeitbarde.

Dann ergänzte er sein Harmonikaspiel durch Gesang.

»Come on, Baby … That's the way …« Das Instrument jaulte auf. »Come on, Baby … Take this way … Oh, Baby, we will take the car … Come on, Baby, we will take cigar …« Die Mundharmonika kam erneut zum Einsatz.

Kökkenmöddinger grinste unwillkürlich. Der Typ war ein Tausendsassa. Den Blues hatte er raus, das musste man ihm lassen. Jetzt ging die Melodie über in ein ganz bekanntes Stück von Ray Charles. Mit »Hit the Road Jack« wanderten sie die Straße entlang zu dem halbverfallenen Hof von Heinz' Freund Gröbel.

Schnell ertappte sich Kökkenmöddinger dabei, mitzusummen … »Hit the road, Jack and don't you come back no more, no more, no more, no more …«

Als sie bald darauf die kleine Werkstatt auf dem großen Hof erreichten, fühlte sich Kökkenmöddinger geradezu beschwingt. Und als er nun noch einen Blick auf sein Mobiltelefon warf, um den Akkustand zu kontrollieren, wurde eine Nachricht angezeigt – von Jelena!

Abrupt blieb er stehen und wischte auf dem Display herum. Warum funktionierte das denn nicht schneller? Doch die Nachrichten-App ließ sich nicht aufrufen. Stattdessen verabschiedete sich der Akku mit einem durchdringenden Ton. Das Telefon war aus.

»Pokkers!«, schimpfte Kökkenmöddinger.

Ullmann-Brixdorf lachte. »Ja, genau. Lassen Sie die miese Laune einmal raus.«

Kökkenmöddinger schmunzelte. Immerhin wusste er jetzt, dass Jelena an ihn gedacht hatte.

»Hallo, die Herren!«, tönte es über den Hof, und Gröbel erschien im Rollstuhl in der Scheunentür. »Ich hoffe, Sie erwarten noch keine fertigen Ergebnisse. Die Ersatzteile sind noch nicht da.«

»Nein, nein.« Kökkenmöddinger trat auf ihn zu. »Wir müssten nur noch einmal an das Auto.«

»Nur zu.« Gröbel rollte rückwärts. »Immer hereinspaziert.«

Das Taxi stand in einer hellbeleuchteten Ecke. Auf dem Regal daneben dudelte ein ausgebautes und extern verbundenes Autoradio. Der Sender Radio Elbradar war eingestellt, das erkannte Kökkenmöddinger sofort. Unwillkürlich lauschte er mit einem Ohr auf das Programm. Vielleicht war Jelena doch schon wieder zurück von der Fortbildung und womöglich auf Sendung.

Er öffnete den Wagen und zog sein Ladekabel aus der Mittelkonsole. Dann krabbelte er auf den Rücksitz und schnappte sich die Kiste, die immerhin noch zu drei Vierteln mit Zigarren gefüllt war.

»Herr Ullmann-Brixdorf?« Kökkenmöddinger kroch aus dem Fond des Wagens hervor. »Hier sind Ihre Sargnägel.« Als keine Reaktion kam, wandte er sich um. »Nanu, wo ist er denn?«

Von draußen hörte man dröhnendes Lachen.

»Ihr Kollege ist draußen bei meinem Schwiegervater.« Gröbel saß im Rollstuhl neben dem Taxi. »Schauen Sie mal, die Beule ist schon behoben. Farbe habe ich gleich gestern bestellt. Müsste morgen da sein.«

»Sehr schön.« Kökkenmöddinger stand unschlüssig mit der Zigarrenkiste in der Hand in der Werkstatt und sah sich um. »Gemütlich haben Sie es hier«, stellte er fest und deutete dann auf eine abenteuerliche Konstruktion im anderen Teil der Scheune. »Ist das Ihre Hebebühne?«

Kökkenmöddinger ging zu dem Aufbau aus einem auf Steinen hochaufgebockten Treckeranhänger, auf den eine zweispurige Rampe führte. Oben stand ein alter Golf.

Gröbel rollte hinter ihm her. »Ja, Eigenkonstruktion, damit ich im Rollstuhl arbeiten kann. Ich kann schlecht in eine Grube hüpfen, und unters Auto legen ist auch zu umständlich.«

»Verstehe.« Kökkenmöddinger nickte. »Interessante Konstruktion.«

»Mein Schwiegervater fährt die Wagen rauf und runter«, erklärte Gröbel. »Da muss ich mir noch etwas einfallen lassen, wenn er das nicht mehr kann.«

Im Radio dudelte der Erkennungsjingle für die Verkehrsdurchsage.

»Sie hatten einen Unfall?«, fragte Kökkenmöddinger.

Gröbel bejahte. »Tja, früher bin ich auch mal Taxi gefahren. Daher kenne ich Heinz.«

»Sie hatten den Unfall mit dem Taxi?«, forschte Kökkenmöddinger weiter.

»Nein, nein.« Gröbel schüttelte den Kopf. »Ich bin Rallye gefahren. Ich bin von Haus aus Schrauber. Das konnte ich schon immer besser als fahren.« Er grinste schief. »Taxifahren war die Disziplin-Hölle. Da habe ich in der Freizeit die Sau rausgelassen. Bis alles in Flammen aufging.«

Kökkenmöddinger seufzte. »Oje …«

»Ja. Ich war so ein Idiot. Meine Frau hatte ja recht.« Er fuhr sich durch die Haare. »Bei einem Rennen bin ich gegen einen Baum gerauscht. Der Wagen ging in Flammen auf, und man hat mich mit der Rückenverletzung rausgezogen. Das hat die Verletzung unumkehrbar gemacht. Ich hatte verdammtes Glück. Meine Alternative war, gegrillt zu werden.«

»Aber jetzt haben Sie sich ganz gut arrangiert mit der Behinderung, oder?«, wollte Kökkenmöddinger wissen. Er spitzte die Ohren, als im Radio Nachrichten angekündigt wurden.

»Oh, das hat gedauert«, sagte Gröbel. »Ich war ein solcher Stinkstiefel, dass meine Frau das Weite gesucht hat.« Er rollte zurück zum Taxi, und Kökkenmöddinger folgte ihm. »Aber sie hat mir ihren Stiefvater dagelassen und die Tiere.«

Kökkenmöddinger lauschte noch immer auf Radio Elbradar.

Doch es war eine Männerstimme, die sprach. Es ging wieder um den Toten aus dem ausgebrannten Auto.

Gröbel beobachtete ihn offenbar. »Das ist eine komische Geschichte, was?« Er nickte hinüber zum Radio. »Jetzt haben wir die Balkan-Mafia hier bei uns. Können die ihre Politiker nicht zu Hause in die Luft jagen?«

»Balkan-Mafia?« Kökkenmöddinger bekam nur Wortfetzen aus dem Radio mit. Es war von einem Leibwächter eines Botschafters die Rede.

»Ja, Mazedonier oder Albaner oder so«, gab Gröbel Auskunft. »Sie wollten irgendein hohes Tier plattmachen, haben aber nur einen Leibwächter erwischt. Auch ein Scheiß-Job. Ein Kumpel von mir war mal beim Sicherheitsdienst. War mehr im Krankenhaus als auf der Arbeit …«

»Ja, für mich wäre das auch nichts.« Kökkenmöddinger hörte die Musik einsetzen und musste wieder an Jelena denken. Er sollte so schnell wie möglich sein Telefon aufladen.

In diesem Moment erschienen Ullmann-Brixdorf und der alte Mann in der Tür.

»Kökkenmöddinger, mein Lieber, kommen Sie, das müssen Sie sehen«, dröhnte Ullmann-Brixdorf.

Der Alte freute sich offensichtlich über ihr Auftauchen. »Schnäpschen, Genossen?«

Kökkenmöddinger lehnte dankend ab, und Ullmann-Brixdorf schloss sich wider Erwarten an.

»Wir müssen los.« Kökkenmöddinger reichte ihm die Zigarrenkiste. »Ich muss erreichbar sein.«

»Die Genossen haben ja immer noch keine Ersatzteile mitgebracht«, hörten sie den Alten brabbeln, als sie den Hof verließen.

»So, und nun geht es in den Zoo«, verkündete Ullmann-Brixdorf, als sie bald darauf wieder die kleine Fähre erreichten.

Den ganzen Weg lang hatte er Kökkenmöddinger vorgeschwärmt, welches Idyll sich hinter den verlotterten Fassaden des Gröbelhofs verbarg.

»Der alte Herbert hat Hühner, ein paar Schweine, Kaninchen«, berichtete er begeistert. Kökkenmöddinger hatte sich schon all die armen Tiere im Kochtopf vorgestellt, als Ullmann-Brixdorf hinzusetzte: »Und sogar einen Wurf kleiner Katzen und Hundewelpen. Herrlich! Ich liebe ja dieses knuddelige Viehzeugs!«

Und der alte Herbert hatte dem imposanten Tierfan einen kleinen Tierpark empfohlen, der unweit der Pension lag. Ullmann-Brixdorf war so entzückt, dass Kökkenmöddinger Mühe hatte, ihn zum kurzen Warten zu überreden. Schließlich musste er das Handy noch eben in der Pension an die Steckdose anschließen. Er war so in Eile, dass ihm erst am Eingang zu dem kleinen Tierpark einfiel, dass er die Nachricht von Jelena noch immer nicht gelesen hatte. Dieser Ullmann-Brixdorf machte ihn ganz konfus.

Der war kaum noch zu bremsen, als schon am Eingang kleine Katzen warteten. Und die Begeisterung war keinesfalls einseitig. Überrascht registrierte Kökkenmöddinger, dass die Katzen den Mann geradezu belagerten. Sie strichen ihm um die Beine, ließen sich ausgiebig streicheln und sogar auf den Arm nehmen.

Schmunzelnd saß Kökkenmöddinger mit den beiden Reisetaschen auf einer Bank, kraulte einen alten Kater, der in der Spätsommersonne döste, und beobachtete, wie der imposante Ullmann-Brixdorf zum Katzen-Kletterbaum wurde und mit den kleinen Tigern um die Wette schnurrte. Komischer Gedanke, dass er dessen Taschen mit dem Geld bewachen musste. Nun ja, offiziell wusste er nicht um deren Inhalt.

Auch nachdem sie bald darauf den kleinen Tierpark betreten hatten, wurde Ullmann-Brixdorf noch ein ganzes Stück weit von den Kätzchen eskortiert. Der jedoch widmete sein Entzücken nunmehr dem Gefieder, das ihnen den Gehegezaun entlang folgte und aufgeregt gackerte und schnatterte. Kökkenmöddinger amüsierte sich köstlich über den menschlichen Hahn im Korb.

Der Weg schlängelte sich zwischen Gefieder, Schafen und Schweinen hindurch. Es roch intensiv nach Land, und man konnte allerhand tierischen Lauten lauschen. Ein paar Kurven weiter erreichten sie den Eingang zum Streichelgehege. Verschiedene Arten von Ziegen mit unterschiedlicher Fellfärbung kletterten an einem Hügel herum, auf dem es sogar eine Rutsche für die kleinen Besucher gab. Als sie das hölzerne Schleusengitter passierten, befürchtete Kökkenmöddinger einen Moment lang, sein imposanter Begleiter würde den Hügel hinaufkraxeln, um hinunterzurutschen. Auch hier wurde er wieder wie ein willkommener Verwandter von zahlreichen Tieren begrüßt. Ein Ziegenbock mit stattlichem Gehörn – offenbar der Anführer der Truppe – mackerte kurz etwas herum, um sich dann wie selbstverständlich von Ullmann-Brixdorf den Bart kraulen zu lassen.

Kökkenmöddinger fuhr zusammen. Was war das für ein seltsames Geräusch? Es dröhnte und knarzte. Und da, schon wieder. Erst jetzt bemerkte er, dass die Ziegen wild um die Wette diese Geräusche erzeugten. Sie furzten aufgeregt durcheinander.

Ullmann-Brixdorf lachte laut. »Ihr seid aber gesunde kleine Freunde, was?« Er kraulte zwei Ziegenbärte und wurde von weiteren Tieren freundlich angestupst.

Kökkenmöddinger selbst hatte gehörigen Respekt vor den fröhlichen Furzern mit ihrem zotteligen und streng duftenden Fell. Er blieb lieber etwas auf Abstand. Die beiden Reisetaschen zerrten unangenehm an seinen Schultern.

Als sie bald darauf eine Weide mit Eseln erreichten, gesellte sich einer der Mitarbeiter zu ihnen. Ullmann-Brixdorf verbreitete sich begeistert über die Tiere, die malerisch ländliche Umgebung und stellte gefühlte tausend Fragen.

Kökkenmöddinger gähnte verhalten, während er die dösenden Esel beobachtete. »Wenn ich mal kurz unterbrechen darf …«, meldete er sich zu Wort und deutete auf eine Bank. »Ich mache mal ein Päuschen.«

Ullmann-Brixdorf nickte ihm zu, ohne sein Gespräch über Futtermittel und ökologischen Anbau zu unterbrechen, und Kökkenmöddinger trollte sich mit den beiden Geldtaschen auf die Bank. Von hier aus hatte er einen schönen Ausblick auf die Elbe und das gegenüberliegende Ufer. Hinter sich hörte er das Gespräch seines Begleiters und des Tierexperten nur mehr als Gemurmel, ab und zu unterbrochen vom ausgeprägten Schrei des einen oder anderen Esels. So widersprüchlich sich dieser Ullmann-Brixdorf auch präsentierte, Kökkenmöddinger musste ihm Unterhaltungswert zugestehen. Dennoch oder gerade deshalb würde er diesem Kerl noch auf den Zahn fühlen. Wie schade, dass er die Nachricht von Jelena immer noch nicht hatte lesen können. Er seufzte. Andererseits hatte er so etwas, auf das er sich freuen konnte. Je mehr er darüber nachdachte, desto sicherer wurde seine Annahme, dass sie ihn vermisste. Kökkenmöddinger blinzelte in die Sonne. Ach ja, seine Jelena. Seine Gefühle für sie blieben ungetrübt, und vor allem ein Gefühl blieb stets vorherrschend: Sie waren füreinander bestimmt …

Das Aufheulen eines Dieselmotors riss ihn aus seinen Gedanken. Direkt auf der Wiese vor ihm wurde ein Trecker angeworfen. Musste das jetzt sein? Kökkenmöddinger seufzte. Der Traktor fuhr röhrend und rumpelnd über die Wiese und der Fahrer winkte. Kökkenmöddinger setzte sich aufrecht hin. Nein! Jetzt sah er, dass es tatsächlich Ullmann-Brixdorf war, der auf dem Traktor saß. Mit Hut und Zigarre saß dieser kräftige Mann auf dem kleinen alten Traktor und zog begeistert winkend seine Runden.

Kökkenmöddinger lehnte sich wieder grinsend zurück. Was für eine Type. Er umfasste fest die Reisetaschen zu seiner rechten und linken Seite und schloss die Augen. Sein exzentrischer Begleiter war offenbar erst mal eine Weile beschäftigt. Der alte Traktor knatterte zufrieden vor sich hin. Da konnte er auch ein kleines Nickerchen machen …

»Etwas Besseres als den Tod finden wir überall«, hörte Kökkenmöddinger Jelena rufen. Dann schrie sie immer wieder »Schneller, schneller!«. Nein, sie schrie nicht, sie krähte ihm direkt ins Ohr. Saß sie auf seiner Schulter? Er konnte den Kopf drehen und wenden wie er wollte, er bekam sie nicht zu Gesicht. Dann sah er an sich herunter und fühlte sich schwindlig. Er saß auf einem wackligen Untergrund. Ihm war ganz schwindlig zumute. Vor sich sah er einen Kopf mit großen Ohren. Eine Mähne. Er hielt sich fest. Er saß offenbar auf einem Pferd. Auf einem riesigen Pferd, rundherum war Abgrund. Dann hörte er eine dröhnende Männerstimme, die ein Kinderlied sang … Und immer wieder krähte Jelena dazwischen. Er spürte etwas Feuchtes an seinem Ohr, schüttelte den Kopf. Dann spürte er es wieder am anderen Ohr. »Aufhören«, versuchte er zu sagen, doch seine Stimme blieb ein hündisches Winseln.

Lachen dröhnte. »Wachen Sie auf, mein Lieber.«

Kökkenmöddinger öffnete die Augen. Er saß gar nicht auf einem Pferderücken, sondern auf einer Bank. Das feuchte Gefühl an den Ohren blieb. Das war ja widerlich. Er blickte zur Seite und sah auf riesige Nüstern. Dann wandte er sich um. Er träumte wohl. Wieder ein komisches riesiges Maul. Eine lange Zunge kam auf ihn zu.

»Lasst den armen Mann doch mal zu sich kommen.« Das war die Stimme von Ullmann-Brixdorf.

Kökkenmöddinger rappelte sich hoch, sprang auf und drehte sich um. Da stand der imposante Mann umrahmt von zwei schmatzenden Eseln und lachte herzhaft.

Kökkenmöddinger schüttelte sich und befühlte unwillkürlich seine Ohren. Immerhin, sie waren noch da. »Was tun Sie denn? Führen Sie jetzt Esel spazieren?«

»Darf ich vorstellen?« Ullmann Brixdorf zeigte zunächst auf das graue, dann auf das braune Tier. »Das sind Pommes und Fritz ... Sagt hallo zu Kökkenmöddinger ...«

Pommes schnaufte, und Fritz sonderte heiseres Gequietsche ab.

Kökkenmöddinger sah irritiert von einem Tier zum anderen.

»Sie lieben Kartoffeln«, erklärte Ullmann-Brixdorf. »Aber nur gekocht. Rohe Kartoffeln vertragen sie nicht. Das gibt Blähungen.«

Kökkenmöddinger dachte an die Ziegen und ihre Furzerei. »Ähm, ja und?«

»Ich denke, das sollten Sie wissen.« Ullmann-Brixdorf streichelte erst Pommes und dann Fritz über den Kopf. »Ansonsten sind sie strenge Vegetarier. Da werden wir keine Probleme bekommen.«

»Aha?« Kökkenmöddinger runzelte die Stirn. »Ich glaube, ich kann Ihnen nicht recht folgen. Da werden wir also keine Problem bekommen. Wo genau werden wir denn Probleme bekommen?«

»Ach, gar nicht«, winkte Ullmann-Brixdorf ab. »Das habe ich doch nur so dahergesagt.« Dann begann er, Fritz eine der Reisetaschen auf den Rücken zu binden. Er löste das geschickt, indem er den Tragegurt um den Eselbauch schnallte.

Kökkenmöddinger beobachtete ihn argwöhnisch. »Was genau soll das werden?«

Ullmann-Brixdorf schnallte nun Pommes die andere Tasche um. »Kommen Sie, gehen wir«, schlug er vor. »Sie haben doch sicher auch Hunger.« An jeder Hand einen Esel, wandte er sich um.

Kökkenmöddinger kratzte sich den Kopf. Langsam dämmerte ihm, was hier vor sich ging. »Sagen Sie jetzt nicht, dass es so ist, wie ich befürchte ... Sie haben die beiden Esel gekauft?«

Ullmann-Brixdorf nickte. »Natürlich. Oder meinen Sie, nur weil man mit mir Pferde stehlen kann, würde ich die Esel klauen ...«

»Ach, du liebe Scheiße«, entfuhr es Kökkenmöddinger. Dieser Mensch hatte doch mehr als nur einen Knall.

Eseleien

»Was haben Sie denn mit Pommes und Fritz vor?«, fragte Kökkenmöddinger, während sie bald darauf, jeder einen Esel am Strick, an der Elbe entlang Richtung Schloss Hirschstein schlenderten. Kökkenmöddinger führte dabei den braunen Fritz, obwohl ihm nicht ganz klar war, wer von ihnen beiden hier tatsächlich das Kommando hatte.

Ullmann-Brixdorf schien es mit dem grauen Pommes nicht anders zu ergehen. Der jüngere Bruder der beiden Eselherren machte seinem Namen alle Ehre und ließ sich an jedem Apfelbaum einen Snack schmecken. Und was der eine Esel tat, wollte der andere nicht lassen.

»Ich werde die beiden mit nach Hause nehmen«, erklärte Ullmann-Brixdorf, als die beiden Esel nun wieder an einem Obstbaum knabberten. »Wussten Sie, dass Esel leidenschaftlich gern Bananen essen?«

»Nein«, gab Kökkenmöddinger zu. »Wo ist das eigentlich? Ihr Zuhause meine ich. Sagten Sie nicht, Sie leben im Ausland? Könnte es da nicht problematisch werden mit den Einfuhrbestimmungen?«

»Nein, nein.« Ullmann-Brixdorf tätschelte einen der Eselhintern. »Das kann ich in diesem Fall schon selbst regeln.« Er lachte. »Wir haben neben der Stadtwohnung ein Haus auf dem Land mit viel Platz. Da werden die beiden sich wohlfühlen … Was, ihr beiden Macker?« Mit einem leichten Klaps animierte er Pommes zum Weiterlaufen. Fritz – und damit auch Kökkenmöddinger – folgte wie selbstverständlich.

»Wissen Sie«, fuhr Ullmann-Brixdorf fort. »So hat meine

Frau wenigstens nette Gesellschaft. Den Umgang mit einem alten Esel ist sie ja seit fast fünfundzwanzig Jahren gewohnt.«

»Ach, und Ihre Frau lebt lieber auf dem Land als in der Stadt?«, bohrte Kökkenmöddinger nach.

»Ja, es sind ungefähr zwei Stunden Fahrt, bei den dortigen Straßen kann das dauern.« Ullmann-Brixdorf bekam einen seligen Gesichtsausdruck. »Aber es lohnt sich. Das Osogowo-Gebirge ist so herrlich ursprünglich, und dann das Häuschen, total abgeschieden. Sie ist natürlich nicht gern allein, so weit ab von der Zivilisation.«

Osogowo ... Kökkenmöddinger überlegte, wo das liegen könnte. Es klang irgendwie asiatisch. Er wollte sich jedoch nicht die Blöße geben, keinen geografischen Schimmer zu haben. »Und da fühlen Sie sich also besonders wohl? Im Gebirge?«

»O ja.« Ullmann-Brixdorf deutete auf die beiden Esel. »Und die beiden werden es ebenfalls lieben. Pferde kann man leider schlecht dort halten. Aber Esel sind ja im Gegensatz zu ihren nächsten Verwandten schwindelfrei.«

Nun hatten sie den kleinen Ort zu Fuße des Elbschlosses erreicht. Kökkenmöddinger zückte seine kleine Karte. Eine Straße führte links etwas bergan ins Landesinnere und dann in einer scharfen Rechtskurve hinauf zum Schloss.

»Hier müssen wir entlang«, dirigierte er, und sowohl Ullmann-Brixdorf als auch Pommes und Fritz folgten seinem Vorschlag die kleine Straße hinauf. Sie passierten einen Biergarten und einige gepflegte Einfamilienhäuser.

»Es ist so hübsch hier«, stellte Ullmann-Brixdorf fest. »Ich muss zugeben, dass ich die leichte Hoffnung hege, dass die Ersatzteile für Ihren Wagen noch ein paar Tage auf sich warten lassen.«

»Malen Sie den Teufel nicht an die Wand«, seufzte Kökkenmöddinger. Er dachte an sein Handy, die sicherlich auf Antwort wartende Jelena und an Sarah, die heute permanent ein ruhendes GPS-Signal empfing. Nun gut, sie wusste wenigstens, wo er sich befand. Sie würde denken, er habe das Taxi geparkt und mache einen Ausflug mit seinem Fahrgast. Das traf die Sachlage somit fast korrekt.

Langsam näherten sie sich dem Gelände des Schlosses, das von hier oben eher wie ein stattlicher Gutshof wirkte. Nur ein Teil der im Halbkreis angeordneten Gebäude war instandgesetzt. Die großen Wirtschaftshäuser auf der rechten Seite schienen melancholisch in sich zusammenzusacken. Inmitten des großen Platzes gab es einen kleinen, modern wirkenden Brunnen, eine ovale Rasenfläche und einige Bäume.

Erleichtert bemerkte Kökkenmöddinger am hinteren Teil des Platzes Schilder eines Cafés. Er musste dringend eine Toilette aufsuchen. Er drückte Ullmann-Brixdorf den Strick von Fritz in die Hand. »Ich bin gleich wieder da.«

Während Ullmann-Brixdorf eine Zigarre samt Utensilien hervorkramte, verschwand Kökkenmöddinger in Richtung der hinteren Gebäude. Doch als er näher kam, musste er feststellen, dass sowohl Café als auch die dazugehörige Backstube geschlossen waren. Ein Schild informierte darüber, dass hier nur am Wochenende Betrieb herrschte. Schnell ging er weiter durch ein Tor, das zum eigentlichen Schloss führte. Er lief rechts daran vorbei. Ein weiteres Gebäude, dicht bewachsen, drumherum ein üppiger Garten, auch unterhalb des Gemäuers war alles wunderschön bepflanzt. Weiter vorn hatte man einen weiten Ausblick über das Elbtal. Malerisch … Doch Kökkenmöddinger konnte weder Ausblick noch sonstige Umgebung genießen. Er suchte einen Platz zum Pinkeln. Also lief er wieder ums Schloss herum zurück zum Eingangstor. Ah, dort rechts ging es ein paar Stufen hinunter. Er beugte sich über die Mauer und sah, dass der Weg auf der einen Seite zu einem verschlossenen Tor führte und auf der anderen Seite ins Gebüsch. Schnell kletterte er die verwitterten Steinstufen hinunter und verkroch sich – soweit die Brennnesseln das zuließen – ins Dickicht, um sein dringendes Bedürfnis zu befriedigen.

Es gab Dinge im Leben, die waren einfach so elementar, dass sie alle anderen Empfindungen in den Schatten stellten. Bedürfnisse wie Pinkeln, Durst und bei ihm manchmal auch der Appetit. Bedürfnisse, die man immer nur dann bemerkte, wenn die Situation ihnen wenig bis gar nicht gewogen war.

Als er kurz darauf wieder aus dem Gebüsch krabbelte und die Stufen hinaufstieg, hörte er Stimmengewirr und leise Musik.

Wie gut, dass er sich für seine Verrichtungen im Gebüsch verkrochen hatte. Nicht auszudenken, wenn er plötzlich von Touristen irgendwo überrascht worden wäre …

Er lief durch das Tor auf den großen Vorplatz und glaubte einen Moment lang, seinen Augen nicht zu trauen. Vor der Grünfläche in der Mitte hatten sich zahlreiche Touristen versammelt. Eine japanische Reisegruppe ließ die Smartphones dokumentieren, was sich offenbar auf dem kleinen Vorplatz tat. Kökkenmöddinger hörte zunächst eine Mundharmonika spielen. Das war unverkennbar die Melodie von »Smoke on the Water«. Dann mischte sich ein heiseres Gequietsche dazwischen. Das war – ebenfalls für ihn unverkennbar – Fritz. Und als Kökkenmöddinger nun näher kam, sah er Ullmann-Brixdorf eingerahmt von den beiden Eseln auf dem steinernen Rand des kleinen Brunnens sitzen und Mundharmonika spielen. Es war ein Bild für die Götter. Unwillkürlich zuckte Kökkenmöddingers Zwerchfell auf. Erst recht, als sich Ullmann-Brixdorf nun vor seinem exotischen Publikum verneigte, dabei den Hut zog und somit – vermutlich unbeabsichtigt – einen wahren Münzenregen erzeugte. Einer nach dem anderen zog Geldmünzen aus der Tasche und versuchte, sie in Ullmann-Brixdorfs Hut zu werfen.

Kökkenmöddinger gluckste. Dabei noch der Anblick der beiden Esel, jeder bepackt mit einer Reisetasche … Er kicherte. Und dann die Tatsache, dass diese beiden Reisetaschen in der Tat voller Geldscheine waren … Das Lachen packte Kökkenmöddinger nun richtig und schüttelte ihn. Das Ganze war einfach zu komisch!

Durst und Appetit ließen Kökkenmöddinger und Ullmann-Brixdorf den Rückzug vom Schlossgelände antreten. Schließlich gab es hier keine geöffnete Gastronomie, so dass sie den Biergarten am Fuße des Schlosses ansteuerten. Es war zwar nicht mehr wirklich warm, doch nachdem sie Pommes und Fritz am Zaun vertäut hatten, nahmen sie einen der Biergartenplätze ein.

»Wir müssen die Esel im Auge behalten«, erklärte Ullmann-Brixdorf.

»Nun ja, wohl eher die Taschen«, entfuhr es Kökkenmöddinger, und er biss sich auf die Unterlippe.

»Sicher«, stimmte der andere ungerührt zu. »Die natürlich auch.«

Also saßen sie leicht fröstelnd vor ihrem Bier und begutachteten die Speisekarte, während sich am Tisch nebenan peu à peu einheimische Gäste einfanden, offensichtlich, um ihren wöchentlichen Stammtisch zu zelebrieren. Seichte Schlagermusik dudelte aus den Lautsprechern, so dass Kökkenmöddinger nicht lange lauschen musste, um festzustellen, dass hier kein Radiosender lief, schon gar nicht Radio Elbradar. Wieder musste er an Jelena denken …

»Meine Liebe, wären Sie wohl so freundlich, uns ein wenig Wasser und Gemüse für unsere langohrigen Begleiter zu bringen?«, fragte Ullmann-Brixdorf.

Am sich füllenden Stammtisch amüsierte man sich köstlich über die beiden Esel am Zaun. »Nancy, du hast gar nicht gesagt, dass du auf Saloon umgesattelt hast«, hörte man es gutgelaunt tönen.

»Umge*sattelt* ist gut«, freute sich einer seiner Trinkkumpane.

Kökkenmöddinger seufzte. Waren die etwa schon betrunken?

Ullmann-Brixdorf schien die Bemerkungen geflissentlich zu ignorieren und orderte ein Steak mit Bratkartoffeln. Kökkenmöddinger schloss sich der Bestellung an.

Der große Nebentisch war inzwischen vollbesetzt. Man hatte jeden Neuankömmling mit einem Schnäpschen begrüßt und gönnte sich nun reichlich Bier zur mehr oder weniger gepflegten Diskussionsrunde.

Selbst Ullmann-Brixdorf hatte Mühe, die Aufmerksamkeit der Bedienung für weitere Getränkebestellungen zu erhaschen. Sie war schwer beschäftigt damit, die Stammtischrunde zu versorgen.

Kökkenmöddinger musste sich nicht sonderlich anstrengen, die Gespräche der Herren mitzubekommen. Die Unterhaltung wurde mit jeder Getränkerunde etwas lauter.

»Habt ihr das mitbekommen, dass sie jetzt wissen, wem dieser ausgebrannte Luxusschlitten gehört?«

»Nu klar, und der Tote war wohl gar keen Ausländer, sondern ein Deutscher. Polizist oder so.«

»Wie? Jetzt einer von unseren Polizisten? Sauerei!«

Ullmann-Brixdorf gelang es, per Handzeichen weitere Getränke zu bestellen.

»Ja, das war eiskalter Mord. Angeblich die Mafia …«

»Was'n für 'ne Mafia? Wir haben doch hier keene Mafia!«

»Balkan-Mafia. So sieht es nämlich aus!«

Ullmann-Brixdorf kramte eine Zigarre aus der Tasche.

»So ein Quatsch, Balkan-Mafia. Der ganze Balkan ist doch Chaos. Mafia … das ist Organisiertes Verbrechen. Und Organisiertes Verbrechen ist … na, eben organisiert.«

Ullmann-Brixdorf schnitt seine Zigarre mit der Taschenguillotine an.

»Wenn ihr mich fragt, da steckt was ganz anderes dahinter …«

»Genau, das war ein Terroranschlag. Und das soll nun wieder vertuscht werden.«

Die Herren am Nebentisch bekamen eine neue Runde serviert. Dann brachte die Bedienung auch Kökkenmöddinger und Ullmann-Brixdorf Nachschub. »Ihr Essen kommt gleich«, setzte sie hinzu.

»Immerhin läuft jetzt 'ne Fahndung. Sie konnten ermitteln, wem die Luxuskiste gehört, und haben den zur Fahndung ausgeschrieben.«

Ullmann-Brixdorf brannte seine Zigarre an und hustete unvermittelt auf. Kökkenmöddinger nahm einen Schluck Bier.

»Ist das denn ein Mafiosi?«, hörte man einen fragen.

»Mafioso, du Ei«, korrigierte ein Stammtischbruder. »Wenn's nur einer ist, dann ist das ein Mafioso.«

»Nee, das ist so ein Diplommensch …«

»O Mann, du meinst Diplomat. So einer, der politisch mitmischt und immun ist.«

»Genau, Immunität. Die dürfen alles, oder so …«

»Nu, so einer soll das sein. Einer aus dem Ausland.«

Ullmann-Brixdorf paffte und griff nun auch zum Glas, als die Bedienung mit zwei gutgefüllten Tellern an den Tisch trat und servierte.

»Nancy, mach uns mal noch 'ne Runde«, tönte es von nebenan. »Und ein paar Kurze dazu.«

Ullmann-Brixdorf legte die Zigarre in den Aschenbecher. »Guten Appetit.«

»Gleichfalls.« Kökkenmöddinger langte kräftig zu.

Am Stammtisch war man inzwischen beim Thema Ausländer angelangt, und einer verkündete: »Also, wenn ihr mich fragt, ich habe ja nichts gegen Ausländer. Ich kenne da ein paar echt nette und anständige Leute. Verstehe ich ja auch, dass die sich hier wohler fühlen als in diesem Chaos da …«

»Da haste recht«, stimmte einer seiner Kumpane zu. »Aber ihre Mafiabosse sollen sie gefälligst zu Hause in die Luft jagen.«

»Genau, wir wollen hier keine russischen Zustände!«

»Richtig! Prost!«

»Wieso denn russische?«

»Na, oder eben alles, was von da so kommt. Dann eben polnische oder so.«

»Quatsch, die Polen hätten den Wagen doch geklaut.«

Am Stammtisch wurde laut gelacht. Dann setzte einer hinzu: »Nee, im Ernst, ich mein die vom Balkan. Diese Serbischen oder Albinos oder so …«

»Balkonier!«, grölte einer. Wieder lautes Gelächter.

Kökkenmöddinger seufzte auf sein Steak. Er fröstelte noch immer. Auch Ullmann-Brixdorf war erstaunlich schweigsam.

Kökkenmöddinger beobachtete die Stammtischrunde aus den Augenwinkeln. Die redeten zwar zum Teil eloquenten Blödsinn, aber er hatte gelernt, den Leuten genau zuzuhören. Man erfuhr eine Menge aus solch ungezwungenen Reden.

»Meinst du, die finden den?«

»Ach was, der hat sich doch längst abgesetzt …«

»Quatsch, die Zeitungen sind doch voll davon … Ich glaube, in der *Tagespost* war sogar ein Phantombild …«

Huch! Ullmann-Brixdorf lachte dröhnend, und Kökkenmöddinger sah auf seinen Teller. Wo waren denn die Bratkartoffeln? Er hatte doch nur ein wenig davon probiert … Dann bemerkte er, wie Pommes sich das Maul leckte.

»Blöder Esel.« Kökkenmöddinger musste nun selbst grinsen. Wie war das noch? Sie bevorzugten gekochte Kartoffeln …

Am Stammtisch hatte man sich inzwischen so in Rage diskutiert, dass Esel gar keine Besonderheit mehr darstellten und Pommes' Fressattacke nicht einmal bemerkt wurde.

Ullmann-Brixdorf winkte erneut der Bedienung und verlangte Bier, zwei Whiskey und alle verfügbaren Tageszeitungen.

Kökkenmöddinger stutzte, kümmerte sich aber lieber darum, nicht noch mehr von seinem Abendessen einzubüßen. In Windeseile verschlang er die Reste seines Steaks.

»Guck nicht so, das ist meiner!«, sagte er zum herüberschielenden Pommes und aß zügig seinen Salat.

»So, einmal den Treibstoff für die Herren.« Die Kellnerin brachte Bier und Whiskey. »Und dann bekommen auch die Tierchen ihr Pläsierchen …«

»Da kann man doch noch froh sein über unsere Bunnes … Bundes … Na, eben die ganze Bagage von der Regierung«, brabbelte es am Nebentisch.

»Genau, darauf trinken wir! Prost!« Es wurde angestoßen.

»Alles Verbrecher, alle wie sie da sind!«, rief einer lachend.

»Genau, darauf trinken wir!« Wieder wurde angestoßen.

Dann kam die Dame mit einem Eimer Wasser und einem Korb voller Möhren samt Grünzeug.

»Ich mache das schon.« Kökkenmöddinger nahm ihr die schwere Fracht ab.

»Oh, vielen Dank, meine Liebe«, säuselte Ullmann-Brixdorf zwischen die immer wieder neu ertönenden »Prost!«-Rufe. »Denken Sie noch an die Tageszeitungen?«

»Ach so, ja. Da muss ich schauen.« Sie eilte davon.

Kökkenmöddinger platzierte den Wassereimer zwischen Pommes und Fritz und hielt dann jedem eine Möhre hin. Mit erstaunlicher Geschwindigkeit verschlangen die Tiere ihren Snack.

»Jetzt Sie.« Er gab Ullmann-Brixdorf den Korb, so dass sie abwechselnd mit einer Hand einen Esel füttern konnten.

Nebenbei leerten sie ihre Whiskeygläser, und Kökkenmöddinger spürte, wie sich endlich wohlige Wärme in ihm ausbreitete.

»Davon nehmen wir noch mehr«, erklärte Ullmann-Brixdorf, verfütterte eine weitere Möhre und widmete sich dann wieder seiner Zigarre.

»Nancy, Nachschub, aber zack, zack!«, grölte es vom Stammtisch, als die Bedienung heraneilte. Doch Nancy kam zunächst an ihren Tisch.

»Tut mir leid, die aktuellen Zeitungen sind alle bereits im Altpapier«, sagte sie.

»Das ist bedauerlich.« Ullmann-Brixdorf grinste schief. »Dann bringen Sie uns doch bitte noch ein paar Whiskey.«

»Aua!« Kökkenmöddinger zog seine Finger aus dem gierigen Maul von Pommes und griff nach einer weiteren Möhre. »Du hattest doch schon Bratkartoffeln.« Dann wandte er sich an Ullmann-Brixdorf. »In der Pension gibt es spätestens zum Frühstück druckfrische Zeitungen.«

Ullmann-Brixdorf sah ihn über seine Zigarre hinweg an. »Ach so? Haben Sie die heute Morgen etwa alle genau gelesen?«

Kökkenmöddinger räusperte sich. »Sagen wir mal so …« Er überlegte kurz und wurde von Pommes ungeduldig angestupst. Er reichte dem Esel eine der letzten Möhren. »Es waren wohl nicht alle …«

Ullmann-Brixdorf schnaufte. »Wissen Sie, ich hasse das. Ich kann diese ganzen Medien nicht ausstehen.«

»Nun ja, fragwürdig bleibt ihre Glaubwürdigkeit sicherlich«, erwiderte Kökkenmöddinger. »Aber sie sind doch ein wesentlicher Bestandteil unserer Gesellschaft.«

»Dynaaamo!«, grölte nun einer der Stammtischbrüder, und seine Kumpane fielen ein: »Ohohoho!«

Ullmann-Brixdorf schüttelte den Kopf, und es blieb unklar, ob er damit Kökkenmöddingers Aussage oder das Gegröle am

Nebentisch meinte. »Wissen Sie, ich muss aus beruflichen Gründen täglich so viele von diesen Schmierblättern lesen. Meiner Meinung nach verbreiten die Medien mehr Angst und Schrecken, als die Realität tatsächlich hergibt.«

Sie bekamen gleich vier Whiskey serviert. »Wohl bekomm's, die Herren!« Die Kellnerin zwinkerte Ullmann-Brixdorf zu.

»Das ist unlogisch«, entgegnete Kökkenmöddinger. »Gesetzt den Fall, sie erfüllen – wie auch immer – ihren Informationsauftrag, berichten sie ja über die Realität …«

Ullmann-Brixdorf erhob sein Glas. »Sage ich doch.«

»Dann erzeugen sie nicht *mehr* Angst und Schrecken«, korrigierte Kökkenmöddinger und erhob ebenfalls das Glas. »Sie betonen nur das Beängstigende und Verschreckende.«

Ullmann-Brixdorf leerte seinen Whiskey in einem Zug. »Sie sind aber auch ein Klugscheißer, verdammt noch mal.«

Kökkenmöddinger lachte. Er spürte jetzt den Alkohol. Außerdem stellte er wohlwollend fest, dass man am Stammtisch inzwischen ruhiger wurde. Offenbar ermüdete der viele Alkohol dort bereits die Gemüter und ließ die Ehe eines Abwesenden analysieren.

»Der Kurt ist eine Memme.«

»Lässt sich alles bieten von seiner Alten.«

»Sonst wäre er ja hier bei uns.«

»Darauf trinken wir. Prost!« Das Anstoßen schien ungleich langsamer vonstattenzugehen als bisher.

»Sie sind doch kein Taxifahrer.« Ullmann-Brixdorf griff zum nächsten Whiskey. »Sind Sie Lehrer oder sowas?« Sein Schnurrbart bebte.

»Nicht Lehrer, eher Lerner«, konterte Kökkenmöddinger. »Die Möhren sind alle.«

Ullmann-Brixdorf setzte das Glas ab. »Der Whiskey auch.« Er winkte. »Wir nehmen noch einen, was?«

Zwei Runden Whiskey später traten Kökkenmöddinger und Ullmann-Brixdorf mit Pommes und Fritz den bereits dunkelnden Heimweg an. Zum Glück mussten sie nur die Elbe entlang, um zu ihrer Pension zu gelangen. Kökkenmöddinger schnaufte dennoch. Er war so viel Alkohol ebenso wenig gewohnt wie die viele Frischluft des vergangenen Tages.

Ullmann-Brixdorf, der alkoholisch eindeutig besser im Training war, schwang sich nach wenigen Metern Fußweg unvermittelt auf den Rücken von Pommes. »So, mein lieber Kökken-Klugscheißer, dann wollen wir doch mal sehen, ob du reiten kannst. Aufsitzen!«

Kökkenmöddinger lachte. »Komm, Fritz.« Er zog den Esel zur Seite, stieg auf eine Bank am Wegesrand und kletterte von dort aus auf den Eselsrücken. »Alles okay?«, erkundigte er sich bei dem Vierbeiner, der wie angewurzelt stand. Kökkenmöddinger ließ die Beine hängen. Sie reichten fast bis auf den Boden. Das gab dem wackligen Unterfangen doch ein gewisses Maß an Sicherheit.

Er hatte ja schon so einiges in seinem Taxifahrer-Leben erlebt. Aber hier ohne Auto irgendwo in der Pampa zu sitzen, noch dazu auf einem Esel – das war neu.

Auch Ullmann-Brixdorf konnte fast mitlaufen oder hätte fast mitlaufen können, wenn Pommes sich denn mit seiner Last bewegt hätte. Im fahlen Licht der wenigen Laternen sah der große Mann mit Hut und Mantel auf dem Esel skurril aus. Kökkenmöddinger schmunzelte. Da saßen sie nun auf zwei Eseln an der Elbe, doch keines der Tiere wollte auch nur einen Schritt tun.

Dann hatte Ullmann-Brixdorf offenbar seine Mundharmonika gezückt, denn auf einmal hörte Kökkenmöddinger vertraut leiernde Töne. Kaum hörten Pommes und Fritz die Musik, setzten sie sich in Bewegung. Langsam trotteten sie zu den Klängen von »Born to Be Wild ...« durch die kühle Abendluft.

Die Eselsbrücke

Das war doch mal ein Wiedersehen. Kökkenmöddinger wurde ganz warm ums Herz, als ihm Jelena lachend um den Hals fiel.

»Du, das muss ich dir zeigen«, rief sie, warf ihre Handtasche zur Seite und begann, ihre Bluse aufzuknöpfen.

Kökkenmöddinger spürte eine unvermittelte Hitze in sich aufsteigen. Errötete er etwa? Schnell wandte er seinen Blick zur Seite, doch Jelena hatte sich bereits umgedreht.

Sie ließ langsam die Bluse über ihre Schultern gleiten. Kökkenmöddinger atmete tief durch und schloss die Augen.

»Nun guck doch mal«, verlangte Jelena. »Du sagst ja gar nichts.«

Vorsichtig öffnete er die Augen wieder und starrte auf ihren Rücken.

»Schick, was?«, freute sich Jelena.

Kökkenmöddinger schluckte. Auf ihren Schulterblättern prangten Tattoos: zwei große Eselsköpfe.

Sein Mund wurde ganz trocken, so dass er keinen Ton herausbrachte, als sie nun sagte: »Das sind Ullmann und Brixdorf.«

Das dröhnende Lachen von Ullmann-Brixdorf ertönte hinter Kökkenmöddinger. Als er sich umdrehte, sah er einen riesigen Schnurrbart vor sich, der sagte: »Los, gratulieren, Kökkenmöddinger, wir haben uns verlobt!«

Kökkenmöddinger fuhr hoch und starrte in die Dunkelheit. Er wischte sich über die Stirn. Er war schweißgebadet. Nur langsam gewöhnten sich seine Augen an das Bisschen Mondlicht, das durch das Fenster fiel. Erst jetzt bemerkte er, dass er im Bett im Pensionszimmer lag. Er atmete schwer.

Dann wanderte sein Blick hinüber zum Bett von Ullmann-Brixdorf, der erstaunlich leise war. Kökkenmöddinger setzte sich auf die Bettkante und strengte seine Augen an. Das Bett von seinem Zimmergenossen war leer. Ullmann-Brixdorf war gar nicht da.

Erneut fuhr sich Kökkenmöddinger über die Stirn. Er musste sich erst mal beruhigen. Dann stand er auf und schlich hinüber, um sich noch einmal zu vergewissern. Tatsächlich, der imposante Mann lag nicht in seinem Bett.

Kökkenmöddinger wandte sich zum Fenster. Die Reisetaschen waren noch da. Alle drei standen sie dort nebeneinander. Mit flinken Fingern öffnete er einen Reißverschluss nach dem anderen. Auch die Inhalte waren noch vorhanden. Geldscheine in der einen, weitere Banknoten in der anderen, und auch die Tasche mit Socken, Boxershorts und T-Shirts … Sie schienen alle noch komplett.

Kökkenmöddinger lauschte. War Ullmann-Brixdorf auf der Toilette? Er lief die wenigen Schritte zum Bad und öffnete vorsichtig die Tür. Kein Licht.

Kökkenmöddinger knipste das Licht an. Nichts. Kein Ullmann-Brixdorf, der womöglich auf der Toilette eingeschlafen war …

Das war mehr als seltsam. Doch der ganze Mann war mehr als seltsam.

Erschöpft ließ sich Kökkenmöddinger aufs Bett sinken. Jelena … Er griff zum Smartphone, das auf dem Nachttisch am Ladekabel hing. Er hatte ja immer noch nicht ihre Nachricht gelesen.

Er rief Jelenas Nachricht auf. Es war ein Bild. Jelena mit zwei Schmetterlingen auf dem Kopf. Süß … Betextet hatte sie es mit: *Heute waren wir im Schmetterlingshaus in Jonsdorf. Wunderschön hier. Musst du dir unbedingt mal anschauen.* Garniert wurde das

Ganze durch einen Emoji mit Herzchenaugen. Wie süß ... Kökkenmöddinger grinste verzückt das Bild an. Dann stutzte er. Moment mal, das war kein Selfie! Das Bild hatte jemand anders von Jelena gemacht. Das war deutlich zu erkennen. Ein solches Porträt konnte sie nicht selbst geschossen haben, noch dazu mit Schmetterlingen auf dem Kopf, die auf jede Bewegung reagiert hätten. *Heute waren wir im Schmetterlingshaus ...* Wer war denn *wir*? Und wer hatte dieses verdammte Foto gemacht?

Diese Fragen fraßen sich sogleich durch seine Gedanken. Kökkenmöddinger stöhnte auf. Nicht doch, jetzt nicht wieder diese bescheuerte Eifersucht. Dazu bestand kein Anlass ... Nun ja, Anlass bestand sicher mehr als genug. Aber kein Anrecht. Er hatte kein Recht, eifersüchtig zu sein.

Er legte sich aufs Bett und betrachtete erneut das Bild. Wie hübsch Jelena war. Dieses Lächeln, diese strahlenden Augen. Schnell klappte er das Handy zu und legte es zurück auf den Nachttisch. Natürlich bemerkten das auch andere Menschen. Vor allem männliche Menschen. Kökkenmöddinger seufzte. Er konnte sich eigentlich nicht vorstellen, dass irgendein Mann, der Jelena begegnete, sich nicht sofort in sie verliebte. Im Grunde war es verwunderlich, dass sie nicht ständig von Männern umringt war ...

Irgendwann hatte er das sogar mal zu ihr gesagt. Einmal, weil ihm seine Eifersucht peinlich war und er sie kommentieren wollte, bevor Jelena es tat. Zum anderen, weil er wissen wollte, wie sie darauf reagierte, wenn er genau das sagte.

Und was hatte sie getan? Sie hatte sich kaputtgelacht. Und dann hatte sie ihm durch die Haare gewuschelt und gesagt, er solle sie nicht so vollsülzen ... Vollsülzen, genau. Das hatte sie gesagt ... Er spürte, wie seine Augen schwerer wurden und ihm schließlich zufielen.

Auch beim Aufstehen hatte Kökkenmöddinger ein leeres Bett vorgefunden. Während er sich eine ausgiebige Dusche gegönnt hatte, war die Nacht wieder in ihm aufgedämmert. Die Reisetaschen standen noch immer am Fenster. Als er sich anzog, schloss er mit zügigen Handbewegungen die Taschen, die er in der Nacht geöffnet hatte. Wo steckte nur dieser Ullmann-Brixdorf?

Kökkenmöddinger schnaubte. Mit leerem Magen konnte er nicht denken. Er schnappte sich sein Smartphone und ging hinunter zum Frühstückraum.

Er brauchte erst einmal einen kräftigen Kaffee und etwas Ordentliches zu beißen, bevor er sich mit Ullmann-Brixdorf oder anderen Gedankengängen beschäftigte.

Als er den Kaffee serviert bekam, hörte er die heiseren Rufe der beiden Esel.

»Entzückend, Ihre beiden Schützlinge«, ließ sich die Mitarbeiterin vernehmen. Dann stellte sie ihm einen Teller voller Rührei und Würstchen vor die Nase. »Guten Appetit.«

»Danke.« Kökkenmöddinger blinzelte irritiert. Verwechselte sie ihn vielleicht mit seinem seltsamen Begleiter?

Kaum hatte er die erste Tasse Kaffee, einige Gabeln Rührei und drei Würstchen verputzt, erschien die Mitarbeiterin erneut.

»So, damit hier keiner hungern muss.« Sie stellte einen großen Topf auf den Tisch und war verschwunden, bevor Kökkenmöddinger etwas sagen konnte. Er warf einen Blick in den Topf, in dem eine stattliche Zahl an Kartoffeln dampfte. Was sollte das denn nun? Wirkte er schon so verfressen?

»Meine Liebe, ganz herzlichen Dank«, hörte er eine bekannte Stimme und anschließend dröhnendes Lachen. »Das ist wirklich ganz bezaubernd von Ihnen.« Kurz darauf warf Ullmann-Brixdorf seinen Hut auf einen Stuhl und setzte sich an den Tisch. »Kökkenmöddinger, mein Bester, gut geschlafen?«

Kökkenmöddinger nickte kauend. Dann deutete er auf den Topf. »Ist der für Sie?«

Ullmann-Brixdorf lachte auf. »Nicht doch, für Pommes und Fritz.«

Kökkenmöddinger grinste. »Dann sind Sie extra früh aufgestanden, um Kartoffeln zu schälen, was?«

»Ja, so ähnlich.« Ullmann-Brixdorf bekam jetzt seinen Tee mit einem Glas Kognak und strahlte die Mitarbeiterin an. »Sie sind unbezahlbar, meine Holde.« Er beugte sich über den Tisch. »Ich musste doch unsere beiden langohrigen Freunde in aller Frühe etwas beruhigen, damit sie mit ihrem Geschrei nicht die anderen Gäste stören.«

»Wie rücksichtsvoll.« Kökkenmöddinger erhob sich und ging zu dem kleinen Frühstücksbüfett, um sich eine Zeitung zu holen. »Nanu, gibt es heute keine Zeitungen?«, wandte er sich an die Pensionsmitarbeiterin. »Gestern hatten Sie doch einen ganzen Stapel an Lokalpresse.«

»Ja, das tut mir leid«, erwiderte sie. »Heute gab es keine Zeitungen. Ich nehme an, dass unser Zusteller erkrankt ist.«

»Ja, ja«, meldete sich Ullmann-Brixdorf zu Wort. »In so einer abgelegenen Gegend kann das natürlich schon mal vorkommen.«

»Meinen Sie?« Kökkenmöddinger sah seinen Begleiter forschend an. Dann entschied er, dass sein Hunger noch längst nicht gestillt war, und widmete sich wieder Rührei und Würstchen.

Als sie sich aus der Pension verabschiedet hatten, hatte die nette Mitarbeiterin ihre Abreise sehr bedauert. Und Ullmann-Brixdorf hatte sich doch tatsächlich dazu hinreißen lassen, ihr noch ein Ständchen auf der Mundharmonika zu blasen.

Kökkenmöddinger grinste. Er hätte zu gern gewusst, was sie

über ihn, Ullmann-Brixdorf und die beiden Esel dachte. Aber vielleicht war es doch besser, das nicht so genau zu hinterfragen. Vermutlich dauerte es nicht mehr lange und sie wurden als Zirkusattraktion betrachtet. Er kontrollierte, dass sein GPS am Smartphone aktiv war. Dabei sah er erneut das Foto von Jelena an und hatte eine Idee.

»Herr Ullmann-Brixdorf, machen Sie doch mal bitte ein Foto von Pommes, Fritz und mir.« Er drückte seinem Begleiter das Smartphone in die Hand.

»Aber gern.« Ullmann-Brixdorf zurrte die zweite Reisetasche auf dem Eselrücken fest und nahm das Handy entgegen. Als Kökkenmöddinger nun zwischen den beiden Eseln stand, rief er: »Cheese, ihr drei Grazien!«

Pommes kaute noch an den Frühstückskartoffeln, und Fritz verkündete ein fröhliches »I-A«.

Dann betrachtete Kökkenmöddinger das Bild, wählte den Kontakt Jelena und betextete seine Nachricht mit: *Drei alte Esel unterwegs.* Abschicken und fertig.

»Lassen Sie mich raten, mein Lieber«, sagte Ullmann-Brixdorf. »Ich nehme an, das Bild ging nicht an Ihre Mutter …«

»Genau«, erwiderte Kökkenmöddinger mit breitem Grinsen. »Das Bild ging nicht an meine Mutter.«

»Sie sind eben doch ein Schwerenöter«, erklärte er lachend. »Mir können Sie nichts vormachen. Mir nicht!« Dann sah er sich um. »Dort lang, hinunter zur Elbe.«

Kökkenmöddinger steckte sein Mobiltelefon weg. »Nicht doch. Ich muss mich mal um mein Taxi kümmern.«

»Eben.« Sein Begleiter nickte. »Wir brauchen eine Eselsbrücke.«

Kökkenmöddinger betrachtete die Wolken, als sie nun langsam den Weg entlangtrotteten. Es sah nach Regen aus. Und es war merklich kühler als an den Tagen zuvor.

Auf Höhe der *Elbklause*, in der sie ihren ersten Abend in Niederlommatzsch verbracht hatten, schlug Ullmann-Brixdorf den Weg hinunter zur Fähre ein. Das kleine Schiff dümpelte am Anleger vor sich hin. Weit und breit war niemand zu sehen. Erst als sie den Steg erreichten, krabbelte der Fährmann aus seiner Kabine.

»Guten Morgen, mein Lieber«, begrüßte ihn Ullmann-Brixdorf. »Vier Tickets bitte für die einfache Überfahrt.«

Der Schiffsführer kratzte sich am Kopf. »Das sind Esel«, stellte er fest.

»Ich sehe schon, Sie kennen sich aus«, sagte Ullmann-Brixdorf mit anerkennendem Unterton. »Meine Freunde und ich müssen auf die andere Seite.«

»Sie wollen mit diesen Eseln über die Elbe?«, fragte der Fährmann.

»Genau.« Ullmann-Brixdorf lächelte gewinnend. »Einfache Überfahrt. Drüben nehmen wir dann ein Taxi.«

Der Schiffer kratzte sich erneut am Kopf. »Ich glaube, wir haben gar keinen festen Tarif für … Esel.«

»Oh, dann denken wir uns einen aus.« Ullmann-Brixdorf zog einen Geldschein aus der Hosentasche und drückte ihn dem Fährmann in die Hand.

Der schaute ihn erwartungsvoll an.

»Also, für *einen* Esel.« Ullmann-Brixdorf legte noch einen weiteren Geldschein nach.

Der Schiffsführer tippte sich an die Stirn und öffnete den Durchgang. »Dann mal hereinspaziert.«

Ullmann-Brixdorf ging voran und zog Pommes mit sich. Doch der Esel blieb direkt am Übergang zum Schiff stehen und senkte den Kopf.

»Was hat er denn?«, fragte der Fährmann und musterte Pommes aufmerksam.

»Er denkt nach«, warf Kökkenmöddinger ein.

»Nun komm schon!« Ullmann-Brixdorf tätschelte den Eselhals.

»Nicht doch«, riet Kökkenmöddinger. »Sie dürfen ihn dabei nicht stören.« Er erinnerte sich dunkel an den gestrigen Abend. »Versuchen Sie es doch wieder mit Musik.«

»Sehr gut.« Ullmann-Brixdorf legte die Mundharmonika an die Lippen. Nach den ersten Klängen von »Born to Be Wild« zuckten die Eselsohren verdächtig, und der Fährmann staunte nicht schlecht, als das Tier Ullmann-Brixdorf ganz selbstverständlich aufs Schiff folgte.

Kökkenmöddinger musste Fritz nicht lange überreden. Er gesellte sich ganz selbstverständlich zu seinem Bruder.

»Sachen gibt's«, murmelte der Schiffsführer.

»Jetzt aber los«, verkündete Ullmann-Brixdorf. »Unser Taxi wartet.«

Ganz richtig war das natürlich nicht. Das Taxi wartete allenfalls noch auf Fertigstellung. Dessen war sich Kökkenmöddinger bewusst, als er unter den bedrohlich dunklen Regenwolken mit Pommes, Fritz und Ullmann-Brixdorf an der Seite auf den Gröbelhof zumarschierte und sich fragte, was sein Begleiter nun vorhatte. Kökkenmöddinger rieb sich den Kopf. So ganz spurlos ging der ungewohnte Alkoholgenuss der vergangenen Abende nicht an ihm vorüber.

Erste Regentropfen fielen, als sie kurz darauf den Hof erreichten, wo der alte Herbert im blaugrauen Kittel Mist in eine Schubkarre schaufelte. Er pfiff ein Liedchen und schien weder Regen noch Besucher zu bemerken.

»Ich sehe mal nach dem Auto.« Kökkenmöddinger lief über den holprigen Hof auf die Scheune mit der Werkstatt zu. Doch die Scheunentür war fest verschlossen.

Nun hatte der alte Herbert sie offenbar bemerkt. Er wandte sich um und zog seine dicke Brille aus der Kitteltasche. »Ah, die Genossen.« Er hob die rechte Hand über den Kopf. »Freundschaft.«

»Guten Morgen«, rief Ullmann-Brixdorf über den Hof, und Fritz ließ ein heiseres »I-A« vernehmen. Er klang wie eine ungeölte Brunnenpumpe. Nun gab auch noch Pommes das Echo dazu.

»Wen habt ihr denn da mitgebracht?« Herbert stapfte auf die Esel zu. »Die klingen ja wie der Genosse Staatsratsvorsitzender auf dem Jahresparteitag.« Mit hoher gebrochener Stimme zitierte er Erich Honeckers Satz: »Den Sozialismus in seinem Lauf hält weder Ochs noch Esel auf.«

Ullmann-Brixdorf lachte herzhaft, und Kökkenmöddinger gesellte sich zu der illustren Gruppe. »Guten Morgen. Ist Ihr Schwiegersohn gar nicht da?« Er deutete auf die Scheune. »Es ist alles zu.«

Herbert sah ihn aus verdreckten Brillengläsern mit enorm vergrößerten Augen an. »Wie meinen, Genosse?«

»Ihr Schwiegersohn«, wiederholte Kökkenmöddinger. »Er hat doch mein Auto in Reparatur.«

Ullmann-Brixdorf kramte eine Zigarre hervor. »Die imperialistische Bonzenkarre mit dem enormen Ressourcenverbrauch«, setzte er grinsend hinzu.

»Ach so.« Dem alten Herbert schien ein Licht aufzugehen. »Der flotte große Daimler. Eure Staatskarosse ...«

Kökkenmöddinger nickte. »Genau. Wissen Sie, was damit ist?«

Der Alte zuckte mit den Schultern. »Nee, tut mir leid, Genossen. Gröbel ist vom Hof gerollt. Wollte noch was erledigen. Seitdem ist er weg.«

Kökkenmöddinger atmete tief durch. »Können wir denn mal nach dem Auto schauen?«

Ullmann-Brixdorf stieß dicke Rauchwolken aus. Aus den vereinzelten Regentropfen war inzwischen Nieselregen geworden.

»Die müssen ins Trockene«, erklärte der alte Herbert und deutete auf Pommes und Fritz.

»Ach was«, winkte Ullmann-Brixdorf ab. »Das sind echte Naturburschen.«

»Die Hufe.« Der alte Herbert machte ein ernstes Gesicht. »Der Esel verträgt keine feuchten Böden. Feuchte Weiden sind nichts. Im Mist stehen ist nichts.« Er zückte einen großen Schlüsselbund. »Kommt, Genossen ...« Er ging voran zu einem der Gebäude auf der rechten Seite.

Kökkenmöddinger und Ullmann-Brixdorf sahen sich fragend an und folgten ihm dann samt Eseln.

Als sie am Tor ankamen, drehte sich der alte Herbert unvermittelt um. »Was will ich denn hier?«, murmelte er. »Ist ja ganz falsch.« Er machte auf dem Absatz kehrt und lief zu einem Gebäude neben der Werkstatt-Scheune, um sich mit dem Schlüssel an einem Tor zu schaffen zu machen.

Wieder folgten Kökkenmöddinger und Ullmann-Brixdorf ihm mit den Eseln quer über den Hof. Ullmann-Brixdorf paffte amüsiert, während Kökkenmöddinger die Stirn runzelte. Er wollte doch gern wissen, was aus seinem Taxi geworden war.

»Der Schlüssel passt gar nicht«, schimpfte Herbert vor sich hin, öffnete jedoch im Gegensatz zu seiner Aussage das Tor. Dann sah er Kökkenmöddinger. »Oh, Genosse Vorsitzender, Ihre Staatskarosse.« Nun eilte er hastig ein Gebäude weiter, um die Tür zur Werkstatt aufzuschließen.

Kökkenmöddinger zog die Augenbrauen hoch und folgte ihm, während Ullmann-Brixdorf einen Blick in das andere Gebäude warf. »Herrlich!«, rief er plötzlich aus. »Das ist perfekt!«

»O nein!« Der alte Herbert kreischte regelrecht auf, ließ den Schlüsselbund an der Scheunentür stecken und rannte los.

Kökkenmöddinger folgte ihm. Auf Höhe der Esel hatte er ihn eingeholt und sah, wie der alte Herbert in einer Art Pferdestall verschwand. Als er die Tür aufhielt, konnte er erkennen, dass Ullmann-Brixdorf in einer Gasse zwischen den leeren Holzverschlägen stand und paffte.

»Genosse!« Herbert klang empört. Er stellte sich breitbeinig vor Ullmann-Brixdorf auf, zog ihm die Zigarre aus dem Mund, warf sie zu Boden und stampfte und trampelte wie wild darauf herum. Kökkenmöddinger schmunzelte, musste er doch bei dem Anblick unwillkürlich an Rumpelstilzchen denken.

»Im Stall niemals offenes Feuer«, tadelte Herbert. »Nicht im Stall, nicht in der Werkstatt, nicht in der Brennerei.«

»Entschuldigen Sie meine Unachtsamkeit.« Ullmann-Brixdorf klang aufrichtig zerknirscht. »Ich war von diesen Stallungen nur so begeistert, dass ich in der Eile nicht nachgedacht habe.«

»Komm, komm, komm, Genosse!« Der hutzelige Herbert zog den imposanten Ullmann-Brixdorf am Arm aus dem Stall. Dann ging es über den holprigen Hof hinüber zur ersten Tür, die er aufgeschlossen hatte, ohne recht zu wissen, warum.

Offenbar war es ihm jetzt wieder eingefallen, dachte sich Kökkenmöddinger grinsend. Er tätschelte erst Pommes, dann Fritz den Kopf und ging dann wieder zur Werkstatt. Immerhin steckte hier noch der Schlüssel. Also öffnete Kökkenmöddinger die Tür. Im Inneren war es dunkel, er tastete nach dem Lichtschalter. Es stank erbärmlich, als habe man Jauche hier gelagert. Nach und nach flackerten Leuchtstoffröhren an den Wänden und der hohen Scheunendecke auf. Er blickte sich um, konnte jedoch nirgendwo sein Taxi entdecken. Auf der improvisierten Hebebühne stand noch immer der uralte Golf. Doch in der Ecke, in der er gestern noch Ladegerät und Zigarren aus seinem Wagen geholt hatte, lag nur ein Haufen Mist.

In diesem Moment summte sein Smartphone. Als er es aus der Tasche zog, zeigte das Display einen Anruf aus der Zentrale.

»Ja, Sarah, hallo«, meldete sich Kökkenmöddinger.

»Kökki? Alles gut bei dir?« Sarah klang einigermaßen besorgt. »Ist irgendetwas vorgefallen? Hattest du einen Unfall?«

»Ähm, nein, wieso denn?« Kökkenmöddinger begann zu schwitzen. »Wie kommst du darauf?«

»Mit dir ist alles okay?«, hakte sie erneut nach.

»Ja doch«, beeilte er sich zu sagen.

»Gut. Und mit dem Wagen? Ist irgendetwas mit dem Taxi?«, forschte Sarah weiter.

Kökkenmöddinger rieb sich die Schläfe. »Ähm, wie meinst du das? Wie kommst du darauf, dass irgendetwas mit dem Wagen ist?«

»Nun ja«, sagte Sarah. »Ich habe dein Signal verfolgt. Auf der Karte sieht es aus, als ob du in die Elbe gefahren bist. Obwohl …«

»Wie?« Er überlegte. Dann fiel ihm das GPS-Signal ein.

»Gibt es in Niederlommatzsch jetzt eine Brücke?« Sie räusperte sich. »Wir müssen wohl dringend mal unsere Karten aktualisieren.«

»Ach so.« Kökkenmöddinger atmete auf. »Nein, nein, ich habe … ähm, geparkt.« Er sah sich um. »Ich, also, ich habe das Handy noch in der Tasche.«

»Ah, dann ist ja alles klar«, freute sich Sarah. »Ich hatte mir schon Sorgen gemacht.«

»Ja, nein, alles gut.« Kökkenmöddinger fuhr sich über die Stirn. »Dazu besteht kein Anlass …« Seine Stimme klang plötzlich heiser. »Du, ich muss wieder, ähm, mein Fahrgast …«

»Okay. Gute Fahrt und Ende.« Die Verbindung wurde unterbrochen.

Kökkenmöddinger atmete tief durch. Wo war dieser Gröbel? Und was war mit seinem Taxi passiert?

Kökkenmöddinger lief hinaus auf den Hof. Es regnete jetzt stärker. »Herr Ullmann-Brixdorf?«

Nanu! Als er sich auf dem Hof umsah, waren Pommes und Fritz verschwunden. »Herbert? Ullmann-Brixdorf?«, rief Kökkenmöddinger erneut, doch niemand antwortete. Was war hier eigentlich los?

Er ging hinüber zu dem alten Pferdestall, vor dem zuletzt die beiden Esel gestanden hatten. Es dauerte einen Moment lang, bis seine Augen sich an die spärliche Beleuchtung gewöhnt hatten. Dann lief er zwischen den Holzverschlägen hindurch. Nichts. Hier waren weder Esel noch Menschen.

Wieder auf dem Hof angelangt, ging er zurück zur Werkstatt. An der Tür baumelte der große Schlüsselbund. Kökkenmöddinger nahm ihn an sich und lief dann hinüber zum gegenüberliegenden Gebäude. Von drinnen waren Geräusche zu hören, doch die Tür war verschlossen. Er stöhnte auf und machte sich daran, die Schlüssel durchzuprobieren.

Vom Regen klitschnass hatte er nach einigen hektischen Minuten endlich den passenden Schlüssel gefunden. Er öffnete die Tür. Heiße Luft und wildes Gegacker und Geschnatter schlugen ihm entgegen. Federvieh flatterte auf.

»Pokkers!«, entfuhr es Kökkenmöddinger. Er hatte den Hühnerstall erwischt und konnte vor lauter Federn kaum etwas sehen. Er machte einen Schritt zurück und wollte die Tür gerade wieder schließen, um nicht auch noch entlaufene Hühner im Regen einfangen zu müssen, als er eine Stimme hörte.

»Ist da jemand? Hallo?« Die Stimme klang gepresst. »Hallo? Helfen Sie mir!«

»Hallo?«, rief Kökkenmöddinger nun laut und machte einige Schritte ins Stallinnere. Die Hühner gackerten aufgeregt und flatterten durcheinander. Einige Enten stolzierten an ihm vorbei zur offenen Tür. »Hallo? Wo sind Sie denn?«

»Hier hinten, in der Ecke«, hörte er jetzt die Stimme. Das war doch … Kökkenmöddinger ging weiter. »Herr Gröbel? Sind Sie das?«

»Ja, genau«, war die Antwort.

Kurz darauf entdeckte Kökkenmöddinger den Automechaniker in der Ecke des Stalls. Sein Rollstuhl hatte sich in einer Art Seil verfangen. Offenbar saß er fest.

»Oje, was haben Sie denn gemacht?«, fragte Kökkenmöddinger und versuchte, das Seil, das wild um die Räder geschlungen war, zu lösen.

»Wir brauchen ein Messer«, sagte Gröbel. »Vorn neben der Tür hängen welche.«

Kökkenmöddinger bahnte sich den Weg zurück durch den Stall. Immerhin hatten jetzt einige der gefiederten Bewohner das Weite gesucht, so dass er sich zügig bewegen konnte. Er schnappte sich eines der Messer, die neben der Tür an der Wand hingen, und ging zurück zu Gröbel.

Gröbel nahm ihm das Messer aus der Hand. »Lassen Sie mich das machen.« Mit einigen wenigen gezielten Schnitten hatte er seinen Rollstuhl befreit. »Wenn Sie mich eben rausschieben könnten …«

Kökkenmöddinger erfüllte ihm seinen Wunsch, hielt jedoch in der Tür inne. »Wo ist mein Taxi?«

Gröbel wandte sich im Rollstuhl um und sah ihn verwundert an. »Na, in der Werkstatt.«

»Nein.« Kökkenmöddinger schüttelte den Kopf. »Dort ist es nicht.« Dann sah er sich um. »Und was machen Sie hier im verschlossenen Stall? Sind Sie überfallen worden?« Er machte sich inzwischen ernsthafte Sorgen über den Verbleib seines Wagens. Wie sollte er der Chefin erklären, dass man ihm das Taxi aus dieser seltsamen Werkstatt …

»Wie? Nein?«, unterbrach Gröbel seine Gedanken.

»Da ist es nicht.« Kökkenmöddinger schob Gröbel mit Schwung über den holprigen Hof hinüber zur Scheune, in der die Werkstatt lag.

»Aua, passen Sie doch ein bisschen auf«, verlangte Gröbel, der in seinem Rollstuhl unsanft hin- und hergeschüttelt wurde.

Doch sie hatten die Werkstatt bereits erreicht. Kökkenmöddinger stieß die Tür auf und schob ihn hinein. »Nichts!« Er machte eine ausladende Handbewegung. »Sehen Sie? Mein Taxi ist weg!«

»Das verstehe ich nicht.« Gröbel klang verwirrt. »Es ist übrigens fertig. Alles erledigt. Ich hatte meinen Schwiegervater gebeten, es auf den Hof zu fahren …«

»Ach, es stand schon auf dem Hof?« Kökkenmöddinger klang lauernd.

»Das sollte es zumindest, damit Sie es jederzeit abholen können«, erklärte Gröbel. »Ich nehme an, er hat es vergessen. Mich hat er ja auch vergessen und einfach im Stall eingeschlossen.«

»Aha?« Kökkenmöddinger war irritiert. »Wo haben Sie es denn zuletzt gesehen?«

»Na, hier!« Gröbel deutete in die Ecke, in der auch Kökkenmöddinger zuletzt seinen Wagen gesehen hatte.

»Und die Esel sind auch weg …« Er überlegte.

Gröbel schüttelte den Kopf. »Welche Esel? Wir haben keine Esel. Wir haben nur Hühner, Enten, Gänse, die Schweine …«

»Gibt es noch weitere Ställe?«, ging Kökkenmöddinger dazwischen. Vielleicht war Ullmann-Brixdorf mit dem alten Herbert ja wieder bei allen möglichen Viechern.

»Die Brennerei. Kommen Sie!«, drängelte Gröbel und delegierte Kökkenmöddinger erneut durch den strömenden Regen über den Hof hinüber ins letzte Gebäude auf der anderen Seite.

»Herbert?« Gröbel riss die Tür auf, so dass sie mit Schwung in das alte Gebäude sausten.

»Prost, Genosse!« Das war die Stimme von Ullmann-Brixdorf, die durch den dämmrigen Raum dröhnte.

Kökkenmöddinger schob Gröbel um eine alte Landmaschine herum und traute seinen Augen nicht recht. An einem der blinden Fenster standen Pommes und Fritz und machten sich über einen stattlichen Berg Heu her. Daneben saßen Ullmann-Brixdorf und der alte Herbert auf Strohballen und genehmigten sich einen.

Herbert schenkte gerade nach. »Auf die Freundschaft!« Er trank.

»Kökkenmöddinger, mein Lieber«, rief Ullmann-Brixdorf. »Kommen Sie, nehmen Sie auch einen. Selbstgebrannt von unserem Freund hier …«

»Genosse!«, korrigierte Herbert.

»Genau, unter Genossen am besten genossen.« Ullmann-Brixdorf lachte dröhnend.

»Herbert, wo ist das Taxi?« Gröbel klang sauer. »Du solltest es auf den Hof fahren.«

Herbert setzte das Glas ab und rülpste. »Ist es da nicht?«

»Nein«, bestätigte Kökkenmöddinger. »Da ist es nicht.«

»Ups.« Herbert unterdrückte einen erneuten Rülpser. »Wo ist es denn dann?«

Kökkenmöddinger schnaufte. »Das wüsste ich auch gern.«

Gröbel legte ihm beruhigend die Hand auf den Arm. »Herr Kökkenmöddinger, lassen Sie mich mal …« Dann wandte er sich an den Alten. »Herbert, wir haben doch heute ganz früh die Eier aus dem Stall geholt, ja?«

Herbert nickte und schenkte sich noch einen ein.

»Dann hast du die Tür zum Stall abgeschlossen, ja?« Gröbel klang wie ein Therapeut.

»Ja«, erwiderte Herbert und trank. »Nachdem du weggefahren bist …«

»Herbert, ich bin nicht weggefahren«, erklärte Gröbel ruhig. »Du hast es sicher nicht bemerkt, aber du hast mich aus Versehen im Stall vergessen …«

»Nein.« Herbert schüttelte den Kopf. »Das würde ich doch nie tun.«

Gröbel ignorierte seine Beteuerung. »Herbert, was hast du dann gemacht? Hast du dann ausgemistet bei den Schweinen?«

»Ich habe Wäsche gewaschen«, erklärte Herbert ernst. »Liebe Genossen, wir waschen unsere Wäsche nämlich selbst.«

»Du warst dann in der Waschküche?« Gröbel schien zu überlegen. »Und die Schweine?«

»Die habe ich auch gewaschen«, erklärte Herbert. »Liebe Genossen, wir waschen unsere Schweine nämlich selbst.«

»Und der Misthaufen?«, fiel Kökkenmöddinger ein. Als sie angekommen waren, hatte der Alte Mist geschaufelt. »In der Werkstatt liegt übrigens auch Mist herum.« Er rieb sich die Stirn. »Den kann er erst da hingebracht haben, als der Wagen schon weg war …«

»Wo ist denn die Wäsche jetzt?«, fragte Ullmann-Brixdorf dazwischen. »Vielleicht ist da ja das Auto.«

»In der Waschküche?« Gröbel schüttelte den Kopf. »Da kann man nicht hineinfahren. Da gibt es kein Tor. Nur im Schweinestall …«

»Dann nichts wie hin.« Kökkenmöddinger riss den Rollstuhl herum.

Wie im Schweinsgalopp

Stunden später sah das Taxi zumindest nicht mehr aus, wie es leider immer noch roch: nach Schwein.

»Verdammte Sauerei«, hatte Ullmann-Brixdorf treffend kommentiert, dann aber erstaunlich tatkräftig mit angefasst, um den Wagen wieder in einen angemessenen äußeren Zustand zu versetzen.

Und während sie zu viert im Regen an dem Wagen herumgeschrubbt hatten, war Kökkenmöddinger mehr als nur einmal der Gedanke gekommen, dass Ullmann-Brixdorf geahnt hatte, dass der alte Herbert so einige Abläufe durcheinandergebracht hatte; und auch, dass ihm das ganz gut ins Konzept gepasst haben musste. Denn sowohl Gröbel als auch Herbert hatte das schlechte Gewissen geplagt, so dass sie fast von selbst auf die Idee gekommen waren, die beiden Esel für ein paar Tage in Pflege zu nehmen. Kökkenmöddinger war sich fast sicher, dass sein illustrer Fahrgast genau darauf spekuliert hatte.

Inzwischen waren sie auf dem Weg nach Dresden. Auch dort regnete es.

Ullmann-Brixdorf verlangte nach einer Fahrt zum Flughafen. Er habe dort etwas Dringendes zu erledigen. »Es wird allenfalls eine halbe Stunde dauern, mein Lieber«, versprach er. »Ich brauche Sie und Ihre Dienste noch eine Weile.«

Kökkenmöddinger war das angesichts der aktuellen Schweinerei ganz recht. Er fürchtete, dass es noch einige Tage dauern würde, bis er und sein Wagen den Stallgeruch wieder los waren.

An der Leipziger Straße auf Höhe der Kreuzung Erfurter Straße, kurz vor der Neustadt, gab es eine Straßensperrung. Jeder Wagen musste anhalten, und zahlreiche Uniformierte unter durchsichtigen Regencapes kontrollierten offenbar Fahrzeuge und Fahrer.

Kökkenmöddinger hielt an und ließ das Fenster herunter. »Hallo.«

»Fahrzeugkontrolle, guten Tag.« Ein Polizist beugte sich zum Fenster herunter. Er rümpfte die Nase. »Ihr Wagen riecht eigenartig? Verlieren Sie Öl?«

»Nein. Mist«, antwortete Kökkenmöddinger. »Also, ich verliere ihn nicht, sondern er wurde gewissermaßen an mein Taxi herangetragen.« Er reichte dem Polizisten seinen Führerschein und die Fahrzeugpapiere. »Die wollen Sie doch sicher sehen, nicht wahr?«

»Gewissermaßen, ja.« Der Beamte blätterte kurz durch die Papiere und sah sich dabei im Taxi um. »Wohin soll's denn gehen?«

»Zum Flughafen«, sagte Kökkenmöddinger. »Mein Fahrgast muss zum Flughafen.«

»Oh, der hat ja jetzt schon Jetlag, was?« Der Polizist deutete auf die Rückbank, wo Ullmann-Brixdorf schnarchte, den Hut tief ins Gesicht gezogen.

Kökkenmöddinger stutzte. Eben war der Mann doch noch putzmunter gewesen. »Immer noch, Herr Wachtmeister. Er hat immer noch Jetlag. Oder doch Oberwachtmeister?«

»Polizeiobermeister wäre korrekt. Aber wir wollen mal nicht kleinlich sein.« Der Beamte grinste. »Sie sollten allerdings zeitnah eine Waschstraße aufsuchen.«

»Na, so wie sich das eingeregnet hat, reicht wohl das Parken im Freien statt im Schweinestall. Ahoi!« Kökkenmöddinger nahm die Papiere entgegen, schloss das Fenster und fädelte sein Taxi wieder in den Verkehr ein. Argwöhnisch beobachtete er seinen Fahrgast im Rückspiegel. Schlief Ullmann-Brixdorf tatsächlich?

Kökkenmöddinger folgte der Straße weiter Richtung Innenstadt und bog am Carolaplatz ab in Richtung Norden. An jeder zweiten Kreuzung herrschte Polizeipräsenz. Das war ungewöhnlich. Gab es heute eine Demonstration? Oder hatte er irgendeinen Staatsbesuch oder ein Gipfeltreffen verpasst?

Als sie den Albertplatz passierten und schließlich im Stop-and-go auf der Königsbrücker Straße vorankrochen, rührte sich Ullmann-Brixdorf wieder.

»Schaffen wir es, in einer halben Stunde am Flughafen zu sein?«, fragte er.

Kökkenmöddinger beobachtete im Rückspiegel, dass er eine Zigarre auspackte. »Wenn wir nicht noch mal in eine Polizeikontrolle kommen, könnte es klappen.« Er deutete auf die Streifenwagen, die an der nächsten großen Kreuzung im Regen standen. Offenbar kontrollierte man die Zufahrt zur Autobahn. »Ich frage mich, was da los ist. Und dann noch bei diesem bescheidenen Wetter …«

Ullmann-Brixdorf räusperte sich. »Vielleicht gab es einen Banküberfall«, mutmaßte er, steckte seine Zigarre wieder weg und zog sich den Hut in die Stirn. »Man wird ein Taxi wohl kaum kontrollieren.«

Trotz des zähfließenden Verkehrs hatten sie den Stadtbereich bald hinter sich gelassen und fuhren am Industriegebiet vorbei. Kökkenmöddinger überlegte. »Sagen Sie mal, was ist nun eigentlich mit Ihrem Auto?« Er deutete auf den Abzweig zu den Musikclubs, wo sie nächtlich mit den Autorasern kollidiert waren. »Herr Ullmann-Brixdorf?«

Doch sein Fahrgast reagierte nicht. Er schien schon wieder eingeschlafen zu sein. Kökkenmöddinger seufzte. Nun, ihm sollte es egal sein. Er warf einen Blick auf die Tankanzeige. Er würde in absehbarer Zeit eine Tankstelle brauchen.

Auch in Klotzsche beherrschten Polizeiwagen und Beamte in

Regenkleidung das Straßenbild. An der Kreuzung zum Flughafen war eine Sperre errichtet. Hier schien man jedoch nur ausgesuchte Fahrzeuge zu kontrollieren. Der Verkehr wurde einspurig weitergeleitet. Kökkenmöddinger konnte erkennen, dass manche Fahrzeuge durchgewinkt wurden. Er zählte mit … Eins, zwei, drei … Der vierte Wagen wurde kontrolliert. Eins, zwei, drei, vier … Jetzt wurde das fünfte Auto an die Seite delegiert. Irritiert beobachtete er, dass man auch die Kofferräume durchsuchte. Eins, zwei, drei … Nummer vier war der Wagen direkt vor ihnen. Kökkenmöddinger beobachtete, dass der Wagen rechts ranfahren musste.

»Guten Tag.« Er hatte das Fenster geöffnet und ließ den Wagen langsam rollen. »Darf ich fragen, was hier los ist?«

»Nein.« Das Regencape knisterte, während der Beamte sich herunterbeugte und einen forschenden Blick ins Wageninnere warf. »Ich meine, fragen dürfen Sie natürlich. Aber ich darf keine genauen Angaben machen.«

»Wäre es denn nicht einfacher, wenn Sie sagten, was Sie suchen?«, bohrte Kökkenmöddinger weiter. »Ich meine, man könnte Ihnen doch viel schneller helfen. Noch dazu bei diesem Wetter.«

Der Polizist grinste schief. »Wir führen eine Fahndung durch. Egal, bei welchem Wetter.«

»Ja, ja, schon klar, Sie sind die Staatsgewalt«, sagte Kökkenmöddinger. »Das merkt man schon daran, dass ich nicht in Grund und Boden gehupt werde, obwohl hinter uns eine lange Schlange wartet, während wir hier plaudern …«

Der Polizist lachte und deutete auf den Rücksitz. »Ihr Fahrgast hat aber einen gesegneten Schlaf.«

»Allerdings.« Kökkenmöddinger nickte. Er warf einen Blick in den Rückspiegel. »Was mir aufgefallen ist … Erst dachte ich, Sie kontrollieren jedes dritte Fahrzeug. Dann habe ich gesehen, dass es unregelmäßig war, also spekulierte ich auf den Fahrzeugtyp. Jetzt erst fällt mir auf, dass Sie nur einzelne männliche Fahrer herauswinken …«

»Sie sind ja der reinste Detektiv«, stellte der Beamte fest. »Aber versuchen Sie es gar nicht erst weiter. Ich werde keine genaueren Angaben machen.«

Kökkenmöddinger lachte. »Tja, da habe ich wohl Pech. Wissen Sie, ich wurde schon von Ihren Kollegen in der Innenstadt kontrolliert. Das ist nicht mal eine halbe Stunde her.«

»Ah so.« Er sah Kökkenmöddinger an und tippte sich an die Kapuze. »Dann weiter gute Fahrt.«

»Danke.« Kökkenmöddinger nickte. »Dann weiter gute Fahndung.« Er gab Gas und ordnete sich nach der Absperrung links ein, um hinter den Parkhäusern abzubiegen und vor der Flughafenhalle vorzufahren.

»Wollen Sie mich eigentlich in den Wahnsinn treiben?«, ließ sich Ullmann-Brixdorf vom Rücksitz vernehmen. »Was sollte das denn?«

Kökkenmöddinger sah in den Rückspiegel. »Ha, ich wusste doch, dass Sie nicht schlafen. Was sollte *das*?« Er lenkte den Wagen in eine freie Taxibucht.

»Ich wollte vorwärtskommen.« Ullmann-Brixdorf öffnete die Tür. »Wer kontrolliert schon ein Taxi auf dem Weg zum Flughafen?«

»Offenbar niemand«, bestätigte Kökkenmöddinger. »Und darüber wundere ich mich …«

»Kofferraum … bitte!« Ullmann-Brixdorf stieg aus, und Kökkenmöddinger betätigte einen Hebel. Dann stieg auch er aus und öffnete den Kofferraum des Taxis.

»Dann haben Sie jetzt ein bisschen Zeit, sich zu wundern.« Ullmann-Brixdorf schnappte sich eine der Reisetaschen und warf sich den Trageriemen über die Schulter. »Warten Sie hier! Ich bin gleich wieder zurück.«

Kökkenmöddinger sah ihm nach, während er jetzt über die Zufahrtsstraße durch den Regen ins Flughafengebäude ging. Ein eigenartiger Kauz.

Er setzte sich zurück ins Taxi und griff nach seinem Smartphone. Da, eine Nachricht von Jelena.

Süß, deine beiden Brüder, und diese verblüffende Ähnlichkeit, kommentierte sie das Eselbild mit Zwinker-Emoji.

Kökkenmöddinger schmunzelte und antwortete: *Pommes und Fritz sind adoptiert und leider nur auf der Durchreise nach …* Wie hieß die Gegend noch, in die Ullmann-Brixdorf die beiden Esel bringen wollte? Ins Gebirge von Okinawa oder so ähnlich. Jedenfalls klang es fast japanisch … Osonowo … Osowogo … Er rief die Suchmaschine auf. »Gebirge« und »Oso« ergab nur einen brauchbaren Vorschlag: Das Osogowo-Gebirge an der Grenze von Bulgarien und Mazedonien.

Kökkenmöddinger ergänzte seine Antwort an Jelena und schickte sie ab. Er schüttelte den Kopf. Seltsam, was tat ein Mann wie Ullmann-Brixdorf in irgendeinem Balkan-Gebirge? Nun ja, er hatte von einer Art Landsitz gesprochen.

Das Mobiltelefon summte, und Kökkenmöddinger beeilte sich, dachte er doch an Jelena … Aber es war ein Anruf. Und der kam nicht von Jelena, sondern von Sarah aus der Zentrale.

»Kökki? Bist du frei?«, tönte es aus dem Lautsprecher. »Ich sehe, du stehst am Flughafen. Kannst du eine Fuhre übernehmen?«

»Ja und nein.« Kökkenmöddinger seufzte. Er hatte so auf eine weitere Meldung von Jelena gehofft. »Also ja, ich bin am Flughafen, aber nein, ich bin nicht frei. Ich warte nur auf meinen Fahrgast.«

»Verdammter Mist!«, schimpfte Sarah. »Was mache ich denn nur?«

»Was ist denn los?«, fragte Kökkenmöddinger. »Ist irgendetwas passiert? Ich bin heute zweimal von der Polizei angehalten worden. Weißt du, was hier los ist?«

»Oje, du auch.« Sarah wirkte ungewohnt verwirrt, hielt sie doch sonst alle Kommunikationsfäden in der Zentrale fest zusammen und behielt immer den Überblick. »Du, hast du noch mitbekommen, dass die Chefin die Schichten gekürzt hat. Nicht für dich, sondern für die anderen ...«

»Ja, habe ich«, erwiderte Kökkenmöddinger. »Übrigens auch für mich. Das hat sich dann nur ... erledigt. Und? Jetzt fehlen dir Fahrer, oder wie?«

»Genau. Schönstes Taxiwetter, verstopfte Straßen, jede Menge Touristen – und die ziehen mir gleich drei Fahrer aus dem Verkehr!« Sarah schnaufte.

»Wer sind *die*?«, hakte er nach. »Die Polizei?«

»Jep. Genau die!« Sie klang nun aufgebracht. »Das musst du dir vorstellen. Fahnden nach irgendeinem Killer oder Terroristen oder sowas ... und das in unseren Taxis!«

»Ach?« Kökkenmöddinger runzelte die Stirn. »Weißt du etwas Näheres? Ist etwas Konkretes vorgefallen?«

»Ach was, nischt weeß ich«, antwortete Sarah. »Die sagen einem ja nischt! Wahrscheinlich wissen sie selbst nischt! Irgendein Irrer soll in einem unserer Taxis gefahren sein. Ich habe denen schon gesagt, dass unsere Leute täglich Hunderte von Irren transportieren, und dass das der Sinn eines Taxiunternehmens ist ...« Sie schnaubte. »Und nun halten sie Jürgen und noch zwei Kollegen fest, um die Taxis genau zu untersuchen. Auf Spuren oder so.«

Kökkenmöddinger schmunzelte, stellte er sich doch gerade die Spuren von Schweinemist vor, die man an seinem Wagen vermutlich sicherstellen würde. »Hm, das ist nun ... Mist, aber ich bin immer noch gebucht«, sagte er. »Da muss die Chefin sich wohl mal wieder selbst auf den Bock setzen, wenn sie ihren Leuten vorschnell die Schichten streicht.«

»Tut sie doch längst.« Sarah senkte die Stimme. »Die Sache ist nur die, dass sie zurzeit keinen Führerschein hat. Aber psst, von mir hast du das nicht.«

Das wurde ja immer besser. Kökkenmöddinger stieß einen Pfiff aus. »Dumme Situation, vor allem bei den ganzen Kontrollen.« Sein Mitleid mit der Chefin hielt sich in Grenzen. Die Dame galt als schwierig und war unter den Kollegen nicht gerade beliebt. Er selbst allerdings war bisher immer gut mit ihr zurechtgekommen.

»Oh, ich habe Heinz in der Leitung«, unterbrach Sarah das Gespräch. »Ich muss Schluss machen. Ende.«

Kökkenmöddinger unterbrach die Verbindung und hatte noch immer die Balkan-Informationen aus der Suchmaschine auf dem Display. Eine Nachricht von Jelena war noch nicht eingegangen. Dafür wurden ihm verschiedene Bilder angezeigt: Gebirge, Landschaft, Karten, Geldmünzen, Geldscheine … Aha, Euro hatte man trotz der Europabezüge noch nicht … Er sah sich die Bilder an. Moment mal!

Kökkenmöddinger stieg aus und öffnete erneut den Kofferraum. Auf den Banknoten von Ullmann-Brixdorf waren doch diese kyrillischen Schriftzeichen gewesen. Er sah sich kurz um. Von seinem Fahrgast war noch keine Spur zu sehen. Dann öffnete er eine der Reisetaschen. Nee, das waren die noch verpackten Unterhosen und Socken. Und in der anderen Reisetasche war zwar Geld, aber das waren Euroscheine. Hmm …

Kökkenmöddinger schloss die Reisetasche wieder und verriegelte den Wagen. Trotz des anhaltenden Regens umgab ihn noch immer ein ländlicher Duft. Er schnüffelte an seiner Jacke. Ob er auch nach Schwein roch? Vielleicht war er nur deshalb nicht genauer unter die Lupe genommen worden.

Was tat Ullmann-Brixdorf mit einer Tasche voller fremder Banknoten am Flughafen? Kökkenmöddinger sah auf die Uhr.

Er war bereits eine Viertelstunde weg. Zu lange, um die Tasche einfach nur in einem Schließfach zu deponieren. Aber was tat er mit dem ganzen Geld? Einkaufen? Hier und mit derart exotischer Währung?

Kurzentschlossen betrat Kökkenmöddinger das Flughafengebäude durch eine der Drehtüren. Er würde sich genauer anschauen, was dieser Ullmann-Brixdorf hier trieb. Weit konnte er nicht sein auf dem doch sehr überschaubaren Dresdner Flughafen. Dass der Mann sich klammheimlich absetzen wollte, blieb wohl unwahrscheinlich. Es sei denn, er hatte aus Versehen die falsche Reisetasche erwischt und glaubte nun, reichlich Euro im Gepäck zu haben.

Kökkenmöddinger fuhr mit der Rolltreppe ins obere Stockwerk des Gebäudes und lief an den Check-in-Schaltern vorbei noch weiter hinauf zur Aussichtsplattform. Es waren wenige Leute unterwegs. Nun ja, laut Anzeigetafel ging der nächste Flug erst in zwei Stunden. Und die Aussicht auf das Rollfeld war wolkenverhangen und trist. Eine einzige kleine Maschine wurde offenbar gerade gewartet oder gereinigt. Ein Mann mit aufwendiger Kameraausrüstung schien auf spannendere Fotomotive zu warten. Gleichmütig sah er dem routinierten Treiben auf dem Rollfeld zu.

Kökkenmöddinger lief zügig zurück ins tiefere Stockwerk. An den Schaltern schienen sich die Mitarbeiter zu langweilen, und eine Durchsage warnte turnusgemäß davor, aus Sicherheitsgründen Gepäck nicht unbeaufsichtigt zu lassen. Reflexartig sah er sich nach herren- oder auch damenlosen Koffern und Taschen um und nahm die Rolltreppe hinunter in die Ankunftshalle. Kurz abgelenkt von den Leckereien einer Bäckerei, gelangte er zu einem Zeitungsladen. Da, das war Ullmann-Brixdorf. Kökkenmöddinger verbarg sich hinter einem Metallgestell voller Zeitungen. Der imposante Mann stand am Rande einer Gruppe von Wartenden. Die Tasche trug er über der Schulter. Die Anzeigetafel zeigte die bereits erfolgte Landung einer Maschine aus Moskau an.

Kökkenmöddinger betrachtete kurz die Zeitungen. Es waren alle möglichen Titel und Landessprachen vertreten. Vorsichtig drehte er den Metallständer etwas. Oh, hier waren inländische Zeitungen, allerdings keine aus der Region. Er drehte den Ständer erneut. Er quietschte, und Kökkenmöddinger zuckte zusammen. Er warf einen Blick hinüber zu den Wartenden. Ullmann-Brixdorf stand unbeweglich wie ein Fels inmitten der wachsenden Zahl an Wartenden. Ausländische Sprachfetzen wehten herüber.

Hier waren die heutigen Dresdner Schlagzeilen einer nicht allzu qualitätsbehafteten Boulevardzeitung … »Balkanmorde erreichen Sachsen«, lautete die größte Überschrift, gefolgt von: »Muss es noch mehr Tote geben, bevor die Polizei handelt?« Kökkenmöddinger überflog die schlecht lesbaren Großbuchstaben des Artikelvorspanns. Man mutmaßte über »Vorboten eines neuen Balkankrieges« und das »spurlose Verschwinden hochrangiger Parteifunktionäre aus dem Osten«. Kökkenmöddinger schüttelte unwillkürlich den Kopf. »Es ist wie im Kalten Krieg«, wurde ein Botschafter zitiert, der laut Sensationspresse »von einer Entführung überzeugt« war.

In diesem Moment öffneten sich die Türen der Ankunftsschneise und zahlreiche Fluggäste mit Koffern und Taschen strömten in die Halle. Kökkenmöddinger hatte Mühe, den Überblick zu behalten. Er wagte sich ein Stück weit vor. Da vorn ganz rechts stand Ullmann-Brixdorf und schüttelte die Hand eines jungen Mannes.

Aufmerksam beobachtete Kökkenmöddinger die beiden. Der Fremde drückte Ullmann-Brixdorf eine Aktentasche in die Hand, die dieser öffnete.

»Wollen Sie nun eine Zeitung kaufen?« Eine schnarrende Frauenstimme sprach ihn an. »Wir sind keine Leihbibliothek.«

Als er sich umsah, blickte er in ein verlebtes Gesicht. Strähnige rötliche Haare mit grauem Ansatz rundeten die ungepflegte Erscheinung ab. »Wie?«

»Du ju wont tu bai won of de Nuspeiper?« Das sollte wohl Englisch sein.

Er schüttelte nur den Kopf und ließ die Frau stehen. Als er seine Aufmerksamkeit wieder Ullmann-Brixdorf zuwandte, war der junge Mann verschwunden. Dafür kam sein imposanter Fahrgast direkt auf ihn zu.

»Nanu, Kökkenmöddinger, mein Lieber, haben Sie mich vermisst?«, fragte er.

Kökkenmöddinger registrierte blitzschnell, dass die Reisetasche verschwunden war. Stattdessen trug Ullmann-Brixdorf eine Aktentasche unter dem Arm. »Ach, ich dachte, nun, wir könnten vielleicht …« Kökkenmöddinger deutete auf das Selbstbedienungscafé gegenüber der Ankunftsschleuse. »Vielleicht einen Kaffee zusammen trinken, bevor es weitergeht.«

»Hier?« Ullmann-Brixdorf sah sich aufmerksam um. »Nein, nicht hier. Lassen Sie uns lieber woanders Kaffee trinken.« Er sah sich erneut um. »Los, kommen Sie!«

Mit erstaunlicher Geschwindigkeit steuerte der große Mann nun auf den Ausgang zu. Kökkenmöddinger musste sich beeilen, um ihn vor dem Gebäude einzuholen.

Schnurstracks lief Ullmann-Brixdorf auf das Taxi zu und verschwand mit seiner Aktentasche auf dem Rücksitz.

Gern hätte Kökkenmöddinger noch mal nach einer Nachricht von Jelena geschaut, doch sein Fahrgast drängelte: »Los, fahren Sie! Nichts wie weg hier.«

Kökkenmöddinger ließ den Wagen an. »Wo soll's denn hingehen?«

»Erst mal weg hier«, war die Antwort.

Kökkenmöddinger wird laut

Schweigend lenkte Kökkenmöddinger das Taxi durch den Regen. Ihn gelüstete jetzt tatsächlich nach einem Kaffee. Noch immer war die Polizeipräsenz auf den Straßen deutlich. In eine Kontrolle waren sie allerdings seit dem Flughafen nicht mehr geraten. Wieder fuhren sie auf das Industriegebiet zu, diesmal in Richtung Elbe.

Kökkenmöddinger beobachtete Ullmann-Brixdorf, der den Hut abgenommen hatte und sich immer wieder umdrehte. Irgendetwas schien er zu beobachten.

»Sehen Sie diesen Wagen?«, fragte sein Fahrgast und deutete auf eine dunkle Limousine hinter ihnen.

»Ja. Der Wagen fährt seit dem Flughafen hinter uns«, bestätigte Kökkenmöddinger.

»Ist es nicht seltsam, dass er auf der zweispurigen Straße nicht überholt?« Ullmann-Brixdorf warf erneut einen Blick durch die Heckscheibe. »Sie fahren doch fast schon zu manierlich, geradezu langsam.«

»Aus gutem Grund.« Kökkenmöddinger wies auf die anhaltende Polizeipräsenz an den meisten Kreuzungen hin. Deshalb hatte es ihn auch bisher nicht gewundert, dass der andere Wagen stets hinter ihnen geblieben war.

»Ich glaube, wir werden verfolgt.« Ullmann-Brixdorf klang ungewohnt düster.

»Warten Sie, das werden wir gleich sehen.« Kökkenmöddinger hielt an einer roten Ampel. Als sie auf Grün sprang, bog er ohne zu blinken knapp vor dem Gegenverkehr links ab in die Straße, die durch das Industriegebiet führte. Dann hielt er sich rechts, fuhr in eine Seitenstraße und stoppte hinter einem abgestellten Lkw-Anhänger.

»Was soll das?«, fragte sein Fahrgast.

»Abwarten«, verlangte Kökkenmöddinger, als zunächst nichts geschah. Kurz darauf sahen sie die dunkle Limousine an der Nebenstraße vorbeifahren.

Kökkenmöddinger wendete das Taxi. »Sie hatten recht«, stellte er fest und lenkte das Taxi zurück Richtung Hauptverkehrsstraße.

»Scheiße! Da sind sie schon wieder.« Ullmann-Brixdorf duckte sich zwischen die Vordersitze. »Die müssen wir loswerden, hören Sie?«

Der dunkle Wagen folgte ihnen nun wieder Richtung Innenstadt. Kökkenmöddinger behielt ihn im Rückspiegel im Auge. Zwei Männer saßen in der Limousine. Mehr konnte er durch die regennassen Scheiben und tanzenden Scheibenwischer nicht erkennen.

»Die werden wir schon los.« Kökkenmöddinger fuhr bei tiefgelbem Signal über eine Kreuzung. Der fremde Wagen hielt, blieb jedoch in Sichtweite. Er musste sich etwas einfallen lassen. »Herr Ullmann-Brixdorf, Sie sollten sich wieder anschnallen.«

»Okay, okay.« Ullmann-Brixdorf legte den Sicherheitsgurt an.

An der nächsten Kreuzung bog Kökkenmöddinger links ab. Jetzt war die dunkle Limousine wieder direkt hinter ihnen. Er gab Gas und fuhr zügig die Stauffenbergallee hinunter zur Waldschlösschenbrücke.

»Was haben Sie vor?« Ullmann-Brixdorf wirkte angespannt.

»Lassen Sie mich nur machen.« Kökkenmöddinger gab mehr Gas. Falls er durch überhöhte Geschwindigkeit die Polizei auf den Plan rief, wäre er die Verfolger vermutlich ohnehin los.

Er scherte aus, überholte einen Bus und achtete darauf, dass die Verfolger direkt hinter ihnen waren. Kurz bevor die Straße in den Tunnel zur Brücke führte, zog er knapp vor dem Bus nach rechts, erwischte gerade noch den Abzweig vor dem Tunnel und steuerte das Taxi nun in die Nebenstraßen der Radeberger Vorstadt. Die Verfolger waren im Tunnel und wurden von dort aus auf die Brücke geleitet. Damit waren sie auf der anderen Elbseite und erst mal außer Reichweite.

»Klasse, mein Lieber, Sie beherrschen Ihren Job«, lobte Ullmann-Brixdorf und klopfte ihm auf die Schulter.

»Lassen Sie das«, verlangte Kökkenmöddinger, während er durch die Straßen kurvte, immer darauf bedacht, nicht auf die Bautzner Straße zu gelangen, um nicht von der anderen Elbseite aus doch noch erkannt zu werden. Er lenkte den Wagen in Richtung Dresdner Heide, um erst oberhalb des Waldschlösschens wieder auf die Hauptverkehrsstraße zu fahren.

»Was haben Sie denn jetzt vor?« Ullmann-Brixdorf schaute immer wieder durch die Heckscheibe.

»Klappe halten!«, kommandierte Kökkenmöddinger und brauste hinauf zum Weißen Hirsch und weiter über Bühlau nach Weißig. Hier wurde der Betrieb etwas gemäßigter, auch der Regen hatte nachgelassen.

»Das haben Sie super gemacht!«, lobte Ullmann-Brixdorf erneut.

Kökkenmöddinger atmete tief durch, fuhr am Forschungszentrum Rossendorf vorbei und bog dann unvermittelt rechts in einem Waldstück auf ein verlassenes Tankstellengelände. Er bremste abrupt. »Aussteigen!« Er sprang aus dem Taxi und ließ die Tür offen stehen.

Ullmann-Brixdorf krabbelte aus dem Wagen. »Ganz großes Kino, mein Lieber …«

»So«, hob Kökkenmöddinger an und ging auf ihn zu. »Jetzt will ich Ihnen mal was sagen, mein Lieber! Schluss mit lustig.

Schluss mit dem Versteckspiel. Ich will jetzt wissen, was hier los ist, und zwar sofort!«

»Aber was soll denn los sein?« Ullmann-Brixdorf klang souverän, doch seine Augen wirkten unruhig.

»Ich habe die Schnauze voll! Bis hierhin!« Kökkenmöddinger markierte mit einer Geste in etwa Nasenhöhe. »Sie sagen mir jetzt, warum Sie sich vor der Polizei verstecken, von wem Sie verfolgt werden und warum Sie Taschen voller Geld mit sich herumschleppen!«

»Wie kommen Sie denn darauf?« Ullmann-Brixdorf versuchte es mit einem Lachen, das jedoch ziemlich misslang.

»Was ist mit Ihrem Auto? Warum hat man es abgefackelt? Und was haben Sie mit dem Balkan zu schaffen?« Kökkenmöddinger wurde laut. »Oder waren Sie es selbst? Was für ein übler Ganove sind Sie eigentlich?«

»Nicht doch, mein lieber Kökkenmöddinger«, versuchte Ullmann-Brixdorf ihn zu beschwichtigen. »Das haben Sie alles ganz und gar missverstanden …«

»Sie sagen mir jetzt sofort, was das soll und wer Sie sind!« Kökkenmöddinger klang drohend. »Ich zähle bis drei …«

»Nun beruhigen Sie sich doch …«

»Eins …«

»Das ist alles ganz anders, als Sie denken …«

»Zwei …«

»Ich kann Ihnen das erklären …«

»Drei …« Kökkenmöddinger sah ihn durchdringend an. »Gut, dann eben nicht.« Er setzte sich kurzerhand hinters Steuer, schloss die Tür und fuhr los. Im Rückspiegel sah er den sonst so imposanten Ullmann-Brixdorf hilflos winken.

Laut schimpfend war Kökkenmöddinger wieder zurück Richtung Dresden gefahren und hatte in Weißig zunächst einmal sein Taxi betankt. Dabei war ihm das Geld von Ullmann-Brixdorf wieder eingefallen. Er hatte noch immer die Reisetaschen im Kofferraum, auch die voller Euroscheine. Inzwischen war er davon überzeugt, dass mit der Kohle etwas faul war. Er musste die Taschen so schnell wie möglich loswerden.

Als er bezahlte, erreichte ihn eine Nachricht von Jelena. Sie bleibe noch ein paar Tage länger weg, um sich um den Schrebergarten ihrer Eltern zu kümmern, weil diese im Urlaub seien. Kökkenmöddinger spürte schon einen leisen Seufzer in der Seele, bis er ihren Zusatz las: *Wenn du Zeit und Lust hast, komm doch vorbei. Ich würde mich freuen, sehr sogar.*

Kurzentschlossen hatte Kökkenmöddinger noch Kaffee erstanden. Und so war er nun mit zwei Kaffeebechern in der Halterung des Taxis auf dem Weg zu der Stelle, an der er den seltsamen Ullmann-Brixdorf ausgesetzt hatte.

Als Kökkenmöddinger das Taxi wieder auf das verlassene Tankstellengelände am Waldrand fuhr, sah er ihn auf einem Baumstamm sitzen und Mundharmonika spielen.

»Hit the Road Jack« erklang. Kökkenmöddinger schlenderte mit den Kaffeebechern zu ihm hinüber.

»Kökkenmöddinger!« Ullmann-Brixdorf sah auf. »Mit Ihnen hatte ich nicht mehr gerechnet.«

Kökkenmöddinger reichte ihm einen der Becher. »Mit mir sollten Sie immer rechnen. So einfach lasse ich nicht locker. Ich will wissen, was hier los ist.«

»Verstehe«, schnaufte Ullmann-Brixdorf und nahm einen Schluck Kaffee. »Der ist gut. Danke.«

Kökkenmöddinger hockte sich neben ihn. »Nun? Wollen Sie mir nicht einiges erklären?«

»Sicher.« Ullmann-Brixdorf nickte. »Wo fange ich da nur an? Es ist eine komplizierte Geschichte.«

»Ich bin Experte für komplizierte Geschichten.« Kökkenmöddinger seufzte leise. »Sehe ich das richtig, dass Sie sich verstecken … müssen?«

Der Mann nickte und sein mächtiger Schnurrbart zitterte. »Ja, das wäre wohl ratsam.«

»Na gut.« Kökkenmöddinger erhob sich. »Ungemütlich hier.« Er fröstelte. »Kommen Sie, wir suchen uns erst mal ein warmes Plätzchen, und dann erzählen Sie mir die ganze komplizierte Geschichte.«

Bevor er losfuhr, deaktivierte Kökkenmöddinger das Ortungssignal. GPS konnte schließlich nicht nur die Zentrale empfangen. Er wollte auf Nummer Sicher gehen, zumindest solange er noch nicht die ganze Geschichte von Ullmann-Brixdorf kannte. Schließlich konnte er immer noch entscheiden, ob er ihn mitsamt seinen Geldbergen bei der nächsten Polizeiwache abgab.

Er startete das Taxi. »Ich kenne da ein kleines Hotel in der Sächsischen Schweiz«, erklärte er. »Nicht ganz so idyllisch wie unser letztes Domizil an der Elbe, aber …« Er bog auf der Landstraße rechts ab Richtung Pirna.

»Aber?«, hakte Ullmann-Brixdorf nach.

»Aber dort bekommt immerhin jeder ein eigenes Zimmer«, beendete Kökkenmöddinger seinen Satz. »Sortieren Sie schon mal Ihre komplizierte Geschichte.« Er startete eine Clapton-CD. Es war der Live-Mitschnitt vom Konzert mit J. J. Cole.

»Oh, ›After Midnight‹.« Ullmann-Brixdorf schnitt eine Zigarre an. »Dann mal alles auf Anfang.«

Es hatte einige Zeit gedauert, bis Kökkenmöddinger das Landhotel in Lohmen bei Pirna wiedergefunden hatte. Vor Jahren hatte er hier mal ein Wochenende verbracht. Es lag etwas versteckt am Waldrand. Er hatte beim Suchen schon Bedenken gehabt, ob das Hotel überhaupt noch existierte. Doch dann musste er entdecken, dass man sogar an Exklusivität nachgelegt hatte: Das Landhotel hatte einen Anbau erhalten und somit nun auch einen Wellnessbereich im Angebot. Wellness brauchte Kökkenmöddinger zwar nicht wirklich, aber ihm sollte es recht sein, solange das Restaurant nicht auf Diätküche umgestellt worden war.

Ullmann-Brixdorf schien es ebenfalls zu gefallen, konnte man doch schon aus der Hotellobby in eine urige und gutbestückte Bar schauen. »Da machen wir es uns nachher gemütlich«, kündigte er an und buchte drei Nächte im Voraus.

Kökkenmöddinger freute sich auf eine einsame Nacht in einem einsamen Bett, allein in einem eigenen Raum. Daher spürte er zunächst Widerwillen, als man ihnen ein Appartement zuwies. Es stellte sich jedoch heraus, dass es zwei getrennte Schlafzimmer, eine kleine Küche sowie ein Wohnzimmer mit Terrasse besaß.

Ullmann-Brixdorf stand in einer Zigarrenrauchwolke auf der Terrasse und genoss den Ausblick. Die Elbe war zwar so weit entfernt, dass man sie nur erahnen konnte. Doch der Blick auf die ersten Ausläufer der Sächsischen Schweiz entschädigte dafür. Die Bäume verloren langsam ihr Grün. In wenigen Wochen würden hier herbstliche Farben geradezu glühen.

Kökkenmöddinger deutete in den Himmel, der direkt einem Caspar-David-Friedrich-Gemälde zu entstammen schien – dabei war es wohl umgekehrt: Der Himmel und die Umgebung hier hatten den berühmten Maler besonders inspiriert. »Morgen sollten wir uns einen Ausflug in die Umgebung gönnen«, schlug er vor. »Die Basteifelsen sind nur etwa zehn Kilometer von hier entfernt.«

»Herrlich«, quittierte Ullmann-Brixdorf die Idee. »Aber heute sollten wir uns zuerst einmal ein gutes Steak und einen Ausflug in die Bar gönnen.«

Kökkenmöddinger runzelte die Stirn. »Wenn es der Wahrheitsfindung dient …«

Bereits eine Stunde später saßen sie bei Bier und Vorspeise im Restaurant. Während Kökkenmöddinger sich seine sächsische Kartoffelsuppe schmecken ließ, verbreitete sich Ullmann-Brixdorf über die kulturelle und politische Situation auf dem Balkan.

»Die korrekte Bezeichnung ist natürlich Südosteuropa«, erklärte er. »Balkan steht seit Bismarck im Grunde für Chaos, Kleinstaaterei, Zersplitterung, Verrohung und so weiter. Der Balkan war immer schon das Pulverfass Europas. Es war, wenn ich mich recht entsinne, Churchill, der den Balkan als Europas ›weichen Unterleib‹ bezeichnet hat. Eine unglaubliche Verniedlichung, wenn man an die neunziger Jahre denkt …«

Kökkenmöddinger kaute auf einem Würstchen herum. »Aber …«, warf er ein.

»Ja, aber … Natürlich aber.« Ullmann-Brixdorf sah aus dem Fenster. »Man kann natürlich sagen, das seien zänkische Leute, die sich eben einfach nicht verstehen. Selbst heute wirkt es nach außen hin so: Alle Balkanländer wollen in die EU und in die NATO, aber keines dieser Länder gönnt das seinem Nachbarn. Doch ich denke, all diese Streitigkeiten wurden unverhältnismäßig betont und werden heute künstlich erhalten. Wie in einer Gruppe von Kindern … Jedes Kind hat genug Eis bekommen, den meisten ist schon übel, aber wenn jetzt Gummibärchen ins Spiel kommen, wollen alle Gummibärchen, und alle wollen die roten Gummibärchen, obwohl es die grünen Bärchen sind, die wirklich nach Erdbeere schmecken, und das inzwischen jeder weiß …«

»Moment mal!« Kökkenmöddinger schluckte. »Sie vergleichen die menschenverachtenden Bürgerkriege, dieses sinnlose und wahnsinnige Abschlachten mit dem Futterneid auf Eis und Gummibärchen? Wenn das nicht verniedlichend ist …«

Ullmann-Brixdorf schmunzelte. »Ja und nein. Was ich eigentlich zum Ausdruck bringen möchte ist, dass diese sprachlichen, kulturellen und ethnischen Konflikte künstlich erzeugt und betont werden. Man provoziert, um die Leute gegeneinander aufzuwiegeln. Philologisch besitzen alle Balkansprachen einen gemeinsamen Stamm, die Ethnien entstammen einer gemeinsamen Kultur.« Er nahm einen Schluck Bier. »Man macht sich die Unwissenheit der Leute zunutze, um einen völlig überholten Nationalismus zu erzeugen.«

Kökkenmöddinger nahm den letzten Löffel Suppe. »Der Mensch ist immer auf der Suche nach Gemeinsamkeiten und Abgrenzung. So entwickeln wir unsere Identität.« Er seufzte. »Und natürlich ist es mehr als verwerflich, das zu instrumentalisieren. Zum Beispiel durch die Religionen. Wie soll ein menschliches Gehirn frei denken, wenn es den Glauben nicht anzweifeln darf?« Er lehnte sich zurück und sah Ullmann-Brixdorf an. »Aber um auf meinen noch nicht getätigten Einwand zurückzukommen. Warum erzählen Sie mir das alles? Ich möchte wissen, warum Sie sich verstecken und von wem Sie verfolgt werden. Ich möchte wissen, was hier gespielt wird.«

Ullmann-Brixdorf lachte dröhnend. »Ja, das habe ich nicht vergessen. Aber ich möchte, dass Sie zunächst einmal verstehen, in welcher Situation ich lebe.«

Ein Kellner trat an den Tisch. »Darf ich den Hauptgang servieren?« Er deutete auf Ullmann-Brixdorfs Suppe. »Schmeckt Ihnen die Vorspeise nicht?«

»Doch, doch«, sagte Ullmann-Brixdorf und wandte sich wieder an Kökkenmöddinger. »Sie müssen diese komplexen Hintergründe kennen. Das ist mir sehr wichtig.«

Da der Kellner noch immer unschlüssig am Tisch stand und Kökkenmöddingers Appetit ungebrochen war, sagte er: »Sie können die Hauptspeise gern schon servieren.« Er nahm erneut seinen suspekten Gesprächspartner ins Visier. »Nur zu, ich höre.«

Ullmann-Brixdorf schob sein halbleeres Bierglas auf dem

Tisch hin und her. »Als wir damals nach Mazedonien kamen ... Das ist jetzt über fünfzehn Jahre her ... Meine Güte, wie die Zeit vergeht, vor allem, wenn man sich die Kinder anschaut ...«

»Bleiben Sie bei der Sache«, ermahnte Kökkenmöddinger.

»Nun, jedenfalls, als wir nach Skopje kamen, war dieses Land recht stabil im Vergleich zu Serbien oder dem Kosovo.« Er drehte das Bierglas zwischen den Fingern. »Mazedonien war ... vergleichsweise immer gemäßigt. Sonst hätte ich das meiner Frau und den Kindern nicht zugemutet.«

»Verstehe.« Kökkenmöddinger nickte. »Und dann? Ist in Mazedonien etwas Besonderes vorgefallen?« Er konnte sich nicht an markante Nachrichten der vergangenen Jahre erinnern. Aber genau genommen wusste er nicht viel mehr, als dass Mazedonien recht klein war und zu Südosteuropa gehörte. Und dass man froh war, wenn von dort möglichst wenige Nachrichten kamen. Auf einer Blankokarte hätte er es sicherlich nicht korrekt beschriften können. Und während Ullmann-Brixdorf von Gebirgen und Flusstälern schwärmte und die warme Herzlichkeit und offene Mentalität der Mazedonier rühmte, ging Kökkenmöddinger mehr und mehr auf, dass dieser Mensch ihm hier sonst etwas erzählen konnte. Und das – so viel konnte er immerhin inzwischen beurteilen – tat Ullmann-Brixdorf offensichtlich gern: Geschichten erfinden, sich herausreden und erschreckend überzeugend Menschen um den Finger wickeln.

»Entschuldigen Sie mich einen Augenblick«, unterbrach Kökkenmöddinger denn auch seine Schwärmereien und lief zügig durch das Hotelrestaurant zur Toilette. Dort schloss er sich in eine der beiden Kabinen ein und zückte sein Smartphone. Er rief Jelenas letzte Nachricht auf und sogleich wurde ihm ganz warm ums Herz. Sie wollte sich um den Garten der Eltern kümmern und ihn dort sehen. *Ich würde mich freuen, sehr sogar*, hatte sie geschrieben. Er dachte kurz nach, konnte sich aber nicht erinnern, dass Jelena schon einmal erwähnt hatte, wo genau ihre Eltern einen Schrebergarten besaßen. Nun ja, das war nebensächlich, wenn nicht unerheblich. Er dachte wieder an die kruden Geschichten des noch kruderen Ullmann-Brixdorf. Er musste diesem Kerl auf den Zahn fühlen.

Was weißt du über Mazedonien und die Mafia?, tippte er ein und zögerte. Das musste er noch etwas einschränken. Hatte Ullmann-Brixdorf nicht von einem beruflichen Aufenthalt in Deutschland gesprochen? Das viele Bargeld, dubiose Verfolger. Er musste krumme Geschäfte machen. Mit der Mafia ... Da fielen Kökkenmöddinger nur Drogen oder Waffen ein. *Kannst du etwas herausfinden über den illegalen Handel mit Drogen oder Waffen?*, vervollständigte er seine Nachricht und schickte sie ab.

Im Restaurant erwarteten ihn neben Ullmann-Brixdorf schon die Hauptspeisen: zwei saftige Steaks mit Kartoffeln, Gemüse und Salat. Kökkenmöddinger lief trotz seiner gedanklichen Anspannung das Wasser im Mund zusammen.

»Mein Lieber, da sind Sie ja endlich«, empfing ihn der mutmaßliche Mafioso. »Ich wollte Sie schon suchen lassen.«

Kökkenmöddinger schluckte. Was, wenn dieser Ullmann-Brixdorf tatsächlich eine große Nummer im Waffen- oder Drogenhandel war? So einer würde sich doch nicht von einem Dresdner Taxifahrer die Tour vermasseln lassen.

»Erinnern Sie mich daran, dass ich eine Kiste Bananen nach Diesbar-Seußlitz schicken lasse«, sagte Ullmann-Brixdorf und griff zum Glas.

Erst jetzt bemerkte Kökkenmöddinger, dass weitere Getränke serviert worden waren. »Sie handeln mit Bananen?«, fragte er ungläubig.

»Mit Bananen?« Ullmann-Brixdorf lachte. »Nein, wieso sollte ich mit Bananen handeln?«

»Haben Sie nicht gerade davon gesprochen?« Kökkenmöddinger war verwirrt. »Womit handeln Sie denn dann?« Wieder musste er an Waffen denken und an Berge von illegalen Drogen.

»Ich handle überhaupt nicht«, erklärte Ullmann-Brixdorf gutgelaunt. »Jedenfalls nicht mit Waren. Allerdings, meine kleine hübsche Freundin … Nun, das ist ja auch egal. Prost, mein Lieber!« Er nahm einen kräftigen Schluck. »Ich möchte Herbert eine Kiste Bananen für Pommes und Fritz schicken lassen. Ach was, am besten schicken wir gleich zwei Kisten. Was meinen Sie?«

Kökkenmöddinger nahm ebenfalls einen Schluck Bier. Er schmunzelte unwillkürlich. »Zwei Kisten Bananen sind eine hervorragende Idee.«

»Meine Güte, habe ich einen Kohldampf!« Ullmann-Brixdorf säbelte munter an seinem Steak. »Vor lauter Erzählen habe ich doch tatsächlich das Essen vergessen.«

»Korruption, Wahlfälschung, Bespitzelung, Erpressung. Das alles war an der Tagesordnung.« Ullmann-Brixdorf schwang sich erstaunlich geschickt auf einen Barhocker. »Nehmen Sie auch Whiskey? Ach, was frage ich … Zwei große Whiskey«, rief er dem Barkeeper zu. »Whiskey, nicht Whisky!«

Auch Kökkenmöddinger nahm auf einem Hocker Platz. »Und ein Mineralwasser, bitte.« Er wandte sich seinem Begleiter zu. »Quasi eine Bananenrepublik?«

»Wenn Sie so wollen.« Ullmann-Brixdorf nickte. »Es ist ein wunderschönes Land mit weniger Kriminalität als Deutschland. In Mazedonien ist die Bevölkerung weitaus friedlicher als ihre politischen Vertreter. Aber die instabile Demokratie der vergangenen Jahre belastet eben auch die Außenpolitik. Übrigens sprechen Fachleute in Mazedonien von einer Demokratur.«

»Apropos Fach und Leute.« Kökkenmöddinger nahm den Whiskey entgegen. »Kommen Sie doch endlich mal zur Sache!«

»Ich bin ganz bei der Sache. Cheerio!« Ullmann-Brixdorf erhob das Glas. »Die ehemalige, fragwürdig legitimierte Regierung scheint die ethnischen Konflikte im Hintergrund geschürt zu haben, um sich die eigene Macht zu sichern. Mafiamethoden, ganz klar!«

»Und welche Rolle spielen Sie dabei?«, bohrte Kökkenmöddinger weiter. »Warum müssen Sie sich denn verstecken, wenn nur die anderen die Bösen sind …«

»Psst.« Ullmann-Brixdorf legte den Finger auf die Lippen und deutete zum Barkeeper.

»Etwas zu knabbern?« Der Barkeeper stellte eine Schale mit Erdnüssen und ein Glas Salzstangen auf die Theke. Dann wandte er sich einer Frau zu, die neben Ullmann-Brixdorf mit der Höhe des Barhockers zu kämpfen schien.

Kein Wunder … Kökkenmöddinger bedachte ihren knallengen Lederrock mit einem abschätzigen Blick.

»Darf ich Ihnen behilflich sein?« Sofort war Ullmann-Brixdorf von seinem Hocker geglitten und reichte ihr den Arm. Sie griff zu und krabbelte auf ihr Sitzmöbel.

Kökkenmöddingers Blick fiel auf ihr Schuhwerk. Damit musste sie wacklige und schwindelerregende Höhen eigentlich gewohnt sein.

Ullmann-Brixdorf schien sich allerdings weitaus mehr für ihr keineswegs weniger auffälliges Dekolleté zu interessieren. »Was darf ich Ihnen zu trinken bestellen, gnädige Frau?«, sülzte er. »Wie wäre es mit einem süßen Cocktail? Ein süßes Getränk passt hervorragend zu Ihnen …«

Sie lachte leise. »Nicht doch. Das sind viel zu viele Kalorien. Ich nehme einen trockenen Weißwein, bitte.«

Der Barkeeper nickte. »Gern.«

»Ich bitte Sie, meine Liebe«, säuselte Ullmann-Brixdorf. »Sie und zu viele Kalorien …«

»Doch, doch.« Ihre Stimme klang etwas heiser. »Ich muss auf meine Figur achten.«

Kökkenmöddinger griff automatisch nach den Erdnüssen.

Ullmann-Brixdorf lachte herzhaft. »Ich mache Ihnen einen Vorschlag: Sie trinken, wonach es Ihnen gelüstet, und ich achte derweil auf Ihre Figur.«

»Sie sind mir ja einer«, sagte sie, und Kökkenmöddinger hatte den Eindruck, dass sie hinter ihren eindeutig zu rot geschminkten Lippen mit der Zunge anstieß. Das konnte ja heiter werden. Er musterte die Dame eingehender. Nicht nur die Lippen waren zu rot. Ihre Haare leuchteten tizianfarben, ihr Teint war zu dunkel, die Augen zu stark geschminkt, und dennoch konnte nichts davon von ihrer großen hässlichen Nase ablenken. Er seufzte. Diese Frau hatte eine derart primitive Ausstrahlung, dass wirklich nichts an ihr einen Reiz bei ihm auslöste – außer vielleicht einem Fluchtreflex. Auch Ullmann-Brixdorf konnte nicht wirklich Gefallen an ihr finden, das nahm er selbst diesem Schwerenöter nicht ab. Diese Schießbudenfigur war für ihn lediglich ein willkommenes Ablenkmanöver.

»Was verschlägt denn eine Frau wie Sie an solch einen einsamen Ort?«, flötete er. »Halt! Nein, lassen Sie mich raten.« Er orderte per Handzeichen eine weitere Runde Whiskey. »Sie wirken so sportlich. Bestimmt sind Sie zum Bergwandern hier!«

Was für ein Unsinn, so, wie sie schon am Barhocker gescheitert war. Kökkenmöddinger trank missmutig, während das Frauenzimmer albern kicherte.

»Nein, doch nicht! Warten Sie!«, dröhnte Ullmann-Brixdorf. »Sie sind zu erfolgreich, um Ihre Geschäfte zu vernachlässigen. Bestimmt sind Sie beruflich hier. Eine Konferenz?«

Geschäftlich, genau. Kökkenmöddinger grinste. Vermutlich war sie gewerbsmäßig an der Bar. Er spürte jetzt deutlich die Wirkung des Whiskeys.

»Sie nehmen doch sicher noch einen Wein? Oder doch einen Cocktail?« Ullmann-Brixdorf schien sich tatsächlich an der seltsamen Frau festzugraben.

»Gut, einen Wein nehme ich noch«, sagte sie. »Wissen Sie, sonst ist das zu viel durcheinander ...«

Kökkenmöddinger grinste in sich hinein ... ›Withen Thie, thontht itht dath thu viel durcheinander‹ ... Er nahm schnell noch einen Schluck Whiskey, um nicht laut loszulachen.

»Sie bringen mich auch ganz durcheinander, meine Liebe«, schnarrte Ullmann-Brixdorf und bestellte eine weitere Runde Getränke.

Kökkenmöddinger dachte an Jelena. Sie hatte eine hübsche kleine Nase und konnte fehlerfrei sprechen. Färbte sie sich eigentlich die Haare? Nein, das hätte er doch mitbekommen. Sie schminkte sich auch kaum. Sie hatte das nicht nötig. Keine Frau hatte das nötig, wenn sie ein gesundes Selbstbewusstsein hatte. Davon war er überzeugt. Nur kaputte Seelen brauchten das: Make-up, Fassade, diese ganze künstliche Patina ... Oje, schon wieder ein Glas leer.

Er sah hinüber zu Ullmann-Brixdorf und seiner Schießbudentante und bekam Gänsehaut. Diese Frau war wirklich unappetitlich primitiv.

»Polnisch und Tschechisch?«, rief Ullmann-Brixdorf gerade aus. »Das ist ja fantastisch.«

»Und ein bisschen Spanisch und Französisch.« Sie leerte ihr zweites Glas und hinterließ einen dicken roten Lippenstiftabdruck am Rand.

Kökkenmöddinger verzog das Gesicht.

»Sie entschuldigen mich einen Moment?« Sie stieg mit ausgestrecktem Hinterteil vom Barhocker. »Ich muss mir mal eben das Näschen pudern.«

Ullmann-Brixdorfs Blick folgte ihrem eng verpackten Hintern.

»Das wird dann ja eine Weile dauern«, entfuhr es Kökkenmöddinger.

Sein Begleiter nahm einen kräftigen Schluck. »Wieso?«

»Na, bei der Nase.« Kökkenmöddinger lachte. »Sie wollen mir doch nicht wirklich erzählen, dass Sie Gefallen an dieser … Frau finden?«

»Geben Sie uns noch zwei Whiskey«, verlangte Ullmann-Brixdorf. »Ich habe eine Schwäche für Frauen mit Sprachtalent.«

Kökkenmöddinger grinste. »Sie haben eine Schwäche für Frauen. Punkt. Über Talente müssen wir in diesem Fall wohl nicht diskutieren.«

»Nicht?« Ullmann-Brixdorf erhob sein Glas. »Mein lieber Kökken-Klugscheißer, ein Prosit auf die Liebe!«

Kökkenmöddinger erhob ebenfalls das Glas. »Mein lieber Ullmann-Murksdorf, ein Prosit auf die Lüge!«

Ullmann-Brixdorf setzte das Glas ab. »Auf die Liege?«

»Die Lüge, mein Freund«, setzte Kökkenmöddinger nach. »Auf die Lüge!« Er schüttelte den Kopf. »So blöde können Sie doch gar nicht sein. Apropos Lüge … Wir hängen im Erzählstoff.«

»Jetzt lenken Sie mal nicht ab.« Ullmann-Brixdorf schüttelte den Kopf. »Sie mögen diese Frau nicht. Weil Sie ein verliebter Trottel sind. Sie sind in Ihre Herzdame einfach viel zu verliebt, um die Qualitäten anderer Damen zu schätzen …«

»Qualitäten?« Kökkenmöddinger schaute ihn ungläubig an.

»Ja, Qualitäten«, behauptete Ullmann-Brixdorf. »Ach, Sie sind so hoffnungslos romantisch, lieber Kökkenmöddinger …« Er seufzte. »Ich beneide Sie.«

»Welche Qualitäten?«, hakte Kökkenmöddinger nach.

Ullmann-Brixdorf leerte sein Glas. »Sie steht auf mich.«

»Das allerdings wage ich zu bezweifeln.« Kökkenmöddinger sah die frisch Bemalte wieder heranstöckeln. »Da kommt sie wieder. Ich werde es Ihnen beweisen.«

»Da bin ich aber gespannt.« Ullmann-Brixdorf grinste breit. »Hallo, meine Liebe. Sie dürfen mich doch nicht so lange warten lassen ...«

»Gnädige Frau«, hob Kökkenmöddinger an. »Verzeihen Sie unsere Unhöflichkeit. Wir haben uns Ihnen ja noch gar nicht vorgestellt ...«

Sie lächelte. »Dazu haben wir doch jetzt Gelegenheit.«

»Das hier ist mein guter alter Freund Ullmann-Brixdorf.« Kökkenmöddinger beugte sich verschwörerisch vor. »Import-Export, Sie verstehen. Bananen und Esel. Bananen-Import und Esel-Export. Er lebt in einer Bananenrepublik.«

Ullmann-Brixdorf lachte laut, während die Frau irritiert blinzelte.

»Nicht dass Sie mich falsch verstehen«, setzte Kökkenmöddinger hinzu. »Bis vor kurzem lief alles prima. Aber jetzt musste er Frau und Kinder zurücklassen, weil er die Mafia auf den Fersen hat.«

»Was reden Sie denn da?« Sie sah Kökkenmöddinger entsetzt an.

»Die Wahrheit, meine Liebe, nichts als die Wahrheit.« Kökkenmöddinger verzog das Gesicht. »Wir besorgen ihm gerade eine neue Identität. Und ich muss Sie warnen. Sie dürfen nicht über diese Begegnung sprechen. Sonst müssen wir Sie leider liquidieren lassen.«

Ullmann-Brixdorf grinste breit. »Glauben Sie ihm kein Wort. Ich bin Konsul und arbeite für das Auswärtige Amt.«

»Genau.« Kökkenmöddinger schmunzelte. »Und ich bin Geheimagent und arbeite für den MI6.«

Sie sah von einem zum anderen. »Dann sind die Herren ja ausreichend beschäftigt«, sagte sie spitz und stöckelte mit einem »Schönen Abend noch« hinaus.

Kökkenmöddinger sah Ullmann-Brixdorf erwartungsvoll an. »Na, was habe ich gesagt?«

»Noch zwei Whiskey, bitte.« Ullmann-Brixdorf lachte. »Offen gestanden: Das weiß ich gar nicht mehr so genau. Aber Sie haben recht. Die Frau war allenfalls Schlager und keinesfalls Blues.« Er zog die Mundharmonika hervor und trällerte ein paar Schlagertakte. »Igitt.« Dann ging er wieder zu »Hit the Road Jack« über.

Kökkenmöddinger sah sich vorsichtshalber um. Doch sie waren die einzigen Gäste in der Bar und konnten somit zum Glück kein weiteres Aufsehen erregen.

»Letzte Runde, die Herren.« Der Barkeeper servierte zwei weitere Whiskey. »Wir schließen jetzt.«

»Wie bitte?« Ullmann-Brixdorf ließ die Mundharmonika sinken. »Das können Sie doch nicht machen.«

Kökkenmöddinger griff zum Glas. »Prost, mein Lieber. Nun gönnen Sie dem armen Mann doch seinen Feierabend. Schlimm genug, dass ich keinen mehr habe.«

Ullmann-Brixdorf trank. »Sie machen jetzt wirklich dicht?«

Der Barkeeper bejahte und räumte die Gläser ab.

»Aber wir haben noch Durst.« Ullmann-Brixdorf klang bestürzt.

Der Barmann lächelte freundlich. »Sie haben doch auf dem Zimmer eine Minibar.«

»Eben«, rief Ullmann-Brixdorf. »Sie sagen es: *Mini*bar …«

Kökkenmöddinger nannte dem Barkeeper die Zimmernummer für die Rechnung. »Das Wort Mini erträgt er allenfalls im Zusammenhang mit Röcken«, fügte er hinzu und hakte Ullmann-Brixdorf unter. »So, und nun ab ins Bett.«

»Sie schickt der Himmel«, hatte Ullmann-Brixdorf gebrabbelt, als Kökkenmöddinger ihn in sein Bett verfrachtet hatte. Der letzte Schluck aus der Minibar hatte ihm doch tatsächlich mal den Rest gegeben. Kökkenmöddinger nahm ihm die leere Flasche aus der Hand, zog ihm die Schuhe aus und deckte ihn zu.

»Das habe ich mir gedacht«, sagte Ullmann-Brixdorf und kuschelte sich an sein Kopfkissen. »Sie sind nicht nur ein Taxifahrer. Geheimdienst … Da fühle ich mich gleich viel sicherer …« Sein Gestammel ging unmittelbar in Schnarchen über.

Kökkenmöddinger löschte das Licht. Dann nahm er den Schlüssel an sich und schloss die Tür. Er zögerte kurz, steckte den Schlüssel ins Schloss und drehte ihn zweimal um. Es war besser, diesen Mann unter Kontrolle zu haben, solange er nicht wusste, was hier los war.

Bevor er ins Bett ging, verband er sein Smartphone mit dem Ladekabel. Oh, da waren zehn Nachrichten von Jelena. Neugierig öffnete Kökkenmöddinger die Nachrichten-App.

Frag doch deine Freundin, die Suchmaschine, hatte Jelena geschrieben und einen unheilvoll dreinblickenden Smiley hinzugefügt. Kökkenmöddinger lächelte, denn eine halbe Stunde später hatte sie es sich offensichtlich anders überlegt und eine weitere Nachricht geschickt: *Mazedonien, ehemalige Teilrepublik Jugoslawiens, hatte schon während der Zugehörigkeit zu Jugoslawien die IMRO (Innere Mazedonische Revolutionäre Organisation) im Untergrund; 2001 Auseinandersetzung mit der albanischen Minderheit (Anteil von etwa dreißig Prozent an der Bevölkerung), wobei sich Deutschland vermittelnd einmischte. Hauptstadt Skopje ist übrigens Partnerstadt von Dresden …*

Ach, das war ja interessant. Revolutionärer Untergrund also. Das musste er sich merken, zumal Ullmann-Brixdorf eine solche Organisation mit keinem Wort erwähnt hatte. Neugierig stöberte er weiter.

Er grinste. So, so, sie langweilte sich also, ganz allein. *Du hast Glück, dass ich mich langweile, hier so ganz allein in dem blöden Garten … 2006 bis 2016 war die nationalkonservative Partei an der Regierung, es gab immer wieder vorzeitige Neuwahlen, die diese zweifelhafte Demokratur bestätigten: Wahlfälschungen hingen im-*

mer als Vorwurf in der Luft. Seit 2015 ermittelt eine Sonderstaatsanwaltschaft gegen die ehemalige Regierung, deren Mafiaclanstrukturen durch Telefonmitschnitte offengelegt werden konnten. Bei Neuwahlen Ende 2016 wechselten die Mehrheiten im Parlament dahingehend, dass die bisher stärkste Oppositionspartei mit neuer Koalition regierungsfähig wurde. Durch die alten Machtstrukturen wurde die Regierungsbildung allerdings ein halbes Jahr lang verhindert.

Von einer Demokratur hatte Ullmann-Brixdorf auch gesprochen. Die Informationen passten erstaunlich gut zu dem, was der Mann gesagt hatte.

Ich finde schon, dass du dich mal melden könntest. Auch ein Danke wäre schön … Er hatte tatsächlich im Laufe des Abends nicht mehr daran gedacht, sich noch mal bei ihr zu melden. Aber sie musste doch gesehen haben, dass er gar nichts gelesen hatte.

Da war noch eine besonders lange Nachricht. Aufmerksam las Kökkenmöddinger: *Oh, jetzt habe ich aktuellere Sachen gefunden. Seit Sommer 2017 wirkt es so, als sei endlich eine stabile Regierung gebildet worden, die – wie alle Balkanstaaten – den Beitritt zu NATO und EU anstrebt. Mazedonien hat dabei viel Unterstützung von Deutschland und ebenso viel Widerstand von Griechenland, das auf einer Namensänderung besteht; angeblich wurde der Streit zwischen Mazedonien und Griechenland auch durch die frühere fragwürdige Regierung befeuert, die sich im Übrigen immer wieder die ethnischen Konflikte wirksam zunutze machte. Ansonsten: schwache Infrastruktur, viele Arbeitslose, kaum Industrie, fehlende Investitionen, weitaus geringere Kriminalitätsrate als Deutschland – mit Mafia kann eigentlich nur die frühere Regierung gemeint sein.*

So etwas Ähnliches hatte Ullmann-Brixdorf ebenfalls geäußert.

So, also mir reicht es … Ich reiße mir hier ein Bein aus, und du kannst nicht einmal kurz danke sagen. Ups, sie war dann wohl doch noch sauer geworden.

Ich bin übrigens angefressen … Die Nachricht war zwei Stunden alt und wurde dann noch einmal bestärkt: *Ich bin immer noch sauer!* Bis sie wohl vor einer Stunde aufgegeben hatte, auf Antwort von ihm zu warten: *Weißt du was? Du kannst mich mal!*

Kökkenmöddinger biss sich auf die Unterlippe. Es tat ihm leid, Jelena so verärgert zu haben. Das war mit Sicherheit keine böse Absicht von ihm gewesen. Aber wirklich verstehen konnte er ihre Reaktion nicht. Sie konnte doch nicht erwarten, dass er die ganze Zeit neben seinem Handy saß, um ihre Nachrichten zu lesen und sie sogleich zu beantworten. Oder doch? Hatte er etwas übersehen? War das wieder so eine Sache, die nur Frauen so sahen? Oder lag es an seiner leicht desolaten alkoholisierten Verfassung, dass er das nicht verstand?

Er ließ sich aufs Bett fallen. Wenn er sie jetzt danach fragte, würde sie womöglich sogleich reagieren. Und dann konnte er nur wieder etwas Falsches äußern. Wenn er sich jedoch nicht meldete, wäre sie weiterhin sauer.

Er setzte sich im Bett auf. Sein Schädel brummte, und eigentlich wollte er nur endlich mal eine Nacht in Ruhe schlafen. Allein in einem großen Bett und ohne allzu viele Gedanken. Bestimmt schlief Jelena längst.

Er würde ihr eine kurze Nachricht schicken. Einen Kuss vielleicht … Genau. Er suchte nach dem entsprechenden Emoticon. Dabei konnte er sehen, dass sie noch online war. Also konnte sie sehen, dass auch er online war. Jetzt schrieb sie etwas. Oje, er war echt zu alt für diesen Kinderkram. Er tippte schnell noch ein *Danke* dazu, sendete die Nachricht ab und schaltete sein Mobiltelefon ab.

Dann schlüpfte er unter die Decke. Schluss damit. Sein Kopf dröhnte. Er würde jetzt einfach nur schlafen …

»Somewhere over the Rainbow«

Graue Wolken schluckten einen großen Teil des Sonnenlichts, als Kökkenmöddinger am nächsten Morgen frisch geduscht am Fenster stand. Er hatte bereits die zweite Flasche Wasser geleert. Sein Geist und sein Körper begannen sich wieder zu solidarisieren. Er fühlte sich einigermaßen fit.

Er lauschte, doch von Ullmann-Brixdorf war nur ein leises Schnarchen durch die Tür hindurch zu vernehmen. Kökkenmöddinger hatte die Schlafzimmertür seines Begleiters inzwischen wieder geöffnet. Er steckte Schlüssel und Handy ein und verließ das Appartement, um sich unten im Hotel ein ausgiebiges Frühstück zu genehmigen.

Offensichtlich war es noch zu früh für die meisten anderen Hotelgäste. Kökkenmöddinger konnte in fremder Umgebung nie lange schlafen, schon gar nicht in der ersten Nacht. Trotz des späten Zubettgehens war er bereits um sechs Uhr unruhig geworden. Jetzt war es gerade mal sieben. Außer einem älteren Ehepaar, das sich an einem der Tische anschwieg, waren noch keine Wanderfreunde auf den Beinen. Die hatten sich vermutlich nach einem Blick aus dem Fenster wieder in ihren Betten umgedreht.

Kökkenmöddinger bestellte sich Tee und genoss die Ruhe. Am Büfett war er mit Müsli, Obst, Rührei und Würstchen völlig ungestört und bediente sich ausführlich. Leider gab es hier keine Frühstückslektüre in Form von Zeitungen. Lediglich ein paar Illustrierte fanden sich in einer der Sitzecken. Also zückte Kökkenmöddinger sein Mobiltelefon und las erneut – nunmehr mit klarerem Kopf – die zahlreichen Informationen, die Jelena ihm gestern Abend spät noch gesendet hatte.

Wieder kam er zu dem Schluss, dass sie den Ausführungen von Ullmann-Brixdorf zumindest nicht widersprachen. Dass Jelena so sauer reagiert hatte, war ihm noch immer ein Rätsel. Offenbar hatte sie seine Nachricht noch entgegengenommen, aber nicht mehr … Moment! Kökkenmöddinger kontrollierte die Verbindung. Er war seit dem Schlafengehen offline. Er schaltete das Netz wieder ein.

Was soll das denn jetzt?, hatte Jelena heute Nacht noch geschrieben. *Das ist keine Antwort auf meine Frage.*

Kökkenmöddinger runzelte die Stirn. Was für eine Frage denn? Ah, sie hatte es sich wieder anders überlegt. *Ich habe dir alle möglichen Infos geschickt, und du antwortest auf gar nichts. Ich bin echt enttäuscht.* Er spürte eine leichte Verärgerung. Er hatte sich doch bedankt. Und er hatte doch gar nicht damit gerechnet, dass sie sich sofort so ins Zeug legen würde. Das war er schließlich nicht gewohnt. Immer schon musste er um ihre Zuneigung buhlen. Immerzu hatte er sich um sie bemüht – und das nicht selten, um schroff abgefertigt zu werden, um immer wieder einen Korb zu bekommen. Und nun bat er sie um Unterstützung und wurde gleich wieder mit unverständlichen Erwartungen konfrontiert. Ganz langsam wuchs die Verärgerung. Gut, er hatte sie um Hilfe gebeten, und sie war dem sofort nachgekommen. Aber gab ihr das das Recht, ihn mit Vorwürfen zu bombardieren?

Kökkenmöddinger biss missmutig in ein Würstchen. Kalt. Er nahm einen Schluck Tee. Lauwarm. Diese Frau schaffte es sogar, dass ihm der Appetit verging. Wenn sie einander nähergekommen waren, war sie gleich darauf wieder einen Schritt zurückgewichen. Unverbindlich hatte sie ihn immer wieder zum Abwarten verdonnert. Und jetzt regte sie sich auf, wenn er sich nicht sofort für ihre Nachrichten bedankte? Und wenn er sich bedankte, war es auch nicht richtig? Sie machte ihn ganz konfus …

Trotzig löffelte er ein Schälchen Obstsalat leer. Dann atmete er tief durch. Es war sicher nur ein Missverständnis. Irgendetwas hatte er übersehen. Erneut ging er ihre Nachrichten durch. Diesmal konzentrierte er sich auf die direkt an ihn gerichteten persönlichen Dinge. Die politische Lage in Mazedonien kannte er inzwischen schon fast auswendig.

Wie hieß es bei Nietzsche? »Man nimmt die unerklärte dunkle Sache wichtiger als die erklärte helle.«

Es tut mir ja nun leid, dass ich offenbar so eine Enttäuschung für dich bin, aber ich verstehe dein Problem nicht. Denk dran, ich bin nur ein Mann, tippte er ein und starrte auf seine Worte. Nein, so ging es nicht. Das war zwar in der Sache richtig, aber es war unglücklich formuliert. Viel zu polemisch. Er löschte die Nachricht und setzte erneut an …

Tut mir leid … Ja, ein sehr guter Anfang. »Ich wollte dich nicht enttäuschen.« Ja, so würde es funktionieren. *Ich habe gerade einen schwierigen Dauerkunden und viel zu wenig Schlaf.* Sehr gut, die offene Ich-Botschaft, nur dabei nicht jammern, sondern mögliche Fehler vorsichtshalber bei sich suchen: *Irgendetwas muss ich übersehen haben, denn ich weiß nicht, welche Frage du meinst. Hilf mir bitte auf die Sprünge …* Schnell schickte er seine Nachricht ab. Je länger er darüber nachdachte, desto konfuser würde er werden.

Kökkenmöddinger atmete tief durch und sah hinaus ins regnerische Grau in Grau. Das alte Ehepaar saß immer noch am Fenster und schwieg. Er starrte vor sich hin. Sie blätterte in einer Zeitschrift. Ob sie auch enttäuscht von ihm war? Und er? Ob er sich auch fragte, was er immer wieder falsch machte, ohne das zu wollen? Suchte sie sich psychologischen Rat in ihrer Illustrierten, oder die Bestätigung, dass es auch anderen so ging?

Kökkenmöddinger fühlte sich geradezu ertappt, als der Mann nun aufstand und in seine Richtung lief. Doch er ging nur zum Büfett und befüllte eine Schale mit Obstsalat.

Kökkenmöddinger beobachtete ihn, wie er nun zurückging zum Tisch und seiner Frau das Schüsselchen hinstellte. Sie sah auf, sah ihn an und lächelte.

Kökkenmöddinger seufzte. Die hatten gar keinen Krach. Die brachten sich sogar gegenseitig unaufgefordert das Frühstück. Nun ja, die beiden waren ein Paar. Es war immer dasselbe: Er musste sich mühsam ins Gedächtnis rufen, dass er und Jelena eben kein Paar waren. Und wenn sie ihn dann anschnauzte – und sei es nur per Kurznachricht –, fiel ihm das eben besonders schwer. Warum sollte sie denn von ihm enttäuscht sein, wenn sie keine besonderen Erwartungen hatte? Und warum hatte sie besondere Erwartungen, wenn ihre Bindung doch nur eine unverbindliche war …?

Das Summen des Smartphones unterbrach seine Gedankenschleife. Jelena!

Hallo Kökki, schrieb sie. *Ich habe gehofft, dass du mich im Garten besuchst. Danach hatte ich gefragt. Aber ich wusste nicht, dass du arbeitest. Heinz hatte am Telefon gesagt, ihr macht Kurzarbeit.*

Kökkenmöddinger runzelte die Stirn, las erneut und lächelte. Das war in der Tat ein Missverständnis. Noch dazu ein schönes. Aber warum telefonierte sie mit Heinz? Und warum rief sie ihn nicht einfach an, wenn sie etwas klären wollte?

Klar, warum fünf Minuten lang telefonieren, wenn man auch acht Stunden lang per Whatsapp umeinander herumreden kann, schrieb er, fügte einen Tränen lachenden Smiley hinzu und drückte dann auf das Telefonsymbol. Wenn er sich schon so äußerte, musste er auch mit gutem Beispiel vorangehen oder besser voranko mmunizieren.

»Jelena Jankow«, nahm sie das Gespräch entgegen.

»Jelena, meine Liebe«, meldete sich Kökkenmöddinger. »So wird es wohl besser funktionieren mit der Unterhaltung …«

»O ja.« Ihr Lachen kuschelte sich wohlig in seine Ohrmuscheln. »Konntest du mit meinen Infos etwas anfangen? Weißt du, es war ulkig, dass du ausgerechnet nach Mazedonien gefragt hast, weil ich noch mitbekommen habe, dass Dresden offiziell Besuch aus der Partnerstadt Skopje hat. Einer meiner Kollegen aus der Fortbildung musste deshalb das Seminar abbrechen, weil man ihn in seiner Redaktion brauchte …«

»Ja, doch«, ging Kökkenmöddinger dazwischen. Er hörte ihre Stimme nur zu gern, aber dieser ganze Balkankram war gerade nicht das Thema, das er vertiefen wollte. »Bist du immer noch im Schrebergarten deiner Eltern?«

Sie bejahte. »Ein bisschen Ruhe ist ja ganz angenehm. Aber hier ist es schon recht einsam, und ich hatte gehofft, dass du vorbeikommst. Ich habe ja nicht geahnt, dass du so eingespannt bist. Ich dachte, du freust dich, mal rauszukommen, und außerdem …«

»Sicher doch!« Kökkenmöddinger bekam eine Gänsehaut. »Ich, ähm, bist du denn noch länger dort?«

»Ja, es gibt doch eine ganze Menge zu tun«, erklärte Jelena. »Rasenmähen, Hecke schneiden, alles winterfest machen. Hier ist zwar kein Schwein, aber es gibt strenge Vorschriften, wann man Krach machen darf und so weiter. Mein Vater flippt aus, wenn ich seine Gartenfreunde verärgere. Und ein bisschen Hilfe könnte ich auch gebrauchen.«

Kökkenmöddinger sah die zarte Jelena mit einer riesigen Heckenschere hantieren und sorgte sich spontan. »Natürlich helfe ich dir. Sehr gerne sogar. Aber im Moment …«

Plötzlich tauchte Ullmann-Brixdorf auf und klopfte auf den Tisch. »Guten Morgen, mein lieber Kökkenmöddinger!«

»… Sorry. Also im Moment bin ich noch eingespannt«, erklärte Kökkenmöddinger, während sich sein Begleiter am Tisch niederließ. »Sag mal, und warum hast du Heinz angerufen?«

»Ich habe ihn nicht angerufen«, entgegnete Jelena. »Er hat

mich angerufen, weil er dich gesucht hat. Aber das ist schon einen Moment lang her …«

»Ah so.« Kökkenmöddinger sah, dass Ullmann-Brixdorf jemanden heranwinkte.

»Ich hätte gern einen Kaffee, einen Kognak und ein komplettes Frühstück«, verlangte er dröhnend.

»Moment!« Kökkenmöddinger hielt das Smartphone zur Seite. »Auch hier gibt es ein Büfett.« Doch aus den Augenwinkeln gewahrte er bereits einen dienstbaren Kellner, der Ullmann-Brixdorf seine Wünsche erfüllte.

»Ist gerade Action bei dir, was?«, fragte Jelena prompt.

»Ach was«, entgegnete er schnell. »Ich sitze nur beim Frühstück in einem Hotel.«

»Warum wolltest du denn so viele Infos über Mazedonien?«, fragte sie weiter. »Was gibt es denn da so Interessantes?«

»Das ist allerdings jetzt gerade … etwas schlecht«, wich Kökkenmöddinger aus. »Das erzähle ich dir dann später.«

Ullmann-Brixdorf zwinkerte ihm zu. »Nur nichts anbrennen lassen.«

Jelena lachte. »Ihr grillt zum Frühstück?«

»So könnte man sagen …« Kökkenmöddinger warf einen bösen Blick über den Tisch und schüttelte den Kopf. »Weißt du was? Ich melde mich später noch mal, okay?«

»Dann kommst du vielleicht doch am Wochenende?« Jelena klang fröhlich. »Das wäre schön.«

»O ja.« Kökkenmöddinger sah aus dem Fenster. Gemütlich mit Jelena bei Regenwetter in einer einsamen Schrebergartenhütte … »Ich schreibe dir, sobald … Also, ich melde mich dann. Ahoi, meine Liebe!«

»Wusste ich es doch.« Ullmann-Brixdorf köpfte brutal sein Frühstücksei. »Sie sind ein Frauentyp. Sie sind einer von den Gefährlichen, die ganz harmlos wirken.«

»So, so.« Kökkenmöddinger schmunzelte. »Und Sie sind natürlich einer von den Harmlosen, die nur so gefährlich wirken.« Heute würde er diesem imposanten Blender auf den Zahn fühlen. Wenn es sein musste, bis auf die Wurzel …

Eine Stunde später wanderten Kökkenmöddinger und Ullmann-Brixdorf im Nieselregen zwischen Sandsteinfelsen durch den Uttewalder Grund. Kökkenmöddinger kannte sich nicht wirklich gut aus hier. Schließlich waren Wanderwege nicht die Kernkompetenz von Taxifahrern. Doch mit dem berühmten Malerweg, der in acht unterschiedlich anspruchsvollen Etappen durch das Elbsandsteingebirge der Sächsischen Schweiz führte, konnte man nicht viel falsch machen. Sie würden einfach so weit durch das Gebirge kraxeln, bis sie die Elbe sahen. Das Wetter war zwar nicht sehr einladend, aber immerhin fehlten die Touristenströme, die sich sonst über den Wanderweg ergossen, und ein bisschen Bewegung tat ihnen gut.

»Vor wem verstecken Sie sich denn nun eigentlich?«, begehrte Kökkenmöddinger zu wissen. »Wer ist Ihnen so auf den Fersen?«

»Nun, ich habe Ihnen die Situation in Mazedonien bereits geschildert.« Ullmann-Brixdorf schritt munter voran. »Man versucht des Öfteren, Minderheiten als radikal, gewalttätig und verbrecherisch darzustellen, um die öffentliche Meinung zu beeinflussen oder politische Forderungen durchzusetzen. Da sind wir ansonsten gern gesehenen Ausländer beliebte Objekte.«

»Was heißt das denn nun konkret?« Kökkenmöddinger achtete auf den Weg. Die feuchten Felsen und erstes Laub waren eine rutschige Mischung.

»Ich habe Drohungen erhalten.« Er winkte ab. »Lachhaft, nicht ernst zu nehmen. Diese angeblichen Drohungen sind allenfalls politisches Kalkül. Man versucht nur, irgendeiner

Gruppe etwas unterzuschieben, um Spannungen zu erzeugen. Ich bin davon überzeugt, dass dahinter Leute aus der ehemaligen Regierung stecken. Eine Intrige. Sowas funktioniert hervorragend, wenn man ausländische Partner oder Wirtschaftsvertreter ins Visier nimmt. Dann sorgt sich alles um die guten Beziehungen.«

»Sie meinen, Sie werden zum Schein bedroht, um andere dieser Drohungen zu beschuldigen?«, hakte Kökkenmöddinger nach. »Nun gut, das ist nicht gut. Aber wenn Sie so sicher sind, dass es sich nicht um eine ernsthafte Bedrohung handelt, können Sie das doch ignorieren. Oder ist das ein Problem?«

»Ich selbst habe das von vornherein nicht ernst genommen«, erklärte er. »Und ich bin davon überzeugt, dass es sich nur um eine kleine alberne Intrige handelt. Aber das wollen die offiziellen Stellen nicht gelten lassen. Man sorgt sich um die Sicherheit und die Beziehungen zum Ausland. Und nun werde ich von früh bis spät umzingelt.« Er seufzte. »Diese ganzen Sicherheitsleute kosten nur unnötig Geld und vor allem meine Nerven. Nirgendwo konnte ich mich in den letzten Wochen frei bewegen.« Er blieb stehen und holte tief Luft. »Und seit unsere Delegation in Dresden angekommen ist, werde ich nur noch bewacht.«

Kökkenmöddinger schmunzelte. »Das heißt, Sie sind Zigarren kaufen gegangen und haben sich dann einfach abgesetzt?«

»So sieht es aus.« Er kramte eine Zigarre hervor und schnitt sie an. »Ich will doch nur meine Ruhe haben.«

»Dann war die Suche nach Ihrem Auto nur ein Vorwand?«, fragte Kökkenmöddinger.

»Ja und nein.« Er brannte seine Zigarre an und paffte. »Das Auto war nebensächlich, aber man hat es offensichtlich vor uns gefunden.«

»Moment mal, dann ist es tatsächlich Ihr Wagen, der abgefackelt wurde?«, fragte Kökkenmöddinger.

Ullmann-Brixdorf nickte. »Das war ein praktischer Zufall. So konnte ich mir endlich unseren kleinen Ausflug erlauben.«

Kökkenmöddinger sah ihn entsetzt an. »Aber es gab einen Toten! Und außerdem scheint man ja tatsächlich einen Anschlag auf Sie verübt zu haben!«

»Das glaube ich nicht«, sagte Ullmann-Brixdorf. »Das war reine Inszenierung.«

»Ach so? Und dass man jemanden in Ihrem Auto abfackelt, ist ein bisschen Theater zur Belustigung, oder was?«, echauffierte sich Kökkenmöddinger. »Wissen Sie denn, wer der Tote ist?«

»Nein, ich weiß gar nichts«, erklärte er ruhig. »Doch ich nehme an, das gehört zu den Spielchen dahinter. Man wollte nur diesen vermeintlichen Drohungen Nachdruck verleihen.«

»Ist das nicht etwas sehr zynisch?« Kökkenmöddinger ermahnte sich, ruhig zu bleiben.

»Mein lieber Kökkenmöddinger, ich weiß, wie das auf Sie wirken muss, aber ...« Er paffte und sah ihn an. »Es ist keinesfalls sicher, dass man tatsächlich einen Toten in dem Wagen gefunden hat. Und – zu meiner Entlastung – die Meldung, man habe einen Toten gefunden, kam erst später. Als ich erfuhr, dass man mein Auto ausgebrannt gefunden hatte, habe ich die Gelegenheit beim Schopf ergriffen ...«

Kökkenmöddinger nickte. »Die Gelegenheit, taschenweise Bargeld von der Bank zu holen, sich mit Wäsche auszustatten und sich in der Pampa in einer Pension zu verkriechen. Wollen Sie mich für dumm verkaufen?«

»Nicht doch.« Ullmann-Brixdorf lachte auf. »Wenn ich Sie darin erinnern darf, haben Sie mich nach Diesbar-Seußlitz gebracht. Und dann saßen wir zwei Tage dort fest, durch die äußeren Umstände.«

»Auf die Sie erstaunlich gut vorbereitet waren«, konterte Kökkenmöddinger. »Warum?«

»Nun, wenn man nicht gefunden werden will, empfiehlt es sich, bar zu bezahlen«, erklärte Ullmann-Brixdorf ungerührt. »Wäsche zum Wechseln konnten wir doch beide gut gebrauchen.«

Kökkenmöddinger überlegte. Er musste analytisch denken.

»Deshalb habe ich Bargeld geholt, um mich frei bewegen zu können«, setzte Ullmann-Brixdorf hinzu.

»Und die fremde Währung?«, fragte Kökkenmöddinger. »Ich nehme an, mazedonisches Geld …«

»Denari.« Ullmann-Brixdorf nickte. »Ich benötigte das für meine Informanten.« Dann grinste er schelmisch. »Ich wusste es! Sie haben meine Taschen untersucht …«

»Allerdings«, bestätigte Kökkenmöddinger. »Und ich weiß auch, welche Ihrer Taschen Sie im Flughafen an einen Fremden übergeben haben. War das einer Ihrer ›Informanten‹?«

»Ja, er sollte eigentlich dafür sorgen, dass die Sicherheitsleute wieder abgezogen werden. Kleiner Dienstweg, Sie verstehen?« Ullmann-Brixdorf wurde langsamer. »Schauen Sie nur, was für ein herrlicher Ausblick!«

Kökkenmöddinger versuchte, sein Gedankenpuzzle zu ergänzen. »Wer hat uns denn dann in Dresden verfolgt? Wer sind diese Leute?«

»Das sind Leute vom Sicherheitsdienst. Das nehme ich zumindest an.« Ullmann-Brixdorf seufzte. »Ich kann nicht wirklich kontrollieren, was hinter den Kulissen läuft.«

»Das heißt, Sie können gar nicht ausschließen, dass die Drohungen echt sind«, stellte Kökkenmöddinger fest. »Nehmen wir doch mal an, es ist tatsächlich etwas dran, an diesen Drohungen. Sollte irgendjemand Sie tatsächlich unter Druck setzen, dann wäre es doch das Einfachste, den Sicherheitsdienst zu unterwandern. Was, wenn tatsächlich jemand unter den Sicherheitsleuten Ihnen ans Leder will?«

»Sie haben aber eine erstaunlich kriminelle Fantasie.« Ullmann-Brixdorf wirkte amüsiert. »Wie kommen Sie denn darauf?«

»Das kann ich Ihnen noch gar nicht so genau sagen«, antwortete Kökkenmöddinger. »Aber wenn man Sie zum Schein oder echt unter Druck setzt respektive bedroht ... Und wenn man dabei auch über Leichen geht, oder zumindest so tun kann als ob ... Und wenn Sie verfolgt werden und sogar den deutschen Behörden aus dem Weg gehen ... Dann können Sie mir nicht erzählen, das sei alles ganz harmlos, und Sie wollen nur ein bisschen Ihre Ruhe.« Er stellte sich Ullmann-Brixdorf in den Weg. »Sie sind doch kein normaler Geschäftsmann, der seine Wochenenden mit Eseln in den ... Karpaten verbringt.«

»Stimmt.« Ullmann-Brixdorf grinste. »Die Karpaten sind in Rumänien. Meine Wochenenden verbringe ich im Osogowo-Gebirge. Das ist schon fast Bulgarien.« Er hob den Arm. Kökkenmöddinger zuckte kurz zusammen, als er ihm nun auf die Schulter klopfte. »Mein lieber Kökken-Klugscheißer, Sie sind ein helles Köpfchen. Aber manchmal hören Sie nicht richtig zu. Ich bin kein Geschäftsmann. Ich arbeite für das Auswärtige Amt.«

»Sie sind tatsächlich in der Politik?« Kökkenmöddinger hatte das für einen Scherz gehalten, als sie sich am Abend zuvor der unsympathischen Schießbudenfrau vorgestellt hatten.

»Ich bin weder Politiker noch im eigentlichen Sinne Diplomat«, erklärte er sichtlich belustigt. »Ich bin als Konsul für die Deutschen in Mazedonien zuständig.«

»Aha?«, wunderte sich Kökkenmöddinger. »Was heißt das?«

»Im Grunde bin ich ein popeliger Beamter im Auswärtigen Dienst der Deutschen Botschaft in Skopje. Während unser Botschafter die Interessen der Bundesrepublik vertritt, kümmere ich mich vor allem um die deutschen Unternehmen in

Skopje, oder eben um die Deutschen, die in Mazedonien arbeiten.« Ullmann-Brixdorf lachte. »Nun stehen Sie nicht herum wie Pommes und Fritz. Oder muss ich meine Mundharmonika auspacken?«

Kökkenmöddinger grinste schief. »Sie gestatten, dass ich dennoch skeptisch bin …«

»O ja, das gestatte ich durchaus«, freute sich Ullmann-Brixdorf lachend und deutete auf ein Gaststättenschild. »Kommen Sie, wir sind lange genug durch den Regen gelaufen. Lassen Sie uns einen trinken gehen. Und dann sagen Sie mir, wer Sie wirklich sind. Das mit dem Taxifahrer nehme ich Ihnen nicht ganz ab.«

Nach einer heißen Suppe und einigen Bechern Grog hatten sich Kökkenmöddinger und Ullmann-Brixdorf aufgewärmt. Sie saßen zwar auf der Terrasse des kleinen Lokals, damit Ullmann-Brixdorf seine Zigarren paffen konnte. Aber immerhin waren sie windgeschützt und im Trockenen. Die Kellnerin brachte zwei weitere Tassen des heißen Getränks.

Kökkenmöddinger deutete in den aufklarenden Himmel. »Schauen Sie mal, die Sonne kommt heraus. Wir sollten uns wieder auf den Weg machen.«

»Gut, aber den trinken wir noch.« Er stieß Zigarrenqualm aus.

Kökkenmöddinger griff zur Tasse. »Na dann Prost, Herr Generalkonsul!«

Ullmann-Brixdorf erhob ebenfalls die Tasse. »Prost, Herr Doktor Generalverdacht … Ich hätte Ihnen durchaus den Geheimagenten abgenommen.«

»Und ich Ihnen den Ganoven«, sagte Kökkenmöddinger. »Eigentlich mehr noch als den Konsul.«

»Sie werden das vielleicht nicht ganz verstehen …« Ullmann-Brixdorf trank. »Aber mich macht das sehr … glücklich. Also das mit dem Ganoven. Ist doch viel interessanter als so ein langweiliger Konsul.«

»Sehen Sie …« Auch Kökkenmöddinger nahm einen kräftigen Schluck. »Mir gefällt mein Taxifahrerdasein ja sehr viel besser. Geheimagent ist mir irgendwie zu … zu …«

»Geheim«, ergänzte Ullmann-Brixdorf und nickte wissend. »Stimmt, alle Geheimagenten, die ich kennengelernt habe, sind so geheim, dass ich sie längst vergessen habe.«

»Sie kennen Geheimagenten?« Kökkenmöddinger spürte deutlich den Alkohol. Er musste sich dringend bewegen, um nicht bald die Lust am Wandern ganz zu verlieren.

»Jede Menge«, tönte Ullmann-Brixdorf. »Bestimmt haufenweise. Die Krux bei diesen geheimen Agenten ist doch, dass sie sich nie als solche zu erkennen geben.«

»Da könnten Sie recht haben.« Kökkenmöddinger erhob sich. »Ich werde mal sicherstellen, dass sich keiner davon auf der Toilette versteckt.« Er ging nach drinnen. Auf dem Herrenklo zückte er sein Mobiltelefon. Mist, zwei Anrufe in Abwesenheit. Beide von der Zentrale. Er würde sich bei Sarah melden müssen, sobald sie wieder im Hotel waren.

Erst mal allerdings würde er heute noch ein schönes Foto machen und an Jelena schicken. Kökkenmöddinger lächelte. Er war so erleichtert, dass sie miteinander gesprochen hatten, dass er fast vergessen hätte, sein Hose zu schließen, als er nun aus der Herrentoilette wieder hinaustrat. Verstohlen schloss er den Reißverschluss und wurde schon von einem strahlenden Herrn Konsul erwartet.

»Schauen Sie nur, ein Regenbogen«, schwärmte Ullmann-Brixdorf. »Da müssen wir hin.«

Den Hut schief auf dem Kopf wanderte er voraus, und Kökkenmöddinger folgte ihm grinsend bergan. Sie waren geradewegs im Anmarsch auf eine Aussichtsplattform, die einen wunderschönen Blick über das Elbtal bot. Kökkenmöddinger stellte sich neben den Konsul. Da wäre auf jeden Fall eine Aufnahme dabei, um sie an Jelena zu schicken.

»Atemberaubend«, staunte Ullmann-Brixdorf. »Kaum zu glauben.«

Kökkenmöddinger kramte sein Smartphone hervor. »Allerdings.« Er drückte auf den Auslöser. »Umdrehen!«

Ullmann-Brixdorf hatte bereits die Mundharmonika in der Hand und summte leise eine sehr bekannte Melodie.

Kökkenmöddinger machte eine Aufnahme von ihnen beiden vor dem Regenbogen. Dann fiel er in den Singsang mit ein.

Ullmann-Brixdorf spielte auf der Mundharmonika. Und bald darauf standen sie beide singend auf dem Felsen über dem Elbtal: »Somewhere over the rainbow … Way up high … And the dreams that you dreamed of … Once in a lullaby …«

Der Konsul kannte tatsächlich sämtliche Strophen des Songs.

Kökkenmöddinger sah seine Bilder durch. Sie waren alle gelungen. Er konnte sich für keines entscheiden und schickte Jelena kurzentschlossen einfach alle Aufnahmen. *And I think to myself … What a wunderful world*, textete er hinzu.

Konsul, Ganove oder Opfer?

Erschöpft kehrten sie am Abend ins Hotel zurück. Und während sich Ullmann-Brixdorf mit einer Flasche aus der Minibar in die Badewanne verabschiedete, hatte Kökkenmöddinger das dringende Bedürfnis, einen Kaffee zu trinken. Den gaben allerdings weder die Minibar noch die kleine Pantryküche her, und so machte er sich auf den Weg in die gemütliche Hotelbar.

»Bekommt man bei Ihnen auch einen schönen starken Kaffee?« Kökkenmöddinger ließ sich auf einen der Hocker sinken und sah sich um. In einer Ecke der Theke entdeckte er seine spezielle Freundin vom Vorabend. In ähnlich schriller Aufmachung wie gestern quatschte sie auf einen Herrn Kategorie »Geschäftsmann mit Ablenkungsbedarf« ein. Der Mann sah Kökkenmöddinger an und grüßte knapp.

Er schmunzelte, als auch das unsympathische Frauenzimmer herübernickte.

»Kognak dazu?« Der Barkeeper servierte eine große Tasse dampfenden Kaffee.

»Nein, bloß nicht. Danke.« Kökkenmöddinger zog sein Smartphone hervor. Ah, Jelena hatte seine Bilder schon gesehen. Offenbar antwortete sie gerade.

»Wo haben Sie denn Ihren Begleiter gelassen?«, plauderte der Barmann auf ihn ein.

Kökkenmöddinger stutzte. »Oben. Ich habe ihn mit der Minibar allein gelassen.« Er grinste. »Er wird sie sicher bald bezwungen haben und hier erscheinen.«

Der Barkeeper lächelte. »Der Mann kam mir gestern schon so bekannt vor …«

»Ach was?« Kökkenmöddinger schielte auf sein Mobiltelefon. Was tippte Jelena denn da so lange?

»Helfen Sie mir auf die Sprünge.« Der Barkeeper warf sich sein Trockentuch über die Schulter und stützte sich mit beiden Armen auf die Theke. »Ist das ein Schauspieler?«

»Nein.« Kökkenmöddinger musterte ihn. »Nicht, dass ich wüsste.«

»Ein Politiker?«, bohrte der Barmann weiter. »Irgendein Medienmensch. Ich könnte wetten, dass ich ihn aus dem Fernsehen kenne.«

»Hören Sie, der Mann ist mein Kunde«, erklärte Kökkenmöddinger. »Ich tratsche nicht über meine Kunden. Und Sie sollten das auch nicht tun.«

Das hatte offenbar getroffen, denn der Barkeeper gab seine Befragung nach einem »Sorry, man wird ja wohl mal fragen dürfen« auf.

Kökkenmöddinger nippte an seinem Kaffee. Da war sie endlich, die Nachricht von Jelena: *Was treibst du eigentlich schon wieder? Muss ich mir Sorgen machen? Natürlich muss ich mir Sorgen machen. Wer ist der Mann da auf dem Bild? Den Typen kenne ich doch.*

Na prima, selbst wenn er den imposanten Konsul nicht bei sich hatte, interessierten sich alle nur für Ullmann-Brixdorf. Kökkenmöddinger runzelte die Stirn. Sogar Jelena.

Ich wollte dir ein Stück Regenbogen schicken, schrieb er und ergänzte dann: *Unwahrscheinlich, dass du den Mann kennst. Er ist nur ein Kunde.*

Er griff zur Kaffeetasse. Das Koffein tat ihm gut. Warum ärgerte er sich denn schon wieder? Vielleicht hatte Jelena diesen Ullmann-Brixdorf ja tatsächlich schon einmal gesehen. Sie war schließlich Journalistin. Und er war eine markante Gestalt. Eine markante Gestalt, die bald zurück auf ihren Posten musste.

Er würde ihn jetzt noch ein bisschen herumfahren, eine Menge Geld bekommen und dann am Wochenende mit Jelena im Schrebergarten sitzen. Kökkenmöddinger lächelte unwillkürlich, weil er sich Jelena in Gummistiefeln und Latzhose vorstellte. Ein entzückendes Bild, das da in seinem Gehirn entstand. Natürlich war der Sitz der Seele im Gehirn. Da war er ganz sicher. Genau dort, wo alles voller Bilder von Jelena war und wo es immer so schön kribbelte, wenn er sie vor seinem geistigen Auge hatte.

»Na, der Herr Geheimagent heute so ganz alleine?«

Kökkenmöddinger sah, wie sich die Bemalte vom Vorabend neben ihm auf den Hocker schob, und stöhnte innerlich auf.

»Wo ist denn Ihr berühmter Begleiter?« Sie verzog die roten Lippen zu einem Lächeln, das ihn wohl bezirzen sollte. »Oder soll ich eher sagen: berüchtigt?«

Er zog die Augenbrauen hoch. »Haben Sie schon wieder einen Verehrer der Weiblichkeit erfolgreich in die Flucht geschlagen?«

»Hoppla, so boshaft?« Sie grinste. »Wollen Sie mich nicht auf ein Glas Wein einladen?«

»Nein«, antwortete er wahrheitsgemäß. »Warum sollte ich?«

»Ihnen gehört doch das Taxi da draußen, nicht wahr?« Sie sah ihn herausfordernd an. »Seit wann fahren Geheimagenten Taxi?«

Kökkenmöddinger nahm einen Schluck Kaffee. »Wollen Sie mir ein Gespräch aufdrängen?«

»Ich dachte, Sie interessieren sich vielleicht dafür, dass Ihr Begleiter gesucht wird«, sagte sie im Verschwörerton. »Aber vermutlich wissen Sie das längst.«

»Vermutlich haben Sie meine Frage nicht verstanden«, entgegnete Kökkenmöddinger und stand auf. »Sie war rhetorisch. Guten Abend.«

Verärgert verließ er die Bar. Dieses Weibsbild war noch unangenehmer als zunächst angenommen. Ob man sie auf Ullmann-Brixdorf angesetzt hatte? Möglich war ja so einiges, wenn es stimmte, was der Mann erzählt hatte. Vielleicht wäre es ratsamer, die Bar heute Abend zu meiden.

Als er das Zimmer betrat, stutzte Kökkenmöddinger. Wie sah es denn hier aus? Alle Schränke und Schubladen standen offen. Und die Reisetasche war ausgekippt. Überall lagen Unterhosen, Socken und T-Shirts herum, sowohl die getragenen als auch die noch frisch verpackten Sachen. Im Wohnzimmer lief der Fernseher, und eine halbleere Flasche Bier stand auf dem Tisch.

»Herr Ullmann-Brixdorf?« Er ging ins Bad, wo zwar noch Licht brannte, aber vom Konsul keine Spur war. »Hallo?« Kökkenmöddinger betrat das Schlafzimmer des Konsuls. Auch hier herrschte befremdliches Chaos. Ganz offensichtlich hatte man alles durchsucht.

Das gleiche Bild bot sein eigenes Schlafzimmer. Bettzeug und Kissen lagen auf dem Boden, und die Schränke standen offen.

Wo hatte Ullmann-Brixdorf eigentlich seine Reisetasche mit dem vielen Bargeld versteckt? Nun war es an Kökkenmöddinger, alles noch einmal umzukrempeln, bis er schließlich unter dem Bett seines Begleiters fündig wurde. Hier hatte er die Tasche also versteckt. Kökkenmöddinger warf einen Blick hinein. Es waren noch reichlich Geldscheine vorhanden. Ob allerdings etwas von dem Geld fehlte, vermochte er nicht einzuschätzen.

Was ihn viel mehr interessierte war, wo der Konsul selbst steckte. »Herr Ullmann-Brixdorf? Wo sind Sie?«

Kökkenmöddinger lief auf die Terrasse. Nichts.

Im Wohnzimmer ließ er sich auf einen Sessel sinken, als sein Smartphone in der Tasche summte. Schnell sah er nach: Jelena.

Mein lieber Kökki, ich bin nicht doof, schrieb sie. *Den Mann kenne ich. Sein Bild war gestern in der Zeitung. Er ist irgendein hohes Tier, das entführt wurde.* Kökkenmöddinger las die Nachricht gleich noch einmal. Er sah, dass Jelena erneut schrieb. *Danke für den Regenbogen. Obwohl ich mich doch frage, in was für eine schräge Geschichte du mal wieder geraten bist.*

Das allerdings fragte er sich gerade selbst. Denn als er auf den Fernseher blickte, erschien auch dort ein Bild von Ullmann-Brixdorf. Er schnappte sich die Fernbedienung und stellte den Ton lauter. Eine Frau mittleren Alters schluchzte ins Mikrofon, man habe ihren Mann entführt, und sie sei bereit, alles dafür zu tun, ihn wohlbehalten zurückzubekommen. Dann schwenkte die Kamera über eine Ansammlung von Menschen, die meisten mit Fotoapparaten oder Mikrofonen bewaffnet, zu einem Reporter, der nun selbst ins Bild gerückt wurde.

»Vom Mitarbeiter des Auswärtigen Amtes fehlt seit Tagen jede Spur. Seit man den ausgebrannten Dienstwagen gefunden hat, verdichten sich die Hinweise auf ein Verbrechen. Ein Toter konnte als Personenschützer identifiziert werden. Der Vermisste wurde offenbar Opfer einer Entführung. Nach Angaben der Polizei gingen Lösegeldforderungen bei seiner Familie ein. Bisher gibt es noch keine Stellungnahmen, weder aus dem Außenministerium noch aus der Botschaft in Skopje, die eine Entführung des hochrangigen Beamten bestätigen.« Erneut erschien Ullmann-Brixdorfs Konterfei auf der Mattscheibe.

»Was?«, entfuhr es Kökkenmöddinger. Er starrte gebannt auf den Bildschirm, doch man war längst beim Wetter angelangt und kündigte sodann einen »Tatort« an.

Kökkenmöddingers Gedanken rasten. Wo steckte Ullmann-Brixdorf nur? War er tatsächlich doch noch entführt worden?

Als Kökkenmöddinger die Stufen zur Hotellobby hinunterlief, überschlugen sich seine Gedanken. Offenbar war Ullmann-Brixdorf also tatsächlich Konsul in Mazedonien und derzeit beruflich in Dresden. Oder eben auch nicht. Denn er hatte sich seit Tagen von seiner Delegation und anderen Begleitern abgesetzt, und das vorsätzlich. Dass man ihn vermisste, leuchtete angesichts der Umstände ein. Aber wer sollte Lösegeld fordern, wenn es gar keine Entführung gab?

Kökkenmöddinger stand unschlüssig vor dem Hoteleingang. Seine Erschöpfung vom Wandern war verschwunden. Er verspürte den Drang zu laufen. Also wandte er sich in Richtung Waldrand. Er musste ein paar Schritte gehen, um seine Gedanken zu sortieren.

Zunächst einmal zu den offensichtlichen Dingen … Kökkenmöddinger legte unwillkürlich einen Finger an seine Schläfe. Der Konsul war ihm zufällig über den Weg gelaufen und hatte ihn als Taxifahrer gebucht. Dann hatten sie sein Auto gesucht, das jedoch irgendwann zuvor oder eben in jenem Zeitraum abgefackelt worden war … Hatte der Konsul davon gewusst? Oder hatte er ebenfalls nebenbei erst davon erfahren? Wollte er sich von vornherein verstecken, oder hatte sich das lediglich durch die Umstände ergeben? Kökkenmöddinger schüttelte den Kopf. Nein, er hatte vorgehabt, sich allen vermeintlich interessierten Personen zu entziehen. Die Wechselwäsche, das Bargeld … Aber wem entzog er sich tatsächlich? Irgendwelchen Ganoven, die ihn bedrohten? Den Personenschützern? Traute er den Personenschützern nicht? Hatte er vielleicht doch Angst, nachdem der Autobrand sogar ein Todesopfer gefordert hatte?

Kökkenmöddinger blieb abrupt stehen. Das war nicht logisch. Wenn er tatsächlich Angst vor irgendwelchen Bedrohungen hatte, wäre es wohl sinnvoller gewesen, sich beschützen zu lassen, als mit einem ahnungslosen Taxifahrer in der Umgebung herumzugondeln. Ullmann-Brixdorf war zwar eine eigenwillige Type, aber er war nicht dämlich. Er konnte sich ausrechnen, dass er so einer ernsthaften Bedrohung nicht entkommen würde.

»Hmm ...« Kökkenmöddinger begann auf und ab zu gehen ...

Die Polizei ging von einer Entführung aus. Es gab Lösegeldforderungen. Solche Informationen wurden nicht leichtfertig an die Medien weitergegeben. Das konnte er dank Jelenas Tätigkeit als Journalistin inzwischen beurteilen. Solche Umstände unterlagen strikten Informationsrichtlinien, an die sich die Redaktionen halten mussten und angesichts der Brisanz solcher Fälle auch hielten.

Aber wer forderte Lösegeld, ohne die Geisel in seiner Gewalt zu haben? Waren sie doch unter Beobachtung? Hatten die Entführer den Konsul vielleicht die ganze Zeit genau im Visier gehabt? Da er jetzt verschwunden war, wäre es durchaus möglich, dass ...

Nein! Kökkenmöddinger machte eine Kehrtwende und lenkte seine Schritte zurück zum Waldrand. Dabei schlug er eine andere Denkrichtung ein ... Womöglich war es Ullmann-Brixdorf selbst, der dieses ganze Entführungstheater inszeniert hatte. Er inszenierte sich schließlich gern und schon im kleinen Rahmen recht gekonnt. Dann das ganze Geld, das konspirative Treffen, angeblich mit einem seiner Mitarbeiter ... Andererseits konnte das Geld ja gar nicht das Lösegeld sein, wenn erst jetzt Forderungen gestellt worden waren. Allerdings musste das wiederum nichts heißen, da er ja auch nicht entführt worden war.

Als Kökkenmöddinger kurz darauf das Hotel fast erreicht hatte, atmete er tief durch. Was war das nur für eine verworrene Geschichte, in die er da – Jelena hatte recht – mal wieder hineingeraten war?!

Plötzlich bemerkte er, dass sich jemand an seinem Taxi zu schaffen machte.

»Hey, Finger weg von meinem Wagen!«, rief er und lief hinüber zum Taxi, hinter dem sich die Gestalt jetzt duckte.

Kökkenmöddinger eilte um den Wagen herum und griff zu. Er erwischte die geduckte Gestalt am Kragen.

»Tun Sie mir nichts!« Ein Hut ging zu Boden. »Sie sind ja gefährlich!«

Kökkenmöddinger erkannte die Stimme des Konsuls und ließ von ihm ab.

Ullmann-Brixdorf rappelte sich schnaufend auf. »Meine Güte, Kökkenmöddinger, Sie sind ja die reinste Eisenfaust.« Er lachte dröhnend. »Hut ab, mein Lieber.«

»In der Tat.« Kökkenmöddinger hob den Hut vom Boden auf und klopfte den Schmutz ab. »Wollten Sie sich jetzt mit meinem Taxi alleine weiterentführen?«

»Wie bitte?« Der Konsul lachte.

»Was machen Sie hier?« Kökkenmöddinger sah ihn durchdringend an. »Ich habe Sie gesucht. Das Zimmer war durchwühlt wie nach einem Einbruch, Sie waren verschwunden … Was stimmt denn hier noch alles nicht?«

»O nein.« Ullmann-Brixdorf winkte ab. »Ich suche nur … Nun ja, ich habe sie gesucht …«

»Mich?« Kökkenmöddinger runzelte die Stirn.

»Nein, sie …« Der Konsul deutete ins Taxi. »Meine Aktentasche. Als ich aus der Badewanne kam, war das Zimmer durchwühlt, und die Aktentasche fehlte. Aber nun habe ich sie gefunden. Ich habe sie wohl im Taxi liegenlassen.«

»Die Tasche, die Ihnen am Flughafen übergeben wurde?«, fragte Kökkenmöddinger lauernd.

»Richtig.« Er nickte. »Zum Glück sind die Unterlagen noch da.«

»Moment mal!« Kökkenmöddinger reichte Ullmann-Brixdorf den Hut. »Das Zimmer war durchwühlt? Es ist jemand eingebrochen?«

»Eingebrochen?« Jetzt wirkte auch Ullmann-Brixdorf irritiert. »Ich dachte, Sie waren das!«

»Nein.« Kökkenmöddinger schossen Gedanken an die seltsame Frau durch den Kopf, die sich nach seinem Taxi erkundigt hatte. »Wir müssen hier so schnell wie möglich verschwinden.«

Der Konsul sah ihn aus großen Augen an. »Sie meinen, man hat es auf uns abgesehen …«

»Auf Sie, mein Lieber. Man hat es auf Sie abgesehen!« Kökkenmöddinger musterte ihn neugierig. Ullmann-Brixdorf wirkte tatsächlich erstaunt. »Sie wissen wohl noch gar nicht, dass Sie entführt wurden, was?«

Untertauchen

Eine halbe Stunde später fuhr Kökkenmöddinger mit dem Konsul und seinem Gepäck wieder auf der Landstraße in Richtung Landeshauptstadt. Er überlegte angestrengt, was nun zu tun war. Diese Geschichte wurde immer seltsamer. Und das Verhalten des Konsuls verstand er nicht recht.

»Sie sollten mir Ihrer Frau sprechen«, sagte Kökkenmöddinger und regelte die Lautstärke eines Clapton-Songs nach unten. »Schließlich hat sie sogar vor der Fernsehkamera über Ihre Entführung gesprochen. Sie war total aufgelöst und hat beteuert, sie würde selbstverständlich die volle Summe an Lösegeld zahlen.«

Der Konsul paffte auf dem Rücksitz. »Ich frage mich, warum sie solch einen Wind macht.« Er klang verärgert. »Das ist einfach albern.«

»Freuen Sie sich doch«, entgegnete Kökkenmöddinger kopfschüttelnd. »Stellen Sie sich mal vor, Ihre Frau würde sich weigern, Lösegeld für Sie zu bezahlen. Stellen Sie sich mal vor, es würde sie überhaupt nicht interessieren, dass man Sie entführt hat ...«

»Angeblich«, stellte der Konsul richtig. »Tatsache ist schließlich, dass ich gar nicht entführt worden bin.«

»Ja, ja.« Kökkenmöddinger wurde langsam ungehalten. »Das kann Ihre arme Frau aber doch gar nicht wissen. Sie macht sich natürlich Sorgen. Rufen Sie sie doch wenigstens an.«

»Ach was«, winkte Ullmann-Brixdorf ab. »Solange sie denkt, ich sei entführt worden, habe ich wenigstens meine Ruhe.«

Kökkenmöddinger schnaufte. »Und wenn Ihre Frau nun Ihr ganzes Vermögen irgendeinem angeblichen Entführer in den

Rachen schmeißt? Tut es Ihnen nicht wenigstens leid um das ganze Geld?«

Der Konsul lachte dröhnend. »Sie wissen, wie Sie einen Gesprächspartner herausfordern können, was?« Er stieß eine dicke Rauchwolke aus. »Machen Sie sich mal keine Gedanken. Das Geld habe ich in Sicherheit gebracht.« Er deutete mit dem Daumen nach hinten zum Kofferraum. »Sie haben mein Gepäck doch gecheckt. Außerdem …« Ullmann-Brixdorf beugte sich nach vorn. »Die Politik ist niemals erpressbar. Ich bin doch kein Spielball der Öffentlichkeit.«

Kökkenmöddinger schüttelte erneut den Kopf. Dem Mann war mit menschlichen Argumenten nicht beizukommen. Ihm schien es wirklich egal zu sein, ob seine Frau sich ein Verbrechen ausmalte oder andere Menschen dachten, ihm ginge es an den Kragen. Vielleicht musste man so eine Haltung entwickeln in seiner Funktion als Konsul. Politik hatte nicht viel zu tun mit Moral. Zumindest ihre Mittel waren deutlich andere als die für ihn selbstverständliche Menschlichkeit. Erst recht, wenn es um Zwischenmenschlichkeit ging. Er selbst hätte alles daran gesetzt, Jelena jedes noch so kleine negative Gefühl zu ersparen. Ach ja, Jelena. Seufzend lenkte er das Taxi weiter in Richtung Weißig. Ob sie Lösegeld bezahlen würde, wenn man ihn entführt hätte?

Schwachsinn, rief Kökkenmöddinger sich gedanklich zur Ordnung und drehte die Lautstärke der Musik wieder auf. »Layla …«, säuselte Clapton. Er musste versuchen, Jelena zu erreichen. Schließlich wusste er immer noch nicht, wo genau der Schrebergarten war, in dem sie auf ihn wartete.

Es dämmerte bereits, als sie kurz darauf die Dresdner Stadtgrenze erreichten. Kökkenmöddinger bog an der ersten Kreuzung in Bühlau kurzerhand rechts ab. Er wollte in Ruhe telefonieren. Und er musste ein paar Schritte gehen. Mit einem öffentlich per Bild gesuchten Ullmann-Brixdorf konnte er schließlich schlecht am Dresdner Elbufer herumschlendern. Also suchte er einen Platz am Rande der Heide, um das Taxi hinter ein paar Büschen abzustellen.

Als sie schon fast Radeberg erreicht hatten, fand Kökkenmöddinger ein solches Plätzchen. Er bog nach links ab in einen Waldweg, drehte und parkte das Taxi.

»So, Herr Konsul, aussteigen«, erklärte Kökkenmöddinger.

»Wollen Sie mich schon wieder in der Wildnis aussetzen?«, fragte Ullmann-Brixdorf.

Kökkenmöddinger streckte sich neben dem Wagen. »Bringen Sie mich nicht auf Ideen, die besser sind als meine eigenen …«

Ullmann-Brixdorf trat seinen Zigarrenstummel in den feuchten Waldboden. »Sie sind der Boss. Sie sind ortskundig. Ich will einfach nur untertauchen, bis der ganze Rummel vorüber ist.«

»Haben Sie schon mal in Erwägung gezogen, den Rummel einfach selbst zu beenden?« Kökkenmöddinger zog die Brauen hoch. »Sie brauchen doch nur …«

» … unterzutauchen, bis meine Delegation ihre Arbeit erledigt hat«, beendete der Konsul den Satz mit seinen eigenen Vorstellungen. »Man will nur die Verhandlungen torpedieren, indem man Mazedonien als innenpolitisch instabil darstellt.«

»So?« Kökkenmöddinger ging ein paar Schritte, und der Konsul folgte ihm.

»Ja, genau so«, erwiderte Ullmann-Brixdorf. »Hier geht es überhaupt nicht um mich. Manchen Leuten ist jedes Mittel recht, um Misstrauen zu erzeugen. Wenn ich mich darauf einließe, hätten sie ihr Ziel erreicht.«

»Das klingt ja durchaus plausibel und politisch professionell«, gab Kökkenmöddinger zu. »Aber gilt das auch für das Seelenheil Ihrer Frau? Sie macht sich große Sorgen und glaubt, Sie seien in Lebensgefahr.«

Ullmann-Brixdorf zuckte die Achseln. »Ach, mein lieber Kökkenmöddinger, meine Frau veranstaltet doch selbst den Medienrummel um diese Lösegelderpressung. Vermutlich würde ich sie sogar enttäuschen, wenn ich plötzlich ganz unversehrt wieder auftauche.«

Kökkenmöddinger rieb sich die Schläfe. »Oder genießen Sie es, dass man sich um Sie sorgt?«

Der Konsul lachte auf. »Wenn Ihnen diese Erklärung einleuchtender erscheint, dann nehmen Sie sie eben. Im Ergebnis ist es das Gleiche.« Er stellte sich Kökkenmöddinger in den Weg. »Helfen Sie mir unterzutauchen, bis meine Delegation in ein paar Tagen wieder abreist. Es soll Ihr Schaden nicht sein.«

»Na gut.« Kökkenmöddinger griff seufzend zum Telefon. »Dann werden wir mal sehen, was sich machen lässt.«

Später stiegen sie wieder ins Auto. Kökkenmöddinger hatte endlich alle Informationen, die er für sein Vorhaben brauchte, und steuerte das Taxi sehr langsam und mit Standlicht über die Waldwege. Nach fast einer Stunde nächtlicher Waldfahrt erreichten sie die Radeberger Landstraße. Kökkenmöddinger hielt sich links und fuhr – nun im angepassten Tempo – auf Dresden zu. Sie mussten genau ans andere Ende der Stadt Richtung Gorbitz. Ein Umstand, der Kökkenmöddinger angesichts der Suche nach seinem vermeintlich entführten Fahrgast nicht wirklich behagte. Dennoch entschied er sich nach kurzem Abwägen für den kürzesten Weg mitten durch die Altstadt. Hier würde man vermutlich am wenigsten nach Geiseln suchen oder Entführer jagen. Auch ein Taxi fiel hier am späten Abend am wenigsten auf.

Ganz bewusst steuerte er seinen Wagen auf der Bautzner Straße zum Albertplatz. In der Neustadt herrschte wie immer Betrieb.

»Hier waren wir doch letztens erst«, ließ sich der Konsul vom

Rücksitz vernehmen. »Meinen Sie wirklich, es ist der geeignete Ort, um nicht gesehen zu werden?« Er duckte sich hinter den Fahrersitz, und Kökkenmöddinger schmunzelte.

»Beruhigen Sie sich, die Polizeipräsenz gehört hier am Abend zum Straßenbild«, erklärte Kökkenmöddinger. »Wir sind nur auf der Durchreise.«

Er bog ab, fuhr über den Albertplatz zur Carolabrücke und wandte sich auf der Höhe des Rathauses nach rechts auf den Dr.- Külz-Ring.

Ullmann-Brixdorf blickte immer wieder durch die Heckscheibe. »Ich habe ein ungutes Gefühl«, sagte er. »Schauen Sie mal, diese Limousine …«

Kökkenmöddinger warf einen Blick in den Rückspiegel, konnte jedoch nur Scheinwerfer und die Lichter der Stadt erkennen. Dann bremste er abrupt. *»Pokkers!«*

Ein großer dunkler Wagen war knapp vor ihm auf die Straße eingebogen und zwang ihn, die Geschwindigkeit zu drosseln. Der musste doch bei Rot in die Kreuzung eingefahren sein. Wieso wurde der jetzt immer langsamer?

Kökkenmöddinger versuchte auszuscheren, um den Wagen zu überholen, doch neben ihm fuhr ein Fahrzeug konstant auf gleicher Höhe. Da stimmte in der Tat etwas nicht. Er wischte sich den Schweiß von der Stirn. Sie waren jetzt auf der Brücke, die über die Bahngeleise führte. Wenn er jetzt rechts fuhr, würde er sich auf dem Innenstadtring behaupten müssen. Wenn er weiterfuhr, wurde die Gegend hinter der Bundesagentur für Arbeit und der Nossener Brücke ruhiger. Das war riskant, wenn sich gleich mehrere zwielichtige Gestalten an ihre Fersen geheftet hatten. Eines jedenfalls war klar: Sein Taxi war als Tarnung endgültig untauglich geworden.

In diesem Augenblick ertönte von hinten eine Sirene. Auch vor ihnen huschte ein Blaulicht über die Straße.

»Was ist denn los?«, jaulte der Konsul, als nun hinter ihnen ein Rettungswagen auftauchte. Ein Notarztwagen kam von links auf die Budapester Straße. Die zweite Spur musste frei gemacht werden, und an der nächsten Kreuzung stand ein weiterer Rettungswagen quer, so dass der Wagen vor ihnen bremste.

Kökkenmöddinger reagierte blitzschnell: Er bog rechts ab und ließ damit seine Verfolger, oder doch eher Begleiter, vor der gesperrten Kreuzung stehen. Hier konnten sie nicht wenden. Er musste die Zeit nutzen, über die holprige Seitenstraße durch das Industriegebiet wegzukommen, bevor sie ebenfalls abbiegen konnten.

»Festhalten!«, verlangte Kökkenmöddinger und raste verwegen über das grobe Kopfsteinpflaster. Die Straße war menschenleer. Auch Fahrzeuge waren kaum zu sehen. Nur hier und da waren Lkw-Anhänger geparkt.

»Was haben Sie vor?«, fragte Ullmann-Brixdorf.

Sie ratterten unter der Nossener Brücke hindurch und bogen dann einige Straßen weiter rechts ab.

»Vertrauen Sie mir einfach«, verlangte Kökkenmöddinger, als sie im Kreisverkehr zwei Runden drehten, um schließlich ein Stück Richtung Löbtau zu fahren. »Es wird Ihnen ohnehin nichts anderes übrig bleiben.«

Er atmete auf. Es war äußerst unwahrscheinlich, dass die Verfolger auf dieser Strecke ihre tatsächliche Fahrtroute ausmachen konnten. Sie konnten Richtung Freital, Freiberg, Meißen oder auch nach Kesselsdorf gefahren sein. Niemand würde vermuten, dass sie sich mitten in Dresden versteckt hielten.

Durch ein paar Seitenstraßen steuerte er das Taxi in den Stadtteil Naußlitz bis zur Saalhausener Straße. Dort vorn konnte er schon den Eingang zu einer Kleingartenkolonie erkennen. Sie waren also richtig. Sicherheitshalber parkte er das Taxi zwei Straßen weiter zwischen den Mietshäusern.

Kökkenmöddinger hatte sich die Reisetasche mit den Klamotten über die Schulter geworfen. »Hatten Sie nicht eine Taschenlampe dabei?« Er senkte unwillkürlich die Stimme, als sie das Tor zur Kleingartensiedlung erreichten.

»Ja, zwei.« Ullmann-Brixdorf nickte. »Die sind in der Reisetasche. Man kann ja nie wissen, wann man so etwas braucht.«

»Genau.« Kökkenmöddinger griff in die Tasche. »Jetzt zum Beispiel.« Er reichte dem Konsul eine der Lampen und nahm selbst die andere. Einen Moment lang hielt er den Atem an. Doch sie waren beide mit Batterien versehen und funktionierten glücklicherweise. »Los geht's.« Er machte sich vorsichtig an dem Tor zu schaffen. Es war offen. Jelena hatte Wort gehalten und mit einem Stückchen Pappe die Verriegelung blockiert. »Kommen Sie.«

Der Konsul folgte ihm, und Kökkenmöddinger ließ das Tor ins Schloss fallen. Nun hatte hier niemand mehr ohne Schlüssel Zutritt. Es war zwar kein unüberwindbares Hindernis, aber doch ein Gefühl der Sicherheit.

»Psst.« Kökkenmöddinger legte den Finger an die Lippen. Schließlich wusste man nicht, ob noch andere Gartenbesitzer hier übernachteten. »Wir müssen ziemlich weit geradeaus gehen. Wir suchen einen Garten, an dessen Tor eine Zeitung steckt. Das ist das Erkennungszeichen.«

Ullmann-Brixdorf lachte. »Sie wissen gar nicht, wo wir hin müssen. Das wird ja immer besser.« Er klopfte ihm auf die Schulter. »Sehr konspirativ, mein lieber Kökkenmöddinger.«

Im Schein der Taschenlampen stolperten sie über den Weg, der nur zum Teil und recht unregelmäßig gepflastert war.

»Passen Sie auf, wo Sie hintreten!«, raunte Kökkenmöddinger seinem Begleiter zu.

»Ich hätte noch Gummistiefel besorgen sollen«, erwiderte Ullmann-Brixdorf, der wiederholt in schlammige Pfützen am

Wegesrand rutschte. »Ich hoffe, Sie legen keinen Wert auf gepflegtes Schuhwerk.«

Kökkenmöddinger schüttelte den Kopf. »Ich glaube, wir haben im Moment andere Probleme als verschmutzte Schuhe. Diese Gestalten in den Limousinen vorhin … Das waren doch keine übereifrigen Personenschützer!«

Der Konsul schnaufte. »Nein, wohl eher nicht. Darunter könnten ein paar Leute von der Geheimpolizei gewesen sein.«

Kökkenmöddinger blieb abrupt stehen. »Sie machen Witze …«

Ullmann-Brixdorf rempelte ihn aus Versehen an. »Vorsicht! Entschuldigung.« Er rückte seinen Hut zurecht. »Nein, nicht wirklich. Man munkelt von geheimen Beamten der ehemaligen Regierung, die im Hintergrund die Strippen gezogen haben, oder die sie noch heute zu ziehen versuchen.«

Kökkenmöddinger leuchtete ihn mit der Taschenlampe an. »Sie binden mir jetzt aber einen Bären auf. Geheimpolizei … Gemunkel. Sowas klingt doch sehr nach Verschwörungstheorie.«

»Das, mein lieber Kökkenmöddinger, sagen die ehemaligen Regierungsvertreter auch.« Er nickte bedächtig. »Wirklich bewiesen ist das nicht. Doch es gibt Hinweise. Die Sonderstaatsanwaltschaft ermittelt noch immer wegen einiger mitgeschnittener Telefonate, deren Quellen unklar sind.«

»So, so.« Kökkenmöddinger ging langsam weiter. Er durfte den Abzweig nicht verpassen. »Und was will diese angebliche Geheimpolizei von Ihnen? Oder sind Sie doch in irgendwelche schmutzigen Geschäfte verwickelt?«

Ullmann-Brixdorf hob die Hand samt Taschenlampe. »Ich schwöre, dass ich mit diesen Machenschaften nichts zu tun habe«, sagte er in ehrfürchtigem Ton.

»Psst«, verlangte Kökkenmöddinger erneut. »Deshalb müssen Sie hier ja nicht herumbrüllen.«

»Entschuldigung.« Nun klang der Konsul kleinlaut. »Ich könnte mir vorstellen, dass sie hinter den Drohungen stecken. Vielleicht haben sie meine angebliche Entführung inszeniert.«

Kökkenmöddinger leuchtete in einen Seitenweg. »Hier lang!«, zischte er. »Oder diese Leute wollen Sie tatsächlich entführen, und Sie sind Ihnen mit Ihren Extratouren durch die Lappen gegangen.« Dann hielt er erneut inne. »Oder genau das ist die ganze Zeit Ihre Absicht, Herr Ullmann-Brixdorf …«

»Sie trauen mir noch immer nicht über den Weg«, stellte der Konsul fast resigniert fest.

Kökkenmöddinger runzelte die Stirn. »Wundert Sie das?«

Er blieb an einer Weggabelung stehen und leuchtete erst nach rechts. An keinem der Tore klemmte eine Zeitung als Erkennungsmerkmal. Schließlich leuchtete er nach links, doch der Lichtkegel der Taschenlampe reichte nicht bis zum Ende des Weges. »Kommen Sie, wir nehmen erst mal diese Seite«, raunte er dem Konsul zu. »Und ab jetzt wird die Klappe gehalten.«

Schweigend stapften sie im dürftigen Licht der Taschenlampen weiter durch die Kleingartensiedlung. Kökkenmöddinger beschlich ein komisches Gefühl. Einerseits freute er sich unbändig auf ein Wiedersehen mit Jelena. Andererseits ließen die Umstände zu wünschen übrig. Zumal er sie bei schlechter Verbindung und eiliger Entscheidung noch nicht darauf hatte vorbereiten können, dass er in Begleitung käme. Es war ihm sicherer erschienen, sie noch nicht in das laufende Geschehen einzuweihen. Zumal sie bereits argwöhnisch auf sein Foto mit Ullmann-Brixdorf reagiert hatte. Einen Augenblick lang wünschte er sich nichts sehnlicher als das Verschwinden dieses Konsuls und der ganzen verfahrenen Situation.

»Da!« Ullmann-Brixdorf stieß ihn in die Seite. »Da klemmt etwas am Gartentürchen.«

Kökkenmöddinger griff nach der feuchten Papierrolle: Es

war eine Ausgabe der *Tagespost*. »Psst«, machte er erneut und stieß langsam das leise quietschende Türchen auf. Ein schmaler Weg aus Steinplatten führte ins Dunkle. Hinter einer bewachsenen Balustrade, direkt unter einer Pergola leuchtete eine Laterne an der Laubenwand. Daneben befand sich eine Tür mit einer einfachen Klinke. Als Kökkenmöddinger sie niederdrückte, öffnete sich die Tür sofort. Drinnen war es jedoch dunkel.

»Jelena?«, fragte er. »Jelena, bist du da? Nicht erschrecken, ich bin es, Kökki ...«

Als er keine Reaktion vernahm, lauschte er zunächst. Doch er hörte weder Schnarchen noch Atmen. Vorsichtig tastete er im Inneren neben der Tür nach einem Lichtschalter. Da war einer. Ein alter Kippschalter. Er legte den kleinen Hebel herum und eine tief hängende Lampe glimmte auf. Das Licht blendete, und Kökkenmöddinger hielt schützend den Arm über die Augen.

Sobald sich seine Augen an das Licht gewöhnt hatten, inspizierte er die gemütliche kleine Laube. Die Einrichtung war bunt zusammengewürfelt – bunt im wahrsten Wortsinne. Das Einzige, was dem netten Ambiente ganz offensichtlich fehlte, war die Anwesenheit von Jelena. Auf dem runden Tisch an der Seite standen eine Flasche Rotwein, zwei Gläser und eine dicke, halbheruntergebrannte Kerze. Als Kökkenmöddinger näher trat, bemerkte er einen handgeschriebenen Zettel neben der Flasche. Er erkannte sofort Jelenas steile energische Handschrift: *So, ich habe nun wirklich lange genug auf dich gewartet und bin erst mal nach Hause gefahren. Dann gönne ich mir eben zur Abwechslung mal wieder eine Nacht im eigenen Bett. Ich komme morgen sowieso wieder in den Garten.* Ein missmutiger Smiley unterstrich ihre offenbar vom Warten gereizte Stimmung.

Kökkenmöddinger stöhnte auf. Jetzt war Jelena also auch noch angefressen. Andererseits war es ihm auch ganz recht, sie jetzt nicht hier anzutreffen. Schließlich musste er ihr noch schonend beibringen, dass er in Begleitung war und zudem noch, in welcher. Er musste sie von der Notwendigkeit überzeugen, Ullmann-Brixdorf hier versteckt zu halten.

Ganz kurz leuchtete der Gedanke in ihm auf, Ullmann-Brixdorf einfach hierzulassen und selbst nach Hause in die gemeinsame Wohnung zu fahren. Dort könnte er in Ruhe mit Jelena sprechen. Doch schnell kam er zu dem Schluss, dass es nach der neuerlichen Verfolgungsjagd – von wem auch immer – zu riskant war, mit seinem Taxi weiter durch die Stadt zu kurven und es womöglich noch vor der eigenen Haustür abzustellen. Wenn diese Verfolger tatsächlich gefährlich waren, wollte er Jelena nicht noch weiter mit hineinziehen. Je weniger sie wusste, desto besser. Außerdem hatte er so noch etwas Zeit, um sich genau zu überlegen, was für eine Geschichte er ihr auftischen würde. Natürlich gebot ihm sein Gewissen, nur die Wahrheit zu sagen. Unter anderen Umständen hätte er das auch mit Sicherheit getan. Unter diesen Umständen jedoch war es etwas anderes: Er kannte die Wahrheit gar nicht. Und das war die einzige Wahrheit, die er ihr mitteilen konnte …

»Entzückend!«, tönte es auf einmal hinter ihm. »Herrlich!« Ullmann-Brixdorf wedelte mit seiner Taschenlampe herum. Offenbar hatte er einen Rundgang im Kleingarten der Jankows unternommen. »Ich wollte schon immer mal in so einer Kleingartenbehausung unterkommen. Das ist so romantisch! Hier hätten wir sogar noch Platz für Pommes und Fritz …«

»O nein!«, rief Kökkenmöddinger prompt aus. »Vergessen Sie das ganz schnell wieder!« Er schnaubte. »Sie werden sich ganz und gar ruhig und unauffällig verhalten. Ist das klar?«

»Ja, natürlich«, räumte der Konsul ein. »Ganz und gar klar. Wir dürfen nicht auffallen.«

»Eben. Dieser Garten gehört … Nun ja, Sie werden es bereits bemerkt haben, er gehört jedenfalls nicht mir.« Kökkenmöddinger sah sich erneut in der Laube um. Es gab eine Küchenecke, und an den Wänden standen zwei Sofas, die vermutlich Schlaffunktionen besaßen. Als er einen Blick in die hintere Ecke warf, entdeckte er sogar noch eine winzige Kabine mit Toilette hinter der Küche. Es war wirklich alles da, was man zum einfachen Dasein brauchte.

Dann gewahrte Kökkenmöddinger aus den Augenwinkeln, dass Ullmann-Brixdorf eine Zigarre aus der Manteltasche zog. »O nein!« Er nahm ihm den dicken Glimmstängel aus der Hand. »Hier drin wird ganz sicher nicht geraucht.«

Bananorama

Als Kökkenmöddinger am Morgen aufwachte, brauchte er einen Moment lang, um sich in der fremden Umgebung zurechtzufinden. Bei Tageslicht wirkte die kleine Laube noch bunter als am Abend, jedoch keineswegs weniger gemütlich.

Ein fröhlich vor sich hin pfeifender Konsul hatte mit einfachsten Mitteln Kaffee zubereitet und reichte ihm eine Tasse. »Guten Morgen, mein lieber Kökkenmöddinger. Haben Sie auch so vorzüglich geschlummert?«

Kökkenmöddinger setzte sich auf und nickte. »Ich habe geschlafen wie ein Stein. Endlich mal wieder.« Er nippte am heißen Kaffee.

Der Konsul kramte eine Zigarre hervor und guillotinierte sie.

»Sie wollen doch nicht etwa hier …?« Kökkenmöddinger verstummte. Nein, er würde sich nicht als erste Handlung des Tages auf Streit einlassen.

»Nicht doch, mein Lieber.« Der Konsul lachte. »Draußen ist herrliches Wetter. Ich werde mal eine Runde durch diesen entzückenden Garten drehen.« Er pfiff erneut vor sich hin, als er hinausging.

Kökkenmöddinger lauschte. Auch von draußen hörte er noch immer das Pfeifen, als würde der Konsul neben ihm stehen. Natürlich. Das war ja nur eine Bude mit dünnen Bretterwänden. Er nahm sich vor, darauf zu achten, wenn sie Gespräche führten. Man konnte sicherlich auch im Vorbeigehen bemerken, dass jemand in der Laube war, und unter Umständen verstehen, worüber sie sprachen. Sie mussten vorsichtig sein. Schließlich konnte man nie wissen, wie gut vernetzt die Leute waren, die – aus welchen Gründen auch immer – hinter seinem Begleiter her waren. Er bezweifelte jedenfalls nicht mehr, dass darunter durchaus gefährliche Gestalten waren.

Seufzend schlürfte er seinen heißen Kaffee. Immerhin, das Pfeifen war verstummt. Nun ja, mit Zigarre im Mund konnte selbst der musikalisch aufgelegte Konsul kein Liedchen trällern. Er musste dringend daran denken, ihn zur Ruhe zu ermahnen. Kein Trällern, keine Mundharmonika. Einfach mal ruhig sein. Ob dieser auffallend auffällige Mann das schaffte?

Kökkenmöddinger stand von der Schlafcouch auf und goss sich Kaffee nach. Langsam kam Bewegung in seine Gehirnzellen. Und mit dieser Bewegung stieg auch sein Bedürfnis, sich mit anderen Gedanken zu beschäftigen. Schließlich würde er den anstrengenden Ullmann-Brixdorf bald los sein. Und dann konnte er sich guten Gewissens ein paar Tage freinehmen und Jelena helfen, den Garten herzurichten.

Jelena! Kökkenmöddinger fuhr sich mit der Hand durchs Gesicht. Er musste sich bei ihr melden und etwas Zeit schinden, um sie auf die Anwesenheit des Konsuls vorzubereiten …

In diesem Moment wurde die Tür zur Laube schwungvoll geöffnet.

»Guten Morgen! Da bin ich aber froh, dass du noch hergefunden hast!« Jelena fiel ihm so schwungvoll um den Hals, dass Kökkenmöddinger Mühe hatte, die Kaffeetasse gerade zu halten.

»Hoppla«, entfuhr es ihm. »Du bist ja schon da.«

»Für einen Philosophen bist du wirklich außergewöhnlich scharfsinnig!« Sie lachte. »Oh, du hast schon Kaffee gemacht. Super!« Sie stellte eine Tüte auf die Ablage. »Ich habe Brötchen geholt. Jetzt wird erst mal gefrühstückt. Ich habe einen Bärenhunger …«

Kökkenmöddinger grinste verlegen. Wieder einmal war er

erstaunt, wie anziehend Jelena auf ihn wirkte. Umso mehr, als er sie seit Tagen nicht gesehen hatte.

Sie begann die Tüte auszupacken und plapperte dabei wie ein Wasserfall. »Weißt du, ich war ja gestern Abend erst ein bisschen sauer. Nein, eigentlich war ich nicht sauer.« Sie stellte eine Packung Milch auf den Tisch. »Im Grunde genommen habe ich mir Sorgen gemacht, weißt du?« Butter und ein Glas Marmelade folgten. »Dieses Bild von dir und dem Fahrgast. Na ja, du bist ja schon öfter in so komische Geschichten geraten.« Sie ließ Wasser in einen Topf laufen und setzte ihn auf eine der beiden Herdplatten. »Du nimmst doch ein Frühstücksei? Ach was, ich mache gleich mehrere Eier. Oder doch lieber Rührei?« Sie kramte im Küchenschrank nach einer Pfanne.

Kökkenmöddinger setzte sich, nippte an seinem Kaffee und beobachtete sie verzückt.

»Weißt du, ich habe mich mal umgehört. Ein bisschen recherchiert. Dieser Typ … Ein gewisser Klaus-Dieter Ullmann-Brixdorf, der ist ja entführt worden. Gehört offenbar zur osteuropäischen Mafia oder so.« Sie nahm den Topf von der Platte und platzierte eine kleine Pfanne darauf. »Butter, Butter, Butter.« Sie nahm die Butter vom Tisch und schnitt ein Stück in die Pfanne. »Ich denk e, es geht wohl um Waffengeschäfte. In Mazedonien herrschte ja … Ich habe dir doch von meinem Kollegen erzählt, oder?« Sie griff zu Messbecher und Schneebesen. »Also, Chaos, so viel ist klar. Da sind wohl einige Politiker korrupt gewesen, und denen soll das jetzt nachgewiesen werden.« Sie schlug ein Ei in den Messbecher. »Wenn du mich fragst, verschwinden solche Strukturen nicht. Und diese Wirtschaftsleute hängen da mit drin. Die hängen ja quasi am Tropf der ehemaligen Regierung.« Drei weitere Eier folgten. Dann griff sie zur Milch und goss einen guten Schwung zu den Eiern. Sie nahm den Becher in die Hand und wandte sich rührend Kökkenmöddinger zu. »Deshalb tippe ich auf Waffen. Das ist eine ganz krumme Sache, das Ganze. Ich dachte ja schon, du bist da mit hineingeraten. Aber na ja, das kann ja nicht sein. Dieser Mensch ist ja entführt worden. Komisch, dass dieser Fahrgast dem so ähnlich gesehen hat. Aber angeblich haben wir ja alle Doppelgänger, und außerdem …« Sie rührte munter im Messbecher herum. »Fotos, die da irgendwo erscheinen. Meist sind die alt und wenig aussagekräftig. Jedenfalls bin ich froh, dass du …«

»Er ist Konsul«, ging Kökkenmöddinger dazwischen. »Ullmann-Brixdorf ist deutscher Konsul in Skopje.«

»Ach was«, winkte Jelena ab und goss das angerührte Ei zu der zerfließenden Butter in die Pfanne. »Das ist doch alles Quatsch. Konsul! Was soll denn das sein? Ein Konsul? Das ist doch nur einer dieser nichtssagenden Titel, die sich irgendwelche halbseidenen Gestalten kaufen, um damit anzugeben.«

»Aber …« Doch Kökkenmöddinger hatte keine Chance.

Jelena war richtig in Fahrt. »Konsul! Ha, das ist so ein billiger Scheintitel! Das ist gar keine Funktion! Woher hast du überhaupt solchen Mist?«

Als sie nun zu einem großen hölzernen Löffel griff, trat Ullmann-Brixdorf ein. Er lachte dröhnend. Und Kökkenmöddinger hatte einen Moment lang Angst, dass Jelena ihn mit dem Kochlöffel schlagen würde. Doch sie starrte ihn nur ungläubig an.

»So ein hübsches Köpfchen voll von so düsteren Vermutungen. Das ist ja ein Jammer«, schnarrte der Konsul amüsiert. »Enchantez, meine Beste.« Er ergriff ihre Hand samt Kochlöffel und deutete formvollendet einen Handkuss an. »Leider kann ich nicht mit gekauften Titeln prahlen. Aber Umgangsformen sind ohnehin nicht käuflich.«

Jelena musterte ihn argwöhnisch. Dann sah sie zu Kökkenmöddinger hinüber.

»Darf ich vorstellen?« Kökkenmöddinger erhob sich. »Das ist Konsul Ullmann-Brixdorf. Herr Konsul, das ist meine … also, ähm, Mitbewohnerin und … gute Freundin … Jelena Jankow.«

Drei Portionen Rührei, sechs Käsebrötchen und einige Erklärungen von Ullmann-Brixdorf später schien Jelena die Kröte erst einmal geschluckt zu haben: Kökkenmöddinger konnte seinen illustren Fahrgast in der Jankow'schen Gartenlaube verstecken.

»Wenn du dich persönlich darum kümmerst, dass ihr nicht auffallt«, verlangte Jelena von Kökkenmöddinger, der diesem Wunsch nur zu gern nachkam.

»Ich kümmere mich natürlich für dich um den Garten«, versprach Kökkenmöddinger.

»Moment. Sie sind immer noch von mir gebucht, mein Lieber«, merkte Ullmann-Brixdorf grinsend an. »Sie müssen sich schon um mich kümmern. Und natürlich um unsere beiden Schützlinge …«

»Wie?« Jelena klang alarmiert. »Du hast noch mehr … aufgegabelt?«

Kökkenmöddinger schüttelte den Kopf. »Nicht doch, er meint die beiden Esel …«

»Genau, Pommes und Fritz«, ergänzte der Konsul. »Wir müssen ihnen unbedingt Bananen bestellen.« Er zog sein Smartphone aus der Jackentasche. »Oh, das Gerät braucht wohl erst mal Energie. Das ist tot.«

»Und das sollte es auch bleiben, wenn ihr hier nicht gefunden werden wollt«, warf Jelena stirnrunzelnd ein.

»Da hat sie recht«, bestätigte Kökkenmöddinger. »Wir sollten wohl nicht online Bananen bestellen und verschicken lassen.«

»Stimmt, mein Bester.« Der Konsul lachte auf. »Das können Sie doch übernehmen. Sie fahren zu unserem alten Genossen Herbert und bringen ihm jede Menge Bananen.«

Kökkenmöddinger grinste schief. Er wusste nicht recht, was er von der Idee halten sollte. Doch mit ein bisschen Überlegung – immerhin war er jetzt gesättigt und wieder in Denkform – behagte ihm dieser Vorschlag mehr als die Aussicht darauf, den ganzen Tag mit dem Konsul in der Laube herumzusitzen.

Ullmann-Brixdorf klopfte ihm vertraulich auf die Schulter. »Denken Sie an Pommes und Fritz. Sie warten sicher schon auf ihr Lieblingsessen.«

Jelena hatte sein Zögern auch bemerkt. »Ach Kökki, gib dir einen Ruck. Erst bekommen die Tiere, was sie brauchen, und heute Abend koche ich dein Lieblingsessen.«

Zwei Stunden später hatte Kökkenmöddinger bereits drei Discounter entlang der Meißner Landstraße ihres frischen Bananensortiments entledigt. In Kartons und Eimern stapelten sich die exotischen Früchte im Kofferraum und auf dem Rücksitz. Mehr als einmal hatte er sich dumme Bemerkungen über »vergangene DDR-Zeiten« oder die »Zustände unserer Bananenrepublik« angehört. Immerhin war einer der Früher-war-alles-besser-auch-ganz-ohne-Bananen-Vertreter so nett gewesen, ihm beim Verladen und Umschichten zu helfen, nicht ohne wild wuchernde Interpretationen in ebensolchen Vokabeln. »Es gibt doch noch viel mehr Bekloppte, als man denkt«, stellte er fest. »Da bestellt jemand tonnenweise Bananen per Taxi.«

Die Erklärung, dass das im Grunde genommen Tierfutter sei, ließ ihn erst recht den Kopf schütteln. »Warum holen Sie das Ganze nicht wenigstens auf dem Großmarkt?«

Nun, für den Großmarkt war er natürlich zu spät dran gewesen, nach dem ausgiebigen und informationsintensiven Frühstück. Er hatte zwar zunächst auch daran gedacht, doch für den Großhandel musste man eine Gewerbeanmeldung haben und sich ausweisen.

Nun hielt er in Meißen vor einem weiteren Supermarkt, um auch noch den Beifahrersitz für den Bananentransport zu nutzen.

»Sind die für die Äffchen?«, fragte die Kassiererin.

»Ja, so ähnlich«, erwiderte Kökkenmöddinger und zückte den inzwischen zwölften Hunderteuroschein aus der Konsul'schen Reisetasche.

»Ist das nicht ein bisschen teuer für die Tierchen?«, hakte sie weiter nach. »Ich meine, das ist zwar nicht erlaubt, aber ich könnte Ihnen morgen nach Geschäftsschluss die Reste rausstellen. Ein bis zwei Kartons sind das meistens. Nur heute wohl nicht.« Sie warf einen Blick in seinen vollen Einkaufswagen. »Heute haben Sie ja alles aufgekauft. Aber mal ehrlich: Die Äffchen stören ältere Bananen mit ein paar braunen Stellen doch nicht.«

Kökkenmöddinger horchte auf. »Das ist gar keine schlechte Idee.« Den Konsul schienen ein paar hundert Kilo Bananen finanziell zwar nicht zu belasten. Aber der kleine Zoo in Niederlommatzsch konnte solche Spenden sicher gut gebrauchen. Schließlich gab es dort noch mehr Esel, die nicht von Beamten adoptiert wurden. Und wenn sein Taxi ohnehin einmal wie ein Obstcontainer roch …

Man verabredete sich für einundzwanzig Uhr zehn am nächsten Abend am Hintereingang des Supermarktes. Dann schob Kökkenmöddinger seine Bananenladung zum Taxi und verstaute sie auf Beifahrersitz und Fußraum. Mehr Bananen würde er beim besten Willen nicht in seinem Wagen unterbringen. Die Spätsommersonne gab sich heute noch einmal richtig Mühe. Er musste bei den Temperaturen seine Fracht möglichst schnell loswerden.

Keine halbe Stunde später hielt er, etwas benommen vom starken Bananenduft, auf dem Gröbelhof. Er öffnete alle Türen und den Kofferraum des Taxis, bevor er sich auf die Suche nach den beiden etwas kauzigen Herren machte. Diese gestaltete sich diesmal erfreulich einfach. Er fand sie beide in Arbeit vertieft in der offenen Werkstatt.

»Hallo, die Herren«, verschaffte sich Kökkenmöddinger Gehör. »Ich möchte nicht lange stören. Ich bringe nur eine Wagenladung Bananen …«

Herbert war als Erster bei ihm, zog die dicke Brille hervor und sah ihn aus vergrößerten Augen an.

»Der Genosse von der Partei.« Er wischte sich die Hand am Kittel ab und reichte sie ihm. »Sei gegrüßt.«

»Wo soll ich das Futter für die Esel hinschaffen?«, fragte Kökkenmöddinger. »Ich muss so schnell wie möglich das Zeug aus dem Auto bekommen.«

»Welche Esel?« Herbert sah ihn verdutzt an.

»Pommes und Fritz.« Kökkenmöddinger seufzte. Hoffentlich hatte der Mann die armen Tiere nicht irgendwo eingeschlossen und vergessen. »Die beiden Esel, die mein … ähm, der Genosse, nun, die wir bei Ihnen in Pflege haben.«

Nun rollte Gröbel grinsend heran. »Hallo, Taxi-Mann! Die beiden Langohren residieren bei uns im Pferdestall. Bei dem schönen Wetter haben wir sie allerdings auf die Weide gebracht.«

»Ah, sehr schön.« Kökkenmöddinger atmete auf. »Ich würde die Bananen gerne loswerden. Kann ich sie direkt im Stall abladen?«

»Sicher.« Gröbel nickte. »Herbert wird Ihnen helfen.«

»O ja«, sagte Herbert. »Wir laden alles ab.« Er wandte sich zum Hof, schnappte sich dort die Schubkarre und schob sie zum Taxi.

Kökkenmöddinger hatte Mühe, dem Alten so schnell zu folgen. »Lassen Sie mich das machen. Das wird ganz schön schwer.«

»Schwere Arbeit ist gute Arbeit.« Herbert stellte die Schubkarre ab und ging langsam und kopfschüttelnd einmal um das Taxi herum.

Kökkenmöddinger begann, die ersten Bananen vom Rücksitz in die Schubkarre zu laden.

»Das kann doch gar nicht sein«, murmelte Herbert vor sich hin. »Das ist doch gar nicht möglich …«

Kökkenmöddinger hob die Schubkarre probeweise an. Ein paar Kilo würde die Fuhre noch vertragen.

»Hast du die direkt vom MAH?« Herbert stand nun vor ihm und deutete auf den Wagen.

»Von wo?«, fragte Kökkenmöddinger.

»Vom Ministerium für Außenhandel«, erklärte Herbert. »Die sind doch nicht aus der Kaufhalle.«

»Doch, doch«, erklärte Kökkenmöddinger und schob die Schubkarre hinüber zum Stall. Es war eine wacklige und holprige Angelegenheit.

Herbert folgte ihm. »Du bist einfach in die Kaufhalle und hast sie … eingekauft?«

»Ich musste in mehrere Läden«, presste Kökkenmöddinger hervor. »Genau genommen in vier verschiedene.«

»Das ist beachtlich.« Herbert öffnete die Stalltür. »Da geht so ein Genosse in die Kaufhalle, zeigt seinen Ausweis und räumt alles aus. Du musst ja richtig wichtig sein. So viele Bananen.«

Kökkenmöddinger grinste. »So ähnlich. Wo soll ich sie lagern?«

Herbert zeigte ihm einen Platz, und Kökkenmöddinger wurde endlich die erste Schubkarrenladung los. Er nahm eine Banane und reichte sie Herbert. »Mal probieren?«

Herbert griff geradezu ehrfürchtig nach der Frucht. Kökkenmöddinger ließ ihn mitsamt Banane im Stall stehen und machte sich an die nächste Schubkarrenfuhre. Zumindest den Rücksitz konnte er mit dieser erneuten Ladung von Bananen befreien. Als er mit der Karre wieder im Stall ankam, traf er auf einen angestrengt kauenden Herbert.

»Zäh sind die Dinger«, schimpfte Herbert schmatzend.

Kökkenmöddinger stutzte. Dann erkannte er, dass Herbert ganz offensichtlich mit diesem Obst nicht vertraut war: Er hatte das Ende der Banane samt Schale abgebissen und kaute schwer daran.

Kökkenmöddinger hatte Mühe, das Lachen zu unterdrücken, nahm eine weitere Banane, zog die Schale ab und gab sie Herbert. »So schmeckt es sehr viel besser.«

Herbert biss herzhaft zu und schaute dann missbilligend auf die Frucht in seiner Hand. »Typisch Kapitalismus. Viel Verpackung, wenig Inhalt.«

Kökkenmöddinger leerte die Karre aus und machte sich nun an den Abtransport der Früchte vom Beifahrersitz und aus dem Fußraum seines Wagens. So langsam hatte er das Hantieren mit der Schubkarre heraus. Auch an das holprige Pflaster hatte er sich nun gewöhnt. Mit der nächsten vollen Schubkarre rollte auch Gröbel heran.

»Willst du nicht mal mit anfassen?«, fragte er Herbert, der offenbar Geschmack an den Bananen gefunden hatte und nun selbst einer die Schale abzog.

»Ich bin ja gleich schon fertig«, winkte Kökkenmöddinger. »Lassen Sie ihn nur.« Er schüttete die Bananen zu den anderen. »Ist es möglich, Pommes und Fritz noch ein Weilchen bei Ihnen zur Pflege zu lassen? Es gibt da gerade einige Verzögerungen.«

Gröbel nickte. »Ich habe mir schon so etwas gedacht. Ihr Kollege hat Ärger, was?«

»So könnte man sagen«, wich Kökkenmöddinger aus. »Und bevor Sie weiter nachfragen. Ich kann Ihnen nicht sagen, was genau da los ist. Ich weiß es nämlich selbst nicht.«

»Man vermutet doch offenbar, dass er entführt wurde, nicht wahr?«, hakte Gröbel nach. »Sie glauben das nicht, was?«

»Nein.« Kökkenmöddinger atmete tief ein. »Dass er entführt wurde, glaube ich nicht.« Er machte sich erneut mit der Schubkarre auf den Weg zum Taxi.

Gröbel folgte ihm. »Er ist verschwunden, oder?«

»So kann man das wohl sagen.« Kökkenmöddinger lud Bananen in die Schubkarre. »Aber sicher nicht lange.«

»Aha«, stellte Gröbel fest. »Aber Sie sind ja da …«

»Sicher doch.« Kökkenmöddinger vermied es, ihn direkt anzusehen. »Ich bin immer da.«

»Ich meine, für die beiden Esel«, sagte Gröbel trocken. »Das beruhigt mich.«

Mich nicht wirklich, hätte Kökkenmöddinger am liebsten entgegnet. Stattdessen machte er sich wieder mit der Schubkarre auf den Weg.

Gröbel folgte erneut. »Herbert, unsere beiden Freunde bleiben noch ein wenig bei uns«, sagte er. »Da freust du dich sicher. Da können wir doch mal die Kutsche hervorholen.«

»Die Genossen bleiben hier?« Herbert schaute Kökkenmöddinger an. »Ihr wollt mit uns Kutsche fahren?«

»Nicht die Genossen«, erklärte Gröbel. »Die Esel.«

»Oh, die beiden Hübschen.« Herbert nickte. »Kutsche ist gut. Das Wetter hält sich.« Er zupfte Kökkenmöddinger am Ärmel, während der die nächste Schubkarrenladung ablud. »Wofür sind denn die Bananen?«

Kökkenmöddinger schmunzelte. »Für alle, die sie mögen. Die beiden Esel sollen ganz versessen auf Bananen sein.« In seinem Kopf formte sich ein Bild vom Kutsche lenkenden Herbert, der den beiden eingespannten Eseln mit der Angel Bananen vor die Nüstern hielt. Er dachte an Jelena. Ob ihr eine Kutschfahrt gefallen würde?

Kökkenmöddinger holte die letzte Fuhre aus dem Kofferraum, während Gröbel und Herbert lebhaft über Kutschfahrten debattierten. Beide schienen ebenfalls Gefallen daran zu finden, dass Pommes und Fritz noch blieben. Zum Glück …

Als die letzten Bananen den Weg in den Stall gefunden hatten, diskutierten die beiden noch immer. Gröbel versuchte nun, Herbert davon abzubringen, Bananenschnaps zu brennen.

Kökkenmöddinger grinste. »Ich finde die Idee gar nicht schlecht.«

»Siehst du«, meinte Herbert. »Und der Genosse sitzt an der Quelle. Der kann über das Ministerium alles organisieren.«

Gröbel seufzte. »Setzen Sie ihm nicht noch einen Floh ins Ohr.«

»Na gut, heute kein Ungeziefer«, sagte Kökkenmöddinger. »So, ich muss aber mal wieder zurück …«

»Ins Ministerium?«, erkundigte sich Herbert.

»Nun ja.« Kökkenmöddinger runzelte die Stirn. »Sagen wir ins Hauptquartier.«

Ein dicker Klops

Auf dem Rückweg nach Dresden freute sich Kökkenmöddinger über das schöne Wetter. Er konnte ohne zu frieren mit offenen Fenstern fahren. Er hoffte, den süßlichen Geruch der Bananen so etwas schneller loszuwerden. Er tuckerte an der Elbe entlang, an Meißen vorbei und weiter Richtung Coswig. So konnte er in Ruhe nachdenken, wie er die nächsten Tage gestalten würde. Er konnte den Konsul schließlich schlecht tagelang in der Gartenlaube einschließen. Der Mann würde durchdrehen und er selbst ebenfalls. Aber so konnte er sich mit Ullmann-Brixdorf nirgendwo sehen lassen. Zu groß war die Gefahr, dass er erkannt wurde. Nachher hielt man ihn selbst noch für einen der Entführer …

In diesem Moment überholte ihn ein Wagen. Automatisch bremste Kökkenmöddinger das Taxi ab. Wie konnte man an einer derart unübersichtlichen Stelle, kurz vor einer Kurve überholen?

Jetzt sah er, dass es ein quietschrotes Cabriolet war, das nun knapp vor dem entgegenkommenden Verkehr wieder rechts einscherte. »Idiot!«, schimpfte Kökkenmöddinger. Er spürte seinen Puls rasen.

Offenbar hatte der Fahrer des Cabriolets auch erkannt, dass die Raserei gefährlich war. Der Wagen blieb in angemessenem Tempo vor ihm. Als Kökkenmöddinger näher hinsah, bemerkte er, dass es eine Frau war, die hinter dem Steuer saß. Zumindest die wehenden langen roten Haare deuteten darauf hin.

Nun bremste sie immer weiter ab. Kökkenmöddinger stöhnte genervt auf und verringerte ebenfalls sein Tempo. Erst dieses halsbrecherische Überholmanöver, dann Verkehrshindernis. Frau am Steuer!, dachte er, als ein Lkw vorbeiraste und er plötzlich Mühe hatte, sein Taxi beim Austritt aus dem Windschatten in der Spur zu halten.

Plötzlich klatschte etwas Rotes und Unförmiges auf seine Windschutzscheibe. Vor Schreck trat er in die Bremsen. Hinter ihm quietschten Reifen, eine Hupe ertönte. Dann hatte er den Wagen wieder in seiner Gewalt und starrte auf das haarige Etwas auf der Scheibe. Automatisch betätigte er die Scheibenwischer, was jedoch keine freie Sicht bescherte, sondern dazu führte, dass sich das haarige Teil im Scheibenwischer verfing. Kökkenmöddinger hatte Mühe, den Verkehr zu verfolgen. Zu tief saß ihm der Schreck in den Gliedern. Jetzt erkannte er, dass es eine Perücke war, die an seinem Scheibenwischer hing. Erst dann bemerkte er, dass im Cabriolet vor ihm nun eine kahlköpfige Gestalt hinter dem Steuer saß.

»Puh!«, entfuhr es ihm. Er atmete tief durch. Dann musste er zunächst breit grinsen und dann laut lachen. Das war wirklich zu komisch. Sicherlich war es der Dame fürchterlich peinlich. Wenn es denn eine Dame war. Aber es war zu lustig. Warum fuhr sie auch mit Perücke in einem offenen Wagen …

Ob er an der nächsten Ampel aussteigen und ihr die Haare vorbeibringen sollte? Er prustete unwillkürlich los bei der Vorstellung.

Doch seine Erwägungen erübrigten sich vor der nächsten Ampel, denn die Dame gab Gas, fuhr bei Rot über die Kreuzung und verschwand eilig in der nächsten Seitenstraße. Sie wollte vermutlich genau diese Situation verhindern.

Kökkenmöddinger hielt vor der Ampel, stieg aus und fummelte mit wenigen Handgriffen die zerzauste Perücke vom Scheibenwischer. Dann stieg er wieder ein und warf die Perücke auf den Sitz neben sich. Die Haartracht war in diesem Zustand nicht mehr verwendbar. Er betrachtete das Teil genauer. Nun ja, vielleicht, wenn man der Perücke einen flotten Kurzhaarschnitt verpasste.

Die Ampel zeigte grünes Licht. Kökkenmöddinger fuhr an. Das war es doch … Er überlegte. Das war ein Ansatz. Darüber musste er näher nachdenken. Aber bevor er gründlich denken konnte, musste er erst einmal etwas essen. Und Jelena hatte doch versprochen, ihm sein Lieblingsessen zu kochen. Er würde also erst mal seinen geliebten Sauerbraten bekommen, oder vielleicht doch eine echt sächsische Kartoffelsuppe? Nun ja, eins von beidem eben. Jelena wusste schließlich genau, was ihm schmeckte.

Kurzentschlossen steuerte er den Wagen in Radebeul über die Elbe hinüber nach Niederwartha. Er würde über die Autobahn fahren. Das war die schnellste Route.

Als Kökkenmöddinger das kleine Gartentor öffnete, duftete es tatsächlich deftig. Gut, nach Sauerbraten roch es nicht. Das hätte er sofort erschnuppert. Aber das war angesichts der improvisierten Kochstelle auch nicht wirklich zu erwarten gewesen. Allerdings hätte sie ihn ja in der heimischen Küche vorbereiten können …

Kökkenmöddinger stopfte die zerzauste Perücke in die Jackentasche, klopfte an und betrat die kleine Laube. »Hallo, zusammen, das duftet ja …«

»Hallo, Kökki!« Jelena prustete unvermittelt los. »Komm, trink einen Wein mit uns.« Sie klopfte neben sich auf das Sofa.

»Kökkenmöddinger, mein Bester«, freute sich der Konsul mit dröhnendem Lachen und deutete auf das dritte Glas. »Wir haben Ihnen selbstverständlich etwas übrig gelassen.« Er zückte eine Weißweinflasche und begann, sie mit einem alten Korkenziehermodell zu entkorken.

»Sie trinken Weißwein?« Kökkenmöddinger griff zu einer leeren Flasche und betrachtete das Etikett. »Noch dazu lieblichen?«

Ullmann-Brixdorf zog den Korken aus der Flasche und schenkte ein. »In solch entzückender Gesellschaft trinke ich fast alles.« Er tätschelte Jelena vertraulich am Knie. »Mit Ihnen, meine Hübsche, würde ich sogar Tee trinken. Wenn's sein muss, ganz ohne Alkohol.«

Erneut prusteten die beiden los.

Kökkenmöddinger verzog das Gesicht und ließ sich, das Weinglas in der Hand, neben Jelena nieder. Er roch am Wein, nippte daran und machte eine Grimasse. »Der ist ja gruselig.«

»Stimmt.« Jelena kicherte. »Aber nach der ersten Flasche merkt man es nicht mehr so.« Sie deutete auf die beiden leeren Weinflaschen auf dem Tisch. »Und nach der zweiten schmeckt er richtig gut.«

Kökkenmöddinger stellte das Glas ab und musterte Jelena argwöhnisch. Sie war tatsächlich betrunken, was ihrer Ausstrahlung jedoch keinen Abbruch tat. »Woher hast du den denn? Du trinkst sowas doch sonst nicht?«

»Ach«, winkte Jelena lässig ab. »Davon sind ganz viele im Schrank. Und als ich die Zutaten für die Klopse geholt habe, habe ich doch tatsächlich den Wein ganz vergessen. Zum Glück hat Klaus-Dieter aber den Vorrat entdeckt.« Sie kicherte.

»Klaus-Dieter? So, so.« Kökkenmöddinger zog die Augenbrauen hoch.

Der Konsul erhob sein Glas. »Prost, meine beiden Retter! Auf die Schönheit. Und auf die Klopse!«

»Genau, Prost, Klopse!«, fiel Jelena ein.

»Was denn um Himmels willen für Klopse?«, fragte Kökkenmöddinger kopfschüttelnd. »Ich dachte, es gibt deine berühmte Kartoffelsuppe mit Würstchen ...«

»Ach, wir haben kurzfristig umdisso, umdispo, na, neu geplant«, erklärte Jelena und trank.

»Genau«, pflichtete Ullmann-Brixdorf bei. »Ihre Jelena ist ein ganz entzückendes Wesen.«

Kökkenmöddinger nickte. »Allerdings …«

»Genau, und weil Klaus-Dieter so gern Klopse mag, habe ich sie gemacht. Königsberger Klopse.« Jelena strahlte ihn an. »Du isst ja sowieso alles.«

»Schade.« Kökkenmöddinger seufzte und stand auf. »Ich muss noch mal los, ein paar Sachen besorgen.« Er sah den Konsul an. »So können Sie nicht weiter herumlaufen. Man erkennt Sie ja sofort.«

»Und das Essen?« Jelena klang erstaunt. »Willst du nicht wenigstens erst etwas mit uns essen?«

»Ach nein.« Kökkenmöddinger hatte die Hand schon an der Türklinke. »Ich habe eigentlich gar keinen Appetit. Wartet also nicht auf mich.«

Etwa eine Stunde später stand Kökkenmöddinger – bewaffnet mit zwei großen Einkaufstüten – an einer Imbissbude hinter dem Bahnhof und wartete auf eine Portion Döner.

Das Taxi hatte er in einer der Seitenstraßen versteckt. Zu groß war die Gefahr, in Bahnhofsnähe Fahrgäste anzulocken. Das fehlte ihm gerade noch. Er spekulierte darauf, einem seiner Kollegen über den Weg zu laufen. Doch bisher hatte er weder einen bekannten Wagen noch ein bekanntes Gesicht gesehen.

Kökkenmöddinger seufzte. Den Abend hatte er sich anders vorgestellt. Das ganze Wochenende hatte er sich anders vorgestellt. Warum hatte er diesen eigenartigen Konsul nicht sofort bei einer Polizeiwache abgegeben und war seines Weges gefahren?

Der Imbissverkäufer reichte ihm ein gefülltes Fladenbrot in

Folie auf einem Pappuntersetzer, und Kökkenmöddinger zahlte. Dann biss er lustlos in sein improvisiertes Abendessen. Es schmeckte heiß und fettig. Salat kräuselte sich um die Fleischstückchen, und die Sauce versteckte sich offenbar auf dem Grund des Fladenbrotes.

Ein sichtlich angetrunkener Mann kam wankend, eine Bierflasche in der Hand, auf ihn zu.

»Na, Kollege, wolln wer einn trinken zsammnn?« Er hielt sich am Stehtisch fest, so dass dieser ebenfalls bedenklich wankte.

»Danke.« Kökkenmöddinger wehrte ab und drehte sich mitsamt Döner zur Seite.

»Was'n? Trinkste nich?«, wollte der Mann wissen. »Das musse doch. Is doch anners nich zu ertragnn, das Scheisssslebnn ...«

»Lassen Sie mich einfach in Ruhe, okay?« Kökkenmöddinger drehte sich erneut weg.

»Hey, lass meine Gäste in Ruhe, Klaus!«, rief der Imbissverkäufer herüber. »Geh nach Hause, du hast genug für heute.«

»Ich heisss gar nich Klausss«, lallte der Mann. »Ich heisss eigentlich ... ähm, Dings ...«

Kökkenmöddinger verdrehte die Augen. »Klaus-Dieter, nehme ich an.« Er biss noch einmal herzhaft zu.

»Genau.« Der Angetrunkene rülpste.

»Ganz toll.« Nun hatte Kökkenmöddinger die Sauce zu seinem Döner gefunden. Sie rann durch die Folienverpackung direkt in seine Hand. *»Pokkers!«*

»Du sssolltest besser einn trinknn«, riet der angetrunkene Klaus. »Das entspannnnt ... Ssieh mich ann!«

»Verdammter Mist!« Kökkenmöddinger warf seinen angebissenen Döner mit Schwung in den Abfalleimer und wischte sich die Hände an einer Serviette ab. Dann schnappte er sich seine beiden Einkaufstüten und stapfte davon.

Missmutig stieg er zwei Straßen weiter in sein Taxi und warf die Tüten auf den Rücksitz. Noch immer roch es im Inneren des Wagens intensiv nach Bananen.

Kurz darauf fand er sich auf der rustikalen Couch von Bärbel und Heinz wieder. Er hatte eigentlich nur kurz schauen wollen, ob Licht bei den beiden war. Sie wohnten schließlich in der Südvorstadt, also in Bahnhofsnähe. Aber dann war ein Parkplatz direkt vor dem Haus frei gewesen. Die Fenster waren erleuchtet. Und ein Gespräch mit normalen Menschen konnte ihm nur guttun. Zumal er es nicht eilig hatte, wieder die Gegenwart des Konsuls zu ertragen. Im Grunde genommen hatte er große Lust verspürt, nach Hause zu fahren. Aber natürlich konnte er Jelena und diesen Konsul keinesfalls die ganze Nacht sich selbst überlassen.

Nun saß er also bei Bärbel, die sich – wie immer – über seinen Besuch geradezu überschwänglich freute. Zu seinem Erstaunen war Heinz nicht zu Hause, was Bärbel sehr bedauerte, hatte sie doch Rouladen zum Abendessen vorbereitet.

Während Kökkenmöddinger daher mit hausgemachten Rouladen, Rotkohl und Knödeln gefüttert wurde, hatte Bärbel – die einschlägige Boulevardpresse auf dem Beistelltischchen – ein neues Lieblingsthema: die Entführung eines deutschen Konsuls.

»Die arme Frau! Was die nun durchmachen muss«, jammerte Bärbel in euphorischer Solidarität. »Wenn ich mir vorstelle, mir würde man meinen Heinz entführen …«

Kökkenmöddinger stöhnte auf, was Bärbel sofort als Zustimmung auffasste.

»Da kommt so ein deutscher Konsul endlich mal wieder in seine Heimat, und dann sowas!« Sie kramte ein speziell auf die weibliche Zielgruppe ausgerichtetes Boulevardblatt aus dem Stapel hervor. »Schau dir mal die Bilder an.« Sie hielt ihm Bilder des

Konsuls und seiner Gattin unter die Nase. Auch ein hübsches Eigenheim sowie ein Schäferhund waren darauf erkennbar.

Kökkenmöddinger kaute. »Vielleicht ist der ja gar nicht entführt worden«, warf er ein. »Vielleicht hat er einfach nur Dreck am Stecken.«

»Kökki, ich bitte dich!«, rügte Bärbel. »Schau dir die Bilder doch an. So ein feiner und gebildeter Mann. Konsul wird man schließlich nur mit Bildung und einem guten Charakter. Und die arme Frau! Jetzt sitzt sie hier in Deutschland und muss um sein Leben bangen. Noch dazu hier, in unserem schönen Dresden. Es ist doch nicht zu fassen … Schau, hier, das ist das Hotel in Blasewitz.«

Kökkenmöddinger schnaufte. »Wie immer göttlich, deine Rouladen.«

»Freut mich, wenn es dir schmeckt.« Bärbel zog die *Tagespost* hervor. »Guck mal, natürlich! Ausländer gehören dazu! Dann der Balkan! Da weiß man doch sofort Bescheid. So ein armer Mensch, in den Händen dieser verrohten Ganoven …«

»Bitte, Bärbel«, unterbrach Kökkenmöddinger. »Du weißt doch, dass diese Gazetten jeden Mist schreiben. Die wissen doch gar nichts.«

»Ach, was, das ist doch sonnenklar«, wischte Bärbel seinen Einwand weg. »Ich verstehe ja überhaupt nicht, dass sich da die Regierung nicht längst eingeschaltet hat.«

»Welche Regierung meinst du jetzt?« Kökkenmöddinger sah sie an. »Die Regierung von Mazedonien?«

»Ach was, unsere Regierung!« Bärbel klang empört. »Aber die kriechen ja den anderen Ländern immer nur sonst wohin …«

»Bärbel, das nennt man Diplomatie«, sagte Kökkenmöddinger. »Und ein Konsul kümmert sich durchaus auch um diplomatische Beziehungen.«

Bärbel machte ein sorgenvolles Gesicht. »Soll ich dir was sagen, Kökki?« Sie machte eine kurze Pause. »Wenn du mich fragst: Der Mann ist längst tot. Man weiß doch, wie sowas läuft. Da wird Lösegeld bezahlt, die Geisel ist tot. Und wenn sie einen von diesen Kerlen erwischen, dann steht Aussage gegen Aussage. Keine Leiche, keine Strafe.« Sie erhob drohend den Zeigefinger. »Ich sage dir, der liegt längst irgendwo verscharrt in irgendeinem Garten …«

Kökkenmöddinger hustete. »Bitte?«

»Nu lass mich doch mal ausreden«, verlangte Bärbel. »Der liegt tot im Garten. Und bis die den finden, sind die Täter über alle Berge in ihrem Marzipanien in den Karpaten! So sieht es nämlich aus.«

Kökkenmöddinger grinste breit. »Mazedonien, Bärbel, Mazedonien. Und die Karpaten sind in Rumänien.«

»Ist doch alles das Gleiche«, behauptete Bärbel selbstbewusst. »Magst du noch Nachschlag, vielleicht ein bisschen Sauce?«

»Nein, danke.« Kökkenmöddinger wischte sich mit der Serviette ab. »Ich bin pappsatt.«

Bärbel sprang auf und schnappte sich den Teller. »Die arme Frau! Diese Ungewissheit!« Sie trug das Geschirr in die Küche und kam wieder zurück ins Wohnzimmer. »Ich meine, wenn man seinen Mann verliert bei einem Unfall – schlimm! Durch eine Krankheit – schlimm! Flugzeugabsturz – schlimm! Aber so?« Sie schüttelte in empathischer Verzweiflung den Kopf. »Entführt und für immer verschollen. Sowas wünscht man keinem!« Sie kramte nun eine Illustrierte hervor, in der ein Lesezeichen offenbar ihre bevorzugten Bilder markierte. »Und guck mal, wie nett diese Frau aussieht, diese Frau Konsul.«

Kökkenmöddinger betrachtete das Bild und musste Bärbel beipflichten. Auf den Bildern in der Illustrierten wirkte sie ausgesprochen sympathisch. Allerdings wollte er genau das mit Bärbel lieber nicht näher erörtern. »Wie geht es Heinz denn? Wo ist er eigentlich?«

»Ach, wie soll es ihm schon gehen.« Bärbel seufzte. »Viel Arbeit eben. Zurzeit fährt er täglich Doppelschichten. Na, du weißt ja viel besser, was bei euch los ist.«

Kökkenmöddinger stutzte. Nein, ganz offensichtlich wusste er nicht, was im Unternehmen los war. Zumindest vor wenigen Tagen hatte das noch ganz anders geklungen. Da hatte die Chefin doch noch Schichten zusammengestrichen. Das konnte sich doch nicht in so kurzer Zeit so gewandelt haben. Was erzählte Heinz denn da seiner Frau?

»Umso mehr freue ich mich, dass du mal zwischendurch Zeit findest, um vorbeizuschauen. Du musst ja bestimmt auch heute Abend noch in die Nachtschicht. Erst Frühschicht und dann jeden Abend noch mal los … Zu beneiden seid ihr wirklich nicht!«

Kökkenmöddinger räusperte sich. Er würde das Thema besser nicht vertiefen.

Und Bärbel hatte sich auch schon ganz unverdrossen auf ein weiteres ihrer Lieblingsthemen eingeschossen. »Sag mal, was macht eigentlich deine kleine Freundin, diese niedliche Journalistin? Geht es mit euch beiden mal voran? Wann bringst du sie denn mal mit? Dann machen wir gemeinsam einen schönen Spieleabend …«

Kökkenmöddingers Miene verfinsterte sich spontan. »Nimm's mir nicht übel, aber ich möchte nicht darüber reden.«

»Aber ich.« Bärbel stemmte die Hände in die Hüften. »Sag jetzt nicht, sie hat einen anderen, und du lässt dich davon abhalten!« Bärbel machte ein entsetztes Gesicht. Dann tätschelte sie verständnisvoll seinen Arm. »Kökki, ich weiß ja, dass du eine empfindsame Seele bist. Du liest eben viel zu viele viel zu gute Bücher, die normale Menschen gar nicht verstehen.« Sie lächelte aufmunternd. »Das macht doch nichts. Es gibt ja durchaus Frauen, die sowas mögen. Aber jetzt, Kökki, jetzt ist die Zeit zu handeln!« Sie sprang auf. »Eins muss dir klar sein: Wir Frauen wollen Helden! Und zwar alle! Wir wollen erobert werden.« Sie begann, von einem Bein auf das andere zu wippen. »Und um eine Frau zu erobern, musst du immer zuerst die Nebenbuhler ausschalten. Gnadenlos!« Sie ballte die Faust. »Entschlossen! Heldenhaft! Notfalls gibt es für den Nebenbuhler eben auch mal eins auf die Glocke …« Bärbel tänzelte kampflustig um den gekachelten Couchtisch.

Kökkenmöddinger lachte auf. »Bärbelchen, du machst mir ja richtig Angst.«

»Du wirst sehen, sie wird in deine starken Arme sinken«, prophezeite sie siegesgewiss. »Frag mich nur. Ich weiß, wie wir Frauen ticken. Heinz hätte mich nie bekommen, wenn er so ein verschüchtertes Weichei wäre.«

Kökkenmöddinger schmunzelte. »Bärbel, du bist wirklich … Ich werde mir deine Ratschläge zu Herzen nehmen.«

»Herz, genau!« Bärbel nickte eifrig. »Beherzt und mit viel Herz wirst du sie erobern.«

Als Kökkenmöddinger sich spät am Abend in den Garten schlich, brannte nur das kleine Außenlicht an der Laube. Leise öffnete er die Tür. Auch drinnen brannte nur ein Tischlämpchen. Seine Augen mussten sich erst an die Beleuchtung gewöhnen. Er stellte die Einkaufstüten in die Ecke und erkannte die beiden zu Betten hergerichteten Sofas. Auf seinem Schlafsofa räkelte sich Jelena. Das andere Bett war leer.

»Kökki?« Sie blinzelte ihn an. »Bist du es?«

»Ja.« Er flüsterte automatisch.

»Da bist du ja endlich.« Jelena drückte sich wieder in die Kissen. »Ich habe mir schon Sorgen gemacht.«

»Nicht doch, ich war bei Bärbel.« Kökkenmöddinger setzte sich auf die Sofakante und betrachtete Jelena. Sie sah aus wie ein träumendes Engelchen. Wie entzückend sie doch war …

»Bärbel? Wer ist denn Bärbel?« Sie seufzte abgrundtief. »Wie schade … Das ist sooo traurig«, murmelte Jelena und schien schon wieder in Schlaf hinüberzugleiten.

Unwillkürlich bewegte sich sein Arm nach vorn, um ihr über den Kopf zu streicheln. Doch im letzten Moment zog er seine Hand zurück.

Wo war eigentlich Ullmann-Brixdorf? Sollte er tatsächlich so viel Gentleman sein, Jelena den einzigen Raum der Laube als Schlafraum allein zu überlassen?

Kökkenmöddinger erhob sich leise und schlich zur Tür. Als er sie öffnete, drehte Jelena sich auf die Seite.

»Scheißleben«, brabbelte Jelena. »Immer ist irgendwo eine Bärbel …«

Kökkenmöddinger schmunzelte. Ob Jelena Bärbel für seine Freundin hielt? Nun ja, sollte sie ruhig. So konnte sie mal sehen, wie sich das anfühlte …

Dann hielt er in der Bewegung inne. Nein, das war kindisch. Das war seiner Gefühle für Jelena unwürdig. Er wandte sich um und ging zu Jelena.

Diesmal machte seine Hand keinen Rückzieher. Behutsam strich er ihr über die Haare. »Bärbel ist die Frau von Heinz«, flüsterte er.

»Immer überall so ein Heinz …«, kam von Jelena. Offenbar schlummerte sie schon traumversunken.

Kökkenmöddinger atmete tief durch und ging dann leise hinaus. Wenn er sie noch länger so beobachtete, würde er durchdrehen …

Kökkenmöddinger stapfte durch den fast dunklen Garten. Der Mond war so wolkenverhangen, dass er wenig Licht bot. Er hätte eine der Taschenlampen mitnehmen sollen. Doch jetzt wollte er nicht noch einmal Jelena stören. Etwas entfernt, dort, wo er das Ende des kleinen Gartens und den Zaun vermutete, schien sich der Konsul aufzuhalten. Glut leuchtete auf wie ein dickes Glühwürmchen.

Als Kökkenmöddinger näher kam, sah er Ullmann-Brixdorf am Gartenzaun lehnen. Er wirkte versonnen.

»Guten Abend, Herr Konsul.« Kökkenmöddinger senkte die Stimme. »Haben die Klopse gemundet?«

»O ja«, sagte er gedehnt. »Wie damals bei meiner Mutter.« Er schnaufte. »Meine Mutter hat mir immer Königsberger Klopse gemacht, wenn ich mich nicht gut fühlte. Dabei wurde sie selbst traurig, wenn es Königsberger Klopse gab. Sie bekam dann jedes Mal Heimweh. Mutter stammte aus Königsberg, müssen Sie wissen.«

Kökkenmöddinger stellte sich neben ihn. Erst jetzt bemerkte er, dass Ullmann-Brixdorf eine Weinflasche in der Hand hielt. Der Konsul nahm einen Schluck daraus.

»Eigentlich ist das dumm. Jetzt werde ich immer automatisch traurig, wenn ich Königsberger Klopse esse.« Er nahm noch einen Schluck Wein. »Wie bei einem Medikament, dessen Einnahme einem erst bewusst macht, dass einem etwas fehlt … Wollen Sie auch einen?« Er hielt Kökkenmöddinger die Flasche hin.

Natürlich! Mit solchen Rührseligkeiten von Mutterliebe und Kindheitsnostalgie konnte der Konsul Jelena leicht für sich begeistern. Sowas liebten Frauen doch. Purer Kitsch! Kökkenmöddinger nahm die Flasche, roch daran und nahm einen kleinen Schluck. Der Wein war ihm noch immer zu süß und zu weiß. Wenn er überhaupt Wein trank, dann trockenen roten. Zum Essen. Mit Jelena.

»Schmeckt fürchterlich.« Kökkenmöddinger setzte die Flasche erneut an. »Wie ein Medikament. Aber ich fürchte, sonst kann ich heute Nacht kein Auge zutun.«

Der Konsul lachte leise. »Das nenne ich eine ausreichende Begründung. Ich hole uns noch eine Flasche.«

Kaspermaskerade

Kökkenmöddinger reckte sich und unterdrückte ein Stöhnen. Draußen hörte er Jelena Lachen. Er hatte in der Nacht kaum ein Auge zugetan. Kein noch so breites Schlafsofa war geeignet, ihn neben Jelena Ruhe finden zu lassen. Und zu allem Überfluss hatte sie sich noch an ihn gekuschelt und wohlig geschnurrt. Er war schon froh gewesen, vor Schreck nicht das Atmen vergessen zu haben. Ganz vorsichtig hatte er sie immer wieder zugedeckt, wenn ihre Decke verrutscht war. Schließlich waren die Nächte inzwischen kalt. Außerdem hatte er dem unrhythmischen Schnarchen des Konsuls lauschen dürfen. An erholsamen Schlaf war also nicht zu denken gewesen. Lediglich der Wein mochte dafür gesorgt haben, dass er gelegentlich weggedöst war.

Kökkenmöddingers Knochen schmerzten, und er hatte nun eine Vorstellung davon, wie sich das Höhlenleben der Steinzeitmenschen angefühlt haben musste. Zumindest hatte er in den frühen Morgenstunden im Halbschlaf etwas in dieser Art geträumt. Das Alphamännchen hatte mit lautem Schnarchen die wilden Tiere ferngehalten, während er als Betamännchen wärmen und Wache schieben musste. Kein schöner Traum, obwohl er doch die ganze Zeit Jelena im Arm gehalten hatte.

So kam es, dass er, müde und wie gerädert, bereits die Schnauze voll hatte von dem Tag, der eigentlich erst noch beginnen sollte.

Draußen hörte er Jelena erneut lachen, während Ullmann-Brixdorf gutgelaunt auf sie einplauderte. Kökkenmöddinger schüttelte sich. Dann fiel sein Blick auf die beiden Einkaufstüten. Nun, da die beiden so gern lachten, würde er heute dafür sorgen, selbst auch mal seinen Spaß zu haben.

Er stand auf, schenkte sich eine Tasse Kaffee ein und trat ebenfalls hinaus in den Garten. Huh, war das frisch. Er zog die Schultern hoch. Sofort fuhr ihm ein stechender Schmerz in den Nacken. Er unterdrückte erneut ein Stöhnen.

»Guten Morgen, mein lieber Kökkenmöddinger«, dröhnte der Konsul los. »Haben Sie auch so hervorragend geschlafen?!«

Kökkenmöddinger grunzte in seine Kaffeetasse. »Morgen …«

Jelena lachte. »Alter Grummelbär.« Sie knuffte ihn in die Seite. »Klaus-Dieter will gleich Brötchen holen. Was möchtest du? Käse, Mohn, oder doch lieber etwas Süßes?«

»Nein.« Kökkenmöddinger straffte den Rücken. Wieder durchzuckte ihn ein stechender Schmerz. »Ullmann-Brixdorf, Sie gehen mit Sicherheit nicht unter die Leute.«

»Meinst du, das ist zu gefährlich?« Jelena klang bestürzt.

»Ach was, doch nicht hier«, entgegnete der Konsul unwillig. »Doch nicht hier, irgendwo im Nirgendwo.«

»Wir sind keinesfalls irgendwo im Nirgendwo«, widersprach Jelena. »Wenn Kökki sagt, dass es zu gefährlich ist, dann hören Sie besser auf ihn.«

Kökkenmöddinger seufzte leise. Jetzt machte sie sich doch glatt Sorgen um den alten Schwerenöter.

Ullmann-Brixdorf winkte ab. »Was soll denn daran gefährlich sein? Ich bin doch kein Weichei. Außerdem muss ich ja wohl mal nach draußen dürfen. Keinen Hund hält man derart fest in seiner Hundehütte.«

Kökkenmöddinger nahm einen großen Schluck Kaffee. »Ich diskutiere nicht, Herr Konsul. Entweder halten Sie sich an meine Regeln oder ich liefere Sie auf dem nächsten Polizeirevier ab.«

Jelena sah ihn aus großen Augen an. Dann wandte sie sich

zum Eingang der Laube. »Ach wisst ihr, wenn das so ist …« Ihre fröhliche Tonlage wirkte etwas bemüht. »Dann hole ich uns ein paar Brötchen. Gar nicht so weit entfernt ist ein großer Supermarkt. Da gibt es auch einen Bäcker und einen Fleischer.«

Sie schnappte sich ihre Tasche von drinnen und verschwand winkend aus dem Kleingarten.

»Übertreiben Sie nicht ein bisschen?«, fragte Ullmann-Brixdorf.

Kökkenmöddinger grinste. »Das tun Sie doch andauernd. Jetzt bin ich mal dran. Kommen Sie! Wir werden dafür sorgen, dass Sie sich etwas freier bewegen können.«

Eine halbe Stunde später verstaute Kökkenmöddinger die Kleidung des Konsuls samt Mantel und Hut in dessen Reisetasche.

Es hatte ihn die volle Autorität des übellaunigen Übernächtigten gekostet, Ullmann-Brixdorf den mächtigen Schnurrbart abzurasieren. Doch der Konsul hatte sich mit dem Hinweis auf mögliche gewalttätige Übergriffe seitens seiner Verfolger – »Wer immer die auch sind. Ich tippe auf die Mafia!« – doch noch seinem Schicksal ergeben. Nun setzte Kökkenmöddinger dem Umstyling seine persönliche Krone auf: Ullmann-Brixdorfs Kopf trug die zerzauste rothaarige Perücke, die mit einem etwas grobschlächtigen Kurzhaarschnitt versehen worden war.

»Aufstehen!« Kökkenmöddinger betrachtete sein Werk. Da stand der imposante Konsul also in Gummistiefeln, Latzhose, Hawaiihemd, mit einem beigefarbenen Blouson und mit roter Zottelfrisur vor ihm. »Kaum wiederzuerkennen«, murmelte Kökkenmöddinger und musste unwillkürlich schmunzeln. Wie gut, dass es hier keinen großen Spiegel gab.

»Etwas fehlt noch …« Kökkenmöddinger dachte an den alten Herbert und sah sich um. Er hatte doch hier irgendwo eine Brille liegen sehen. Hurtig öffnete er ein paar Schubladen. Und richtig, da war eine alte Lesebrille. Er spülte sie unter fließendem Wasser ab und setzte sie dann auf die Konsul'sche Nase. »Perfekt.«

Ullmann-Brixdorf sah an sich herunter und begann dröhnend zu lachen. »Kökkenmöddinger, mein Lieber, Sie sind genial.«

»Wenn Sie jetzt noch die Klappe halten, wird niemand mehr auf die Idee kommen, dass Sie der deutsche Konsul von Skopje sind«, versprach Kökkenmöddinger.

»Herrlich«, ließ sich Ullmann-Brixdorf vernehmen. »Dann lassen Sie uns gleich mal ein bisschen unter Leute gehen.«

Kökkenmöddinger folgte ihm hinaus aus dem Garten und durch die Kleingartenkolonie. Vereinzelte Gartenbesitzer waren inzwischen damit beschäftigt, das erste Laub zu entfernen und Beete abzudecken.

Sie grüßten freundlich, schenkten ihnen jedoch sonst wenig Beachtung. Unbehelligt spazierten sie durch die Gartenanlage und hatten bereits den Ausgang erreicht.

Kökkenmöddingers Magen knurrte. Wo Jelena nur mit dem Frühstück blieb?

»Wissen Sie was?«, schlug er seinem Begleiter vor. »Wir holen uns schon mal einen kleinen Imbiss.«

Ullmann-Brixdorf nickte nur und blinzelte verschmitzt hinter seiner unmodischen Brille. Er hielt sich tatsächlich an Kökkenmöddingers Anweisung, einfach mal ruhig zu bleiben.

Nach wenigen Gehminuten hatten sie den Supermarkt erreicht. Kökkenmöddinger konnte schon das heiße Fett einer Imbissbude erschnuppern. Allerdings gelüstete es ihn gerade nicht wirklich nach Bratwurst oder Pommes frites.

»Einen Herbststurm hält dieser Mottenfiffi nicht aus, fürchte ich.« Der Konsul tippte sich an seine roten Koteletten.

Kökkenmöddinger sah sich aufmerksam um, doch niemand schien sie zu beachten. Im Gegenteil: Plötzlich war Ullmann-Brixdorf nicht mehr die imposante Gestalt, die alle Aufmerksamkeit auf sich bündelte. Die Leute eilten vorbei und wirkten trotz des herbstlich sonnigen Wetters grau.

»Dafür gibt es eine praktische Lösung.« Kökkenmöddinger zog seinen Begleiter am Arm zu einem der kleinen Geschäfte vor dem Supermarkt. Hier bot man Oberbekleidung, Tücher und Kopfbedeckungen feil. Er nahm eine grüngemusterte Schirmmütze vom Ständer und wandte sich an die Verkäuferin. »Gibt es die in verschiedenen Größen? Wir brauchen die größte, wenn möglich.«

Der Konsul griff ebenfalls zu und wählte ein quietschegelbes Modell. »Die ist viel schöner.«

»Aber auch viel auffälliger«, entgegnete Kökkenmöddinger. »Wir brauchen etwas Unauffälliges.«

»Wir haben nur die schwarzgelbe in der ganz großen Größe.« Die Verkäuferin hielt ihnen eine Dynamo Dresden-Kappe hin. »Moment, die gibt es auch in Weinrot.«

Ullmann-Brixdorf griff nach der schwarzgelben Mütze und stülpte sie sich auf die Perücke. »Wie sehe ich aus?«

»Zum Fürchten.« Kökkenmöddinger grinste, nahm ihm die Kappe wieder ab und setzte ihm stattdessen die weinrote auf.

Der Konsul ging ein Stück zur Seite, um in einen der kleinen Wandspiegel zu blicken.

»Kökki, was machst du denn hier?«, hörte Kökkenmöddinger plötzlich eine weibliche Stimme hinter sich.

Jelena tippte ihm auf die Schulter. »Ich habe endlich alles bekommen. Hat einen Moment gedauert, weil es so voll ist.« Sie hielt ihm die Brötchentüte hin. »Was machst du denn hier? Und wo ist Klaus … also, unser Gast.« Sie sah sich verstohlen um.

»Oh, meine Beste.« Der Konsul trat heran. »Welche Mütze würden Sie denn favorisieren?«

Sie sah ihn kurz an, blickte auf die Basecaps in seiner Hand und zuckte die Schultern. »Keine.« Dann wandte sie sich an Kökkenmöddinger. »Komm schon, der Konsul wartet sicher schon hungrig auf uns und sein Frühstück ...«

Kökkenmöddinger lachte auf. »Ja, der wird sicher warten.« Er zwinkerte Ullmann-Brixdorf zu. »Nicht wahr?«

Ullmann-Brixdorf lachte dröhnend, und Jelena zuckte zusammen. Dann sah sie von einem zum anderen, musterte den Konsul kopfschüttelnd und murmelte: »Das darf doch nicht wahr sein.«

»Psst«, bedeutete Kökkenmöddinger ihr mit einem Handzeichen und zog sie mit sich zur Seite, während Ullmann-Brixdorf die beiden Fußballkappen bezahlte.

Jelena drehte sich nach ihm um und beugte sich dann zu Kökkenmöddinger. »Der Mann ist ja nicht wiederzuerkennen«, flüsterte sie. »Das ist ja der Hammer!«

Kökkenmöddinger grinste breit. »Das und nichts anderes wollte ich von dir hören.«

Jelena hatte zwar zunächst große Bedenken geäußert, sich jedoch angesichts der offensichtlich gelungenen Verkleidung des Konsuls nicht mehr gegen ein Auftreten außerhalb der Kleingärten ausgesprochen. Ihre Reaktion hatte schließlich bewiesen, dass die optische Täuschung gelungen war.

»Schlimm«, hatte sie beim Frühstück gesagt. »Sie sehen so schlimm aus. Kein Mensch wird hinter dieser Fassade den Konsul Klaus-Dieter Ullmann-Brixdorf vermuten.«

Kökkenmöddinger konnte ihr nur zustimmen. »Sie brauchen allerdings noch einen anderen Namen.«

Und so hatten sie das Frühstück damit verbracht, für den Konsul einen geeigneten Namen zu finden. Das war gar nicht so einfach gewesen.

Doch inzwischen saß im Taxi neben Kökkenmöddinger ein gewisser Helmut Scholz und betrachtete sich kritisch im kleinen Spiegel der Sonnenblende. »Ich werde mir einen Vollbart wachsen lassen«, kündigte er an. »Nicht einmal meine Frau würde mich so erkennen …«

»Apropos«, hob Kökkenmöddinger an. »Wollen Sie Ihrer Angetrauten nicht langsam mal reinen Wein einschenken? Die Arme wird sich die Augen ausheulen.«

»Ach was«, winkte der Konsul alias Helmut Scholz ab. »Herrlich!« Er zwinkerte sich im Spiegel zu. »Ich komme mir vor wie ein Geheimagent.«

Kökkenmöddinger seufzte. »Nun ja, vielleicht nicht ganz so sexy wie James Bond, aber es erfüllt unsere Zwecke.«

Er lenkte das Taxi durch die Altstadt nach Johannstadt und freute sich auf ein gemütliches Bad in der heimischen Wanne. Natürlich würde er Ullmann-Brixdorf, nein, Helmut Scholz so schnell wie möglich wieder in den Kleingarten verfrachten. Jelena hatte vollkommen recht: Das war unter den gegebenen Umständen sicherer.

Ja, die gegebenen Umstände erschienen auch ihm zunehmend zu umständlich. Es wurde Zeit, diesen Konsul endlich loszuwerden. Er war gespannt darauf, was Jelena heute in der Redaktion ihres Radiosenders in Erfahrung brachte. Schließlich musste die Delegation aus Mazedonien irgendwann wieder abreisen. Und das natürlich nicht ohne den vermeintlich entführten Konsul.

Der bewunderte sich noch immer ausschnitthaft in dem kleinen Spiegel. »Vielleicht sollte ich ganz untertauchen«, plauderte er vor sich hin. »Einfach abhauen und irgendwo ein neues Leben anfangen, ohne diesen ganzen Ballast.«

»Sie sehen Ihre Familie nur als Ballast?« Kökkenmöddinger suchte die Straße nach freien Parklücken ab, doch überall parkten die Autos dicht an dicht.

»O ja, die Familie …« Der Konsul seufzte. »Die ganzen Weiber … Sie glauben gar nicht, wie befreiend die letzten Tage für mich waren. Einfach mal nicht erreichbar sein. Fantastisch!«

Kökkenmöddinger bog ab und fuhr erneut eine Runde um den Block. »Vielleicht sollten Sie lieber in Ihrem Leben für klare Verhältnisse sorgen. Es liegt doch an Ihnen, wenn …«

»Papperlapapp!«, ging Ullmann-Brixdorf dazwischen. »Sie haben ja keine Ahnung! Sie führen ein tolles Leben. Vielleicht sollten wir tauschen …«

»Danke, kein Bedarf.« Kökkenmöddinger schüttelte verärgert den Kopf und stoppte den Wagen. »So, Sie steigen schon mal aus und warten am Eingang auf mich. Sie wissen ja, wo es langgeht.«

Ullmann-Brixdorf stieg aus, und Kökkenmöddinger sah ihm nach, wie er beschwingt als Helmut Scholz die Straße entlang und auf sein Hochhaus zuging. Vielleicht war der imposante Konsul ja tatsächlich einfach nur ein armes Schwein … Er gab Gas, fuhr Richtung Elbe und fädelte sich rechts auf dem Käthe-Kollwitz-Ufer ein. Erst einige Seitenstraßen weiter fand er endlich einen Parkplatz.

Als er zehn Minuten später den Hausflur betrat, war vom Konsul alias Scholz keine Spur zu erkennen. Dafür kam ihm wieder der ältere Herr aus dem Erdgeschoss entgegen.

»Ach, Sie sind gar nicht ausgezogen?«, meinte er verwundert. »Ich dachte, Sie wären ausgezogen.«

»Guten Tag.« Kökkenmöddinger spielte mit dem Schlüsselbund. »Wie kommen Sie denn darauf?«

»Nun, ich habe nicht nur Sie nicht mehr getroffen«, erklärte er. »Auch Ihr Taxi steht nicht mehr vor der Tür. Ich dachte schon, es wäre etwas passiert, weil die Polizei da war.«

Kökkenmöddinger zog die Augenbrauen hoch. »Die Polizei war da? Bei Ihnen?« Er schmunzelte. »Was haben Sie denn angestellt?«

»Nichts natürlich!« Der alte Mann klang entrüstet. »Die Polizei wollte gar nicht zu mir. Aber man hilft ja, wo man kann.«

»Das glaube ich Ihnen aufs Wort.« Kökkenmöddinger forderte per Knopfdruck den Aufzug an.

»Nach Ihnen haben sie gefragt«, sagte der Nachbar mit triumphierendem Unterton. »Die wollten zu Ihnen. Ich weiß ja nicht, warum …«

»Sehen Sie, ich weiß es auch nicht.« Kökkenmöddinger schnaufte.

»Ach? Das ist ja seltsam.« Der Nachbar sah ihn forschend an. »Deshalb habe ich gesagt, dass Sie vielleicht ausgezogen sind. Wo ich Sie doch so lange nicht gesehen habe.«

Die Aufzugtür öffnete sich, und Kökkenmöddinger ging hinein. »Das ist zwar in der Sache nicht korrekt.« Er grinste. »Aber so viel Bemühen verdient Anerkennung. Schönen Tag noch.«

Die Aufzugtür schloss sich vor dem Luft holenden alten Herrn, und Kökkenmöddinger stöhnte auf. Was sollte die Polizei denn von ihm wollen? Bestimmt hatte der Alte das falsch verstanden, oder er hatte ihn mit einem anderen Hausbewohner verwechselt. Schließlich hatte das Haus mehr als zwölf Stockwerke mit diversen Wohnungen pro Stockwerk. Auch dieser neugierige Nachbar konnte hier kaum alle kennen. Mit einem Kopfschütteln schob er die Gedanken an den Nachbarn und sein Gefasel beiseite. Wo war eigentlich der Konsul?

Irrwege und irre Wege

Kökkenmöddinger wackelte mit den nassen Zehen. Doch so sehr er auch versuchte, in der Badewanne zu entspannen, es wollte nicht gelingen. Zum einen war ihm die Wanne viel zu klein, so dass immer entweder Füße oder Schultern froren. Zum anderen fragte er sich, was Ullmann-Brixdorf anstellte. Wartete er vor dem falschen Haus? Man konnte diese Plattenbauten als Fremder schon verwechseln. Allerdings hatte der Konsul bereits einmal hier übernachtet. Oder hatte er nun wirklich vor, sich abzusetzen? Das wiederum hielt Kökkenmöddinger für unwahrscheinlich, da er noch seine Tasche samt Papieren in der Gartenlaube hatte. Und das viele Bargeld fuhr er noch immer im Taxi spazieren. Was also trieb dieser Mann? Und vor allem: wo? Er hätte ihn nicht einfach an der Straßenecke absetzen sollen.

Mit einem lauten Seufzen schwang sich Kökkenmöddinger auf die Beine und stieg aus der Wanne. Er fand ohnehin keine Ruhe. Außerdem verspürte er wieder einmal einen nicht unerheblichen Appetit.

Notdürftig abgetrocknet und im Bademantel tapste er in die Küche und inspizierte den Inhalt des Kühlschranks. Viel gab er nicht her, der Inhalt blieb übersichtlich.

Kökkenmöddinger warf ein vertrocknetes Stück Käse direkt in den Müll und schnappte sich ein Glas mit Gewürzgurken. Außerdem nahm er ein Glas Schokocrème heraus. Sowas gehörte doch nicht in den Kühlschrank … Sowas gehörte eigentlich gar nicht in ihren gemeinsamen Haushalt. Seit wann aß Jelena denn Schokocrème? Er wollte sie gerade ins Regal über der Arbeitsplatte stellen, als sein Blick von der Schokocrème in der einen zum Glas Gewürzgurken in der anderen Hand wanderte. Gut, Jelena war ebenfalls in dieser Woche kaum zu Hause gewesen. Aber Schokocrème und Gewürzgurken, beides angebrochen – das war doch ein sehr eigenartiger Vorrat für eine Frau. Jelena war doch nicht etwa … schwanger!?

Wie ein Blitz durchzuckte Kökkenmöddinger dieser Gedanke. Jelena schwanger! Verwirrt sah er erneut von einer Hand zu anderen, von einem Glas zum anderen. Und der Vater? Wer sollte denn der Vater ihres Kindes sein?

Erst das Klingeln des Telefons im Flur riss ihn aus seiner Schreckstarre. Beinahe hätte er die Gurken fallen lassen. Schnell stellte er beide Gläser auf der Arbeitsplatte ab und eilte zur Telefonstation.

»Ja, hallo, hier schwanger, Quatsch! Kökkenmöddinger …« Er schnaufte.

»Schwangerquatsch? Kökki, bist du betrunken?«, fragte Jelena am anderen Ende der Leitung. »Oder denkt ihr euch schon wieder neue Decknamen aus?« Sie kicherte.

»Nein, ähm, ich bin etwas … verwirrt«, beeilte sich Kökkenmöddinger zu sagen. »Und müde, ja, schrecklich müde.«

»Ach Kökki, du brauchst mal Urlaub«, stellte Jelena fest und klang fast tadelnd. »Aber gut, dass ich dich noch zu Hause erwische. Ich kann heute Abend nicht. Ich habe einen Termin.« Sie machte eine kurze Pause. »Sag mal, hört Klaus-Dieter, ähm Helmut … Also hört er mit?«

»Nein. Er hört sicher nicht mit.« Automatisch sah Kökkenmöddinger sich im Flur um, obwohl er genau wusste, dass der Konsul nicht hier sein konnte. Sein Blick fiel in den Spiegel an der Wand gegenüber, und er erschrak. Er sah aus wie ein wilder Wikinger. Er musste sich unbedingt rasieren. »Warum fragst du? Was ist mit dir los?«

»Mit mir?«, fragte Jelena. »Nichts, wieso? Was soll denn mit mir los sein? Es geht um die Frau Konsul, also Frau Brixdorf-Ullmann. Du wirst lachen, die heißt wirklich so, also anders herum … Die Frau ist davon überzeugt, dass ihr Mann von irgendwelchen Rebellen aus Mazedonien entführt wurde. Die deutsche Botschaft in Skopje bekräftigt das ebenfalls. Man fürchtet, dass der Konsul schon tot ist. Die Frau bezeichnet sich schon als Witwe …«

»Wie bitte?« Kökkenmöddinger schluckte. »Das ist ja gruselig. Das kann er doch seiner Frau nicht antun. Hast du mit ihr persönlich gesprochen?«

»Ja, allerdings nicht mit ihr allein«, erklärte Jelena. »Es gab keine Gelegenheit, ihr zu sagen, dass ihr Mann fröhlich bei uns durch den Garten hüpft …« Sie senkte die Stimme. »Kökki, was machen wir denn jetzt?«

Er atmete tief durch. »Eine sehr gute Frage. Zumal unser guter Konsul mal wieder … Nun ja, er macht, was er will.«

»Was soll das denn heißen?« Jelena hatte noch immer diesen tadelnden Unterton. »Er macht was er will? Was macht er denn?«

»Wenn ich das so genau wüsste.« Kökkenmöddinger schnaufte. »Er ist weg.«

»Weg? Wie weg?«, fragte Jelena.

»Weg eben. Verschwunden.« Kökkenmöddinger kratzte sich die Bartstoppeln. »Hast du denn über die Entführung etwas erfahren können?«

»Nun, soweit bekannt, wurde das Lösegeld gezahlt«, erklärte Jelena. »Eine halbe Million in kleinen Scheinen. Die Lösegeldübergabe soll problemlos verlaufen sein. Ein Mitarbeiter aus der Delegation soll das Geld an einem nicht näher bezeichneten Ort hinterlegt haben. Übrigens bereits vor einigen Tagen …«

»Wo genau?«, ging Kökkenmöddinger dazwischen. »Und wann genau?«

»Wo, haben sie nicht gesagt. Auch die Frage nach dem Wann wurde abgeschmettert.« Jelena klang gereizt. »Angeblich Täterwissen.«

Kökkenmöddinger schnaufte. »Aber wir haben doch gar keine Täter ...«

»Das wissen die Leute von der Delegation doch nicht«, erinnerte Jelena. »Man hat das Lösegeld wohl erst übergeben, nachdem der ausgebrannte Dienstwagen mit der Leiche eines Leibwächters gefunden wurde.« Sie räusperte sich. »Ich nehme an, man hat die Forderungen vorher nicht ernst genommen oder die Polizei erst daraufhin informiert. Offiziell ist die ganze Geschichte jetzt seit drei Tagen.«

»Wie?« Kökkenmöddinger war nun noch verwirrter. »Man hat den Konsul schon vorher entführt, also angeblich?«

»Ja.« Jelena seufzte. »Zumindest ist das die Version für die Presse.«

Kökkenmöddinger rieb sich den Bauch. Er verspürte Appetit. Unwillkürlich musste er wieder an die Gurken denken. »Sag mal, ist bei dir alles in Ordnung, Jelena?«

»Was ist das denn jetzt für eine Frage?« Wieder spürte man die Gereiztheit in ihrer Stimme. »Ich muss heute Abend für einen Kollegen einspringen und moderieren. Wenn du es genau wissen willst ... Ich könnte kotzen!«

»Ups«, entfuhr es Kökkenmöddinger. »Übelkeit?«

»Nette Umschreibung.« Jelena lachte. »So, ich muss Schluss machen. Die Arbeit ruft. Meldest du dich, wenn es Neuigkeiten gibt?«

»Ähm ja«, versprach Kökkenmöddinger. Ihm war schlagartig der Appetit vergangen. »Du bist im Sender ...?«

Doch Jelena hatte das Gespräch bereits beendet. Mit einem ausgiebigen Seufzer legte er das Telefon zurück auf die Ladestation, drehte sich um und betrachtete sich im Spiegel. Dann ging er ins Bad, verteilte Rasierschaum auf Kinn und Wangen und griff zum Rasierer.

Ob Jelena wirklich schwanger war? Nun ja, sie aß Schokocrème … und Gewürzgurken. Sie klagte über Übelkeit. Und was wusste er schon über ihre Männerbekanntschaften? Sie erzählte ihm sicher nicht alles. Und sie war eine attraktive junge Frau. Nicht sooo jung, aber eben sehr attraktiv. Da standen die Verehrer Schlange. Und man las ja immer wieder, dass bei Frauen über dreißig die biologische Uhr tickte.

Er setzte den Rasierer erneut an. In diesem Moment ertönte die Wohnungsklingel. Kökkenmöddinger fuhr zusammen, rutschte ab und … aua! Blut tropfte von seinem Kinn. *Pokkers!*

Es klingelte erneut. Diesmal mehrfach. Schnell drückte Kökkenmöddinger sich ein Stück Toilettenpapier aufs Kinn und eilte zur Tür.

Als er öffnete, schaute er in den leeren Hausflur. Es schellte schon wieder.

Kökkenmöddinger schloss die Tür und griff zum Hörer der Gegensprechanlage. »Ja, hallo?«

»Ich bin es.« Die männliche Stimme klang verzerrt. »Helmut, ähm, Scholz …«

»Oh, Herr Konsul.« Kökkenmöddinger atmete auf. »Kommen Sie herauf.«

»Nein, nein.« Ullmann-Brixdorf sprach leise und gehetzt. »Kommen Sie herunter. Und nennen Sie mich nicht so!«

»Was ist passiert?«, wollte Kökkenmöddinger wissen.

»Das erzähle ich Ihnen dann«, zischte der Konsul. »Los, beeilen Sie sich. Wir müssen hier weg!«

»Wie sehen Sie denn aus?«, begrüßte ihn der Konsul, als Kökkenmöddinger nach wenigen Minuten die Treppen hinuntergehastet kam. Zwölf Stockwerke waren eine stattliche Anzahl an

Stufen. Er konnte nur noch schnaufen. Er hatte nicht die Geduld aufgebracht, auf den Aufzug zu warten.

»Was haben Sie gemacht?« Der Konsul deutete auf sein Gesicht.

Kökkenmöddinger hatte sich beim Anziehen den restlichen Rasierschaum aus dem Gesicht gewischt. Somit war er etwa zur Hälfte rasiert, und sein Kinn zierte ein Pflaster.

»Fragen Sie nicht so«, verlangte er nach Luft schnappend. »Sie haben es doch so eilig. Also, was ist los?«

»Sehen Sie die da draußen?« Ullmann-Brixdorf alias Helmut Scholz deutete durch den verglasten Eingang. »Das sind sie wieder.«

Kökkenmöddinger sah hinaus auf die Straße. Er konnte zunächst nichts Ungewöhnliches entdecken.

»Da, die dunkle Limousine«, zischte der Konsul. »Das sind doch unsere Verfolger von vorgestern.«

Jetzt gewahrte auch Kökkenmöddinger den Wagen, der in zweiter Reihe hielt und offensichtlich wartete.

Ullmann-Brixdorf hielt die Brille in der Hand. Auf seiner Stirn zeichneten sich Schweißperlen ab. »Was machen wir denn jetzt?«

Kökkenmöddinger rieb sich die Schläfe. Puls und Atmung beruhigten sich langsam. »Haben die Sie verfolgt? Wo waren Sie überhaupt?«

»Ich bin nur etwas spazieren gegangen«, erklärte der Konsul. »Und als ich herkommen wollte, stand dieser Wagen da. Deshalb habe ich noch eine Runde gedreht. Aber sie waren dann immer noch da.«

Kökkenmöddinger überlegte. Es war unwahrscheinlich, dass sie Ullmann-Brixdorf erkannt hatten. »Wie sind Sie denn hereingekommen?«

»Durch die Tür. Mir kam jemand entgegen, und dann bin ich einfach reingehuscht.« Er deutete auf den Vorbau.

»Gut.« Kökkenmöddinger nickte. »Ich glaube kaum, dass man Sie erkannt hat. Vermutlich haben sie sich auf meine Spur gesetzt.«

»Meinen Sie?« Der Konsul wirkte verzagt. »Und was sollen wir jetzt machen?«

»Jedenfalls ist es besser, wenn Sie nicht hierbleiben«, stellte Kökkenmöddinger fest. »Am besten wäre es, wenn wir uns trennen. Man sollte Helmut Scholz gar nicht mit mir in Verbindung bringen.«

»Mmmh«, machte Ullmann-Brixdorf. »Sie meinen wirklich, dass man Sie im Visier hat?«

»Anders kann ich mir das nicht erklären.« Kökkenmöddinger beobachtete den Wagen. Man konnte nur zwei Personen erahnen. Gut möglich, dass das die Männer waren, die ihnen zuvor schon gefolgt waren. »Aber das kann man ja ganz leicht herausfinden. Ich werde losfahren und sie ein bisschen ablenken. Vermutlich werden sie mir und dem Taxi folgen. In dieser Zeit können Sie hier unbemerkt verschwinden.«

Der Konsul schnaufte. »Ein Königreich für eine Zigarre …«

»Nicht jetzt«, sagte Kökkenmöddinger streng. »Sie laufen die Straße nach vorn zum Bönischplatz, steigen dort in den Bus und fahren in die Stadt hinein. Das sind nur fünf Stationen.«

»In welchen Bus?« Der Konsul fuhr sich durchs Gesicht.

»Das ist die Nummer zweiundsechzig. Hier fährt nur eine Linie«, erklärte Kökkenmöddinger. »Am Pirnaischen Platz steigen Sie aus. Dort ist ein Taxistand. Dann nehmen Sie eine Taxe zur Kleingartenkolonie.« Er zog einen Stift aus der Tasche und sah sich um. An der Pinnwand im Vorraum waren Aushänge. Er nahm einen Zettel ab, der den nächsten Flohmarkt ankündigte. »Warten Sie, ich notiere Ihnen hier die Adresse.« Er schrieb den Namen des Kleingartens auf die Rückseite des Flohmarktzettels und reichte ihn dem Konsul. »Alles klar?«

Ullmann-Brixdorf nickte. »Bus Nummer zweiundsechzig, Pirnaischer Platz, Taxistand … Und was machen Sie?«

Kökkenmöddinger atmete tief durch. »Ich lenke unsere selbsternannten Freunde da draußen ein bisschen ab. Ich nehme an, sie kennen sich nicht wirklich aus in unserer schönen Landeshauptstadt.« Er tippte dem Konsul auf den Latz seiner Latzhose. »Ich gehe gleich zu meinem Wagen. Und Sie warten ab. Sie gehen erst los, wenn die Typen da draußen mir tatsächlich folgen. Ist das klar?«

»Klar wie Kloßbrühe.« Der Konsul nickte. »Und wenn sie Ihnen nicht folgen?«

»Dann warten Sie hier«, ordnete Kökkenmöddinger an und wandte sich zur Tür. Dort drehte er sich noch einmal um. »Und wenn Sie Sie-wissen-schon-wo ankommen, setzen Sie sich in die Ecke und bewegen sich keinen Meter weit weg. Verstanden?«

Ullmann-Brixdorf nickte und setzte die Brille auf. »Aye aye, Captain.« Er versuchte es mit einem Grinsen, das Kökkenmöddinger allerdings nicht überzeugte.

Kökkenmöddinger ging hinaus und bemühte sich, der Limousine und ihren Insassen keine Beachtung zu schenken. Er lief eiligen Schrittes hinter dem Wagen über die Straße und wählte einen Weg zwischen Häusern hindurch, um schneller bei seinem Auto zu sein. Hier würden sie ihm zumindest nicht mit dem Wagen folgen oder ihn angreifen können. Sein Herz klopfte weit deutlicher, als er es sonst wahrnahm.

Schnell huschte er zwischen den Häusern hindurch und über eine Seitenstraße, um gleich wieder auf einem Fußweg zu verschwinden, der in eine Sackgasse führte. Wenn er sich beeilte, war er schneller an seinem Auto, als die Limousinen-Männer in die richtige Straße einbiegen konnten.

Kaum hatte er das Taxi erreicht und auf dem Fahrersitz Platz genommen, sah er die Limousine in die Seitenstraße einbiegen.

Er duckte sich und ließ sie vorbeifahren. Dann startete er den Wagen, scherte aus und wendete auf der Straße, um sich kurz darauf auf dem Käthe-Kollwitz-Ufer in Richtung Waldschlösschenbrücke einzufädeln.

Als Kökkenmöddinger an der nächsten Ampel bei Gelb die Kreuzung passierte, dachte er schon, die Limousine abgehängt zu haben. Doch als er nun weiterfuhr Richtung Schillerplatz, entdeckte er den Wagen auf Höhe der gegenüberliegenden Elbschlösser hinter sich. Flugs bog er ohne zu blinken rechts ab und fuhr auf der Loschwitzer Straße Richtung Schillerplatz.

Er sah die Limousine im Rückspiegel. Auf dem letzten Abschnitt der Straße würde er sie abhängen. Hier hatten nur Busse und Taxis Durchfahrt, und dank des anliegenden Polizeipräsidiums wurden private Fahrzeuge gern angehalten.

Doch er hatte die Verfolger unterschätzt. Gleich an der nächsten Kreuzung scherten sie von rechts wieder ein. Sie hatten Einkaufspassage und Straßenbahnhaltestelle geschickt umfahren und folgten ihm nun Richtung Tolkewitz.

Pokkers! Kökkenmöddinger musste sich etwas einfallen lassen. An der Elbe entlangzufahren, war keine gute Idee. Es gab zu wenige Ausweichmöglichkeiten, wenn er nach Heidenau und Pirna kam.

Also lenkte er sein Taxi bald wieder nach rechts und kurvte eine ganze Weile durch die Seitenstraßen. Es begann bereits zu dämmern. Die Straßenlaternen sprangen schon an. Es würde nicht mehr lange dauern, dann war es ganz dunkel. Das konnte zwar ein Vorteil für ihn sein. Allerdings würde auch er die Verfolger schlechter erkennen.

Kökkenmöddinger fuhr im Zickzack über Neben- und Hauptstraßen auf den Großen Garten zu. Dort hielt er sich links, bog von der Tiergartenstraße ab zur parallel verlaufenden Wiener Straße. Hier wurde seit Monaten gebaut, und nahezu wöchentlich veränderte sich die Verkehrsführung durch Sperrungen wie Sackgassen und Einbahnstraßen. Er hatte selbst längst den Überblick verloren und fuhr intuitiv. Die Limousine schien nun direkt hinter ihm zu sein. Immer wieder versuchte er, den Wagen an den zahlreichen Ampeln abzuhängen, doch immer wieder holte er auf. Kökkenmöddinger fluchte. Das ganze Gekurve ging ihm auf die Nerven.

Er fuhr ein Stück Richtung Wasaplatz, bog vorher scharf rechts ab und erreichte über einige kleine Umwege wieder die Wiener Straße. Im Rückspiegel waren die Autos hinter ihm bei der Dunkelheit inzwischen nicht mehr klar zu identifizieren. Also hielt er auf den Hauptbahnhof zu, bog rechts ab und ordnete sich auf der Sankt Petersburger Straße gleich wieder links ein. Dann steuerte Kökkenmöddinger sein Taxi langsam über die Zufahrt zu einem Hotel hinein in die Fußgängerzone der Prager Straße. Mit Schrittgeschwindigkeit ging es durch die um diese Zeit schon weniger belebte Fußgängerzone, bis er kurz vor dem alten Rundkino den Wagen zum Stehen brachte. Dann griff er zum Smartphone. Er sollte mal wieder in der Zentrale von sich hören lassen. Aufmerksam beobachtete er die Umgebung. Doch es war weit und breit kein Wagen zu sehen. Auch keine schwarze Limousine. Als er sein Telefon anstellen wollte, flackerte das Logo kurz auf, um sich gleich wieder zu verabschieden. Der Akku war leer.

Seufzend steckte Kökkenmöddinger das Gerät zurück in die Jackentasche. Nun ja, er wusste sowieso nicht so recht, was er Sarah erzählen sollte. Allerdings hätte er gern gewusst, warum der arme Heinz Doppelschichten fahren musste, während die Chefin – selbst derzeit ohne Führerschein – das schlechte Geschäft beklagte und von Kurzarbeit murmelte. Das passte alles nicht zusammen.

Er warf einen Blick auf die Uhr. Es war bereits acht. Noch

immer war keine Limousine zu sehen. Offenbar war es ihm endlich gelungen, die Verfolger abzuhängen. Hoffentlich hatte der Konsul erfolgreich den Garten erreicht. Kökkenmöddinger schaute erneut auf die Uhr. Irgendetwas hatte er doch noch zu erledigen. Dann griff er sich an die Stirn. Natürlich! Er hatte noch einen Restposten an Bananen bei dem Supermarkt in Meißen abzuholen …

Nichts als Lug und Trug

Kökkenmöddinger blieb aufmerksam, auch nachdem er die Stadtgrenze von Dresden passiert hatte. Auf der Bundesstraße sechs war um diese Zeit kaum Verkehr. Fast einsam glitt er im Taxi an der Elbe entlang. Hier gab es nur wenige kleine Ortschaften. Am anderen Elbufer sah er die Lichter von Radebeul, Coswig und schließlich Sörnewitz. Die Weinberge jedoch lagen im Dunkeln. Vor der Albrechtsburg in Meißen wechselte er die Elbseite und fuhr Richtung Industriegebiet, wo die Einkaufscenter lagen. Die Parkplätze waren um diese Zeit fast leer. Einige wurden bereits durch Schranken versperrt. Er suchte sich den Weg zu einem der Supermärkte nahe der S-Bahn-Linie. Hier glimmte nur noch eine Notbeleuchtung. Das Gelände lag verlassen. Im Schritttempo steuerte er sein Taxi hinter das Gebäude, wo er den Liefereingang vermutete. Dort standen einige Container, randvoll mit aussortierten Lebensmitteln. Ein Jammer, wenn man überlegte, was alles weggeworfen wurde. Ein Stück weiter an der Hausmauer neben einer großen Eisentür standen Kartons.

Kökkenmöddinger hielt an und stieg aus. Im Scheinwerferlicht seines Wagens inspizierte er die Kartons: Es waren drei große Pappkisten. Die erste war voller Bananen, und als er sie anhob, gewahrte er Bananen und weitere Früchte wie Äpfel und Kürbisse in der zweiten. In der untersten Kiste gab es neben Früchten auch einiges an Gemüse wie Kohl und Tomaten.

Kopfschüttelnd schnappte er sich die erste Kiste und trug sie zum Wagen. Als er den Kofferraum öffnete, entdeckte er die Geldtasche des Konsuls und platzierte sie im Fonds des Wagens, hinter dem Beifahrersitz. Dann stellte er die erste Kiste in den Kofferraum. Wenn er es geschickt anstellte, konnte er alle drei Kisten im Kofferraum verstauen. Er holte Kiste Nummer zwei.

Wieder fiel sein Blick auf die überfüllten Müllcontainer. Was für ein trauriger Anblick. Und er hatte gedacht, solche überschüssigen Lebensmittel gingen nach Feierabend an die Tafel für Bedürftige. Schließlich gab es immer mehr Menschen, die auf solcherlei Hilfe angewiesen waren.

Schluss damit, rief er sich gedanklich zur Ordnung. Immerhin brachte er leicht verderbliches Obst und Gemüse an eine gute Adresse. Tiere konnten schließlich noch viel weniger für gesellschaftliche Geldmiseren. Kinder allerdings auch nicht. Die konnten sich ihre Eltern wahrlich nicht aussuchen. Er schluckte. Jelena … Ihr Kind würde es gut haben. Da war er sich sicher. Auch wenn er nicht der Vater sein konnte, würde er persönlich dafür sorgen, dass es dem kleinen Wurm an nichts fehlte … Seufzend griff Kökkenmöddinger zur letzten Kiste und begann, das Gemüse auf die bereits verladenen Kisten zu verteilen. Was, wenn Jelena das Kind gar nicht haben wollte? Sie hatte keine feste Beziehung, das hätte er mitbekommen. Womöglich war die Schwangerschaft das Produkt einer – für ihn selbst undenkbaren – flüchtigen Affäre. Was, wenn sie das Kind zur Adoption freigeben würde? Oder schlimmer noch, wenn sie plante, die Schwangerschaft abzubrechen?

Das musste er unter allen Umständen verhindern! Er musste mit ihr reden. Es war ohnehin mehr als seltsam, dass sie die Schwangerschaft nicht einmal erwähnt hatte. Womöglich war es schon zu spät, etwas gegen eine Abtreibung zu unternehmen.

Er rollte den letzten Kohlkopf in den Kofferraum und schalt sich selbst einen alten, sentimentalen Trottel. Er hatte nicht das Recht, in Jelenas Leben einzugreifen. Er konnte sich doch gar kein Urteil anmaßen.

Als Kökkenmöddinger sich mit der leeren Kiste umdrehte, um zu sehen, wo er den Pappabfall abstellen konnte, traf ihn ein heller Lichtkegel.

»Was machen Sie denn da?!«, hörte er eine finstere männliche Stimme.

Kökkenmöddinger blinzelte ins Licht. »Ich, ähm, ich hole eine Lieferung ab. Das ist abgesprochen …«

»Nichts da!«, ertönte es hinter der Lichtquelle. »Das ist Diebstahl!« Dann wanderte das Licht in den Kofferraum. »Kökki?«

»Bitte?« Kökkenmöddinger war noch immer geblendet. »Mir wurde gesagt, ich könne nach Geschäftsschluss die überreifen Bananen abholen.«

»Das ist und bleibt Diebstahl«, erklärte die Stimme eine Spur freundlicher. »Erkennst du mich denn nicht?«

Kökkenmöddinger schloss einen Moment lang die Augen. Als er sie wieder öffnete, hatten sie sich der Dunkelheit angepasst. Er starrte den Mann in Wachdienstuniform an. »Heinz? Das darf doch wohl nicht wahr sein! Was tust du hier?«

»Das frage ich dich.« Heinz klang verärgert. »Für dich läuft es doch besser als für alle anderen. Warum musst du Gemüse klauen?«

»Ich klaue nicht«, erklärte Kökkenmöddinger gereizt. »Ich hole lediglich eine Spende ab für den kleinen Zoo in Niederlommatzsch.«

»Davon müsste ich doch wissen«, tönte Heinz großspurig. »Schließlich bin ich hier der Wachdienst.«

Kökkenmöddinger war verärgert. »So, so, du bist also der Wachdienst. Wie lange geht denn das schon so?«

Heinz warf ihm einen düsteren Blick zu. »Arbeit ist doch wohl keine Schande. Du weißt doch selbst, dass unser Lohn zurzeit dürftig ist.«

»Allerdings, das hat man mir mitgeteilt«, erklärte Kökkenmöddinger. »Kürzungen müssen sein, weil die Firma nicht gut läuft und man nicht vorschnell entlassen will.«

»Siehst du.« Heinz wirkte beleidigt. »Du solltest lieber auch arbeiten, statt anderen Leuten etwas zu stehlen …«

»Ich habe doch gerade erklärt, was es mit dem Obst und Gemüse auf sich hat.« Kökkenmöddinger schnaufte. »Ich finde es auch gewiss nicht verwerflich, dass du arbeitest. Aber deine Frau denkt, du fährst zusätzliche Nachtschichten, und macht sich deshalb Sorgen. Warum lügst du Bärbel an?«

Heinz' Gesichtsausdruck wurde starr. »Das geht dich gar nichts an.«

»Ach?« Kökkenmöddinger stemmte die Hände in die Hüften. »Auf einmal geht mich das nichts an? Wenn ihr sonst Probleme habt, nimmst du meine Hilfe doch ganz gerne an. Wenn es um einen Überfall geht oder wenn man dich einer Straftat verdächtigt …« Er redete sich richtig in Rage. »Dann ist der alte Kökki gut genug.«

»Ha, weshalb hat man mich denn einer Straftat verdächtigt?«, höhnte Heinz. »Wer war denn schuld, dass ich damals verhaftet worden bin, hä?«

»Ich bitte dich, das war ein Missverständnis«, konterte Kökkenmöddinger. »Nicht ich war da der Verbrecher. Aber ich habe dir immer wieder aus der Patsche geholfen!«

»In die du mich mit deinen komischen Geschichten immer wieder reinbringst«, schimpfte Heinz. »Und jetzt? Jetzt bringst du mich schon wieder in eine unmögliche Situation. Ich muss die Polizei rufen, sonst bin ich meinen Job als Wachmann auch noch los.«

»Wieso auch noch?« Kökkenmöddinger musterte ihn. »Hat die Chefin dich rausgeworfen?«

»Noch nicht«, knurrte Heinz. »Aber das ist ja nur eine Frage der Zeit. Zumal unser ›Doktor Kökkenmöddinger‹ ja der große

Star am Taxifahrerhimmel ist. ›Weißt du, Heinz, Kökki kann ich mit Kulturprogramm einsetzen, und er hat so tolle Umgangsformen!‹« Er schnaubte verächtlich. »Tolle Umgangsformen sind das! Der Herr Doktor raubt nach Feierabend in Meißen Supermärkte aus!«

»Das ist ja solch ein dummes Gerede!« Kökkenmöddinger spürte Wut in sich aufsteigen. »Darum geht es doch überhaupt nicht. Deine Frau sitzt zu Hause und macht sich Sorgen, dass du nachts durch Dresden fahren musst. Sie denkt, du fährst Doppelschichten. Du lügst sie einfach an! Das hat doch gar nichts damit zu tun, dass ich offenbar als Kulturtaximann gelte. Überhaupt nichts!«

»Das. Geht. Dich. Nichts. An«, wiederholte Heinz mit versteinerter Miene. »Ein Wort zu Bärbel, und ich zeige dich an wegen Diebstahls. Ich lasse mich von dir nicht erpressen!«

»Wie bitte?« Nun wurde Kökkenmöddinger laut. »Ich dich erpressen? Was versuchst du denn gerade?« Er begann, Gemüse aus dem Kofferraum in die leere Kiste zu pfeffern. »Da hast du deinen Quatsch!« Schnell war die Kiste wieder gefüllt. Er stellte sie direkt vor Heinz′ Füße und holte dann die nächste Kiste aus dem Kofferraum. »Bitte, sorg doch dafür, dass einwandfreie Lebensmittel weggeschmissen werden dürfen!« Auch die dritte Kiste landete auf dem Boden. »Weißt du was? Such dir doch einfach einen zusätzlichen Job, der nicht so selten hirnrissig ist, wie Lebensmittel zu bewachen, die bedürftigen Kreaturen guttun würden! Dann musst du deine bedauernswerte Frau auch nicht anlügen.«

Kökkenmöddinger stieg ein, setzte sich hinters Steuer, gab Gas und brauste vom Hof.

Beinahe wäre Kökkenmöddinger in eine Blitzerfalle gerast, so wütend war er noch immer auf dem Heimweg nach Dresden.

»Alles immer nur Lug und Trug«, schimpfte er vor sich hin. »Heinz ist bekloppt! Jawoll! Idiot!« Er schnaufte. Aber es war ja nicht nur Heinz. Er schaltete Musik ein und nahm die Clapton-CD gleich wieder aus dem Abspielgerät. Dieser Ullmann-Brixdorf … »Ein ganz besonders bekloppter Idiot!«

Kökkenmöddinger schaltete das Radio ein. Nach wenigen Takten irgendeines belanglosen Mainstreamsongs plauderte eine männliche Stimme über das sich abkühlende Wetter. Kökkenmöddinger verzog das Gesicht. »Kunststück, im Herbst wird es herbstlich.« Dann ertönte ein Erkennungsjingle von Radio Elbradar. Kökkenmöddinger schnaufte. Hielten die ihn eigentlich für doof? Musste man ihn alle paar Minuten daran erinnern, welchen Sender er hörte?

Nun ertönte auch noch die Stimme von Jelena: »… begrüßen wir Sie an diesem Abend zu unserem Partymix am Wochenende mit Musik für jeden Geschmack …«

Kökkenmöddinger drehte Jelena den Ton ab. Pffft! Lug und Trug, auch bei ihr. Dabei hörte man es doch schon an ihrer Stimme, dass etwas nicht stimmte …

Er fummelte eine CD aus dem Türfach. Aha, ZZ Top. Sehr gut!

Kurz darauf drang harter Gitarrensound aus den Lautsprechern. Kökkenmöddinger drehte die Lautstärke richtig auf. »Sharp Dressed Man« war eines seiner Lieblingsstücke. Rhythmisch schlug er mit der Hand aufs Lenkrad.

Lug und Trug, wo immer er hinsah. Es reichte. Es reichte endgültig. Morgen würde er aufräumen. Morgen würde er Klartext sprechen. Zuallererst mit Jelena. Er warf einen Blick in den Rückspiegel. Oje, aber zunächst sollte er sich vollständig rasieren. Er riss sich das Pflaster aus dem Gesicht, als er einen dicht auffahrenden Wagen hinter sich bemerkte.

Die schon wieder! Kökkenmöddinger schnaubte vor Wut,

drehte die Musik noch etwas lauter und gab Gas. Denen würde er ebenfalls eins husten.

Er blinkte rechts und ordnete sich vor der Brücke in Niederwartha ein, um im allerletzten Moment das Steuer nach links zu reißen und in entgegengesetzter Richtung auf die Brücke zu fahren. Im Rückspiegel sah er einen großen Wagen in Richtung Dresden preschen. Kökkenmöddinger beruhigte sich etwas und fuhr Richtung Radebeul. Das waren keine Verfolger gewesen, sonst hätten sie längst gewendet und ihn eingeholt. Er drehte bei dem ganzen Durcheinander von Geheimnistuerei und Versteckerei langsam, aber sicher durch. Das war nichts für seine Seele …

Von der Wahrheit der Seele zur Freiheit der Seele … Wo war eigentlich seine Zeitschrift *Denken & Verstehen* hingekommen? Sie musste noch irgendwo hier im Wagen liegen.

Als er eine Dreiviertelstunde später sein Taxi unweit vom Eingang der Kleingartenanlage parkte, entdeckte er die Zeitschrift im Fußraum. Sie war offenbar vom Beifahrersitz gerutscht. Sein Blick fiel auf die Reisetasche, in der Ullmann-Brixdorf einen Haufen Bargeld deponiert hatte. Mit einer gezielten Bewegung klemmte er die Tasche unter den Beifahrersitz. Es war sicherer, wenn man sie nicht von außen erkennen konnte. Und unter dem Sitz war sie vermutlich noch besser verstaut als im Kofferraum.

Kökkenmöddinger klemmte sich die Zeitschrift unter den Arm, lief zur Gartenanlage hinüber und trat durch das angelehnte Tor. Da hatte der alte Ullmann-Brixdorf ja mal mitgedacht. Allerdings konnte er das nicht von sich selbst behaupten: Ohne Taschenlampe stolperte er durch die dunkle Gartenanlage und fluchte leise vor sich hin.

Dort vorn war ein Baum, an dem es nach links gehen musste. Irgendwo weiter hinten sah er einige Lichter. Das war vermutlich der Weg zur Laube von Jelenas Eltern. Vorsichtig tastete sich Kökkenmöddinger an Zäunen, Hecken und Toren entlang, bis er den breiteren, immerhin spärlich beleuchteten Weg erreicht hatte. Erleichtert stellte er bald darauf fest, dass er richtig sein musste. Ein ebenso bekannter wie markanter Zigarrenduft reizte seine Nase. Er hatte nicht gedacht, dass er sich über diesen Geruch mal freuen würde. Aber nun war er erleichtert. Offenbar war der Konsul wohlbehalten im Garten angekommen.

Gleich darauf war Kökkenmöddinger jedoch schon wieder verärgert. Er hörte den Konsul laut und dröhnend lachen. Hatten sie nicht Ruhe vereinbart? War ihm denn nicht klar, dass er sich leise und unauffällig verhalten musste? Und mit wem zum Teufel kicherte er da überhaupt herum?

Kökkenmöddinger beschleunigte seine Schritte. Jelena konnte es jedenfalls nicht sein. Die salbaderte im Radio herum …

»Meine Beste«, hörte er Ullmann-Brixdorf herumschmeicheln. »Wenn ich dich nicht hätte …«

Kökkenmöddinger verdrehte die Augen. Das Gartentor quietschte leise, als er es öffnete.

»Natürlich, mein Schatz …« Wieder ertönte das gönnerhafte Lachen des Konsuls. »Du musst mich auch verstehen. Mir sind da die Hände gebunden … Nein, nicht gefesselt! Nein, niemand hat mich gefesselt … Gefesselt bin ich nur von dir, mein Schatz.«

Kökkenmöddinger betrat den Garten und ging um die Laube herum. Da stand Ullmann-Brixdorf in Latzhose und Gummistiefeln, mit Perücke und Käppi, rauchte und telefonierte.

Kökkenmöddinger hielt inne, doch der Konsul hatte ihn schon bemerkt und winkte mit der glühenden Zigarre.

»Ja, meine Herzallerbeste, du musst dir keine Sorgen machen«, versprach er in samtiger Stimmlage. »Ich versichere dir, mir geht es ganz hervorragend. Nur du fehlst mir natürlich schrecklich.«

Kökkenmöddinger atmete auf. Immerhin sprach der Konsul nun endlich mit seiner Frau. Es war zwar etwas riskant, das Smartphone zu benutzen, falls man versuchte, ihn zu orten. Doch sicher würde sich die ganze Geschichte klären, wenn er nicht mehr als Entführungsopfer durch die Medien geisterte.

Kökkenmöddinger verzog sich in die Laube. Doch auch hier blieb ihm nichts anderes übrig, als dem Gesäusel des Konsuls zu lauschen.

»Du, mein Schnuffelschneckchen, ich muss jetzt mal Schluss machen«, schnäbelte er in sein Telefon. »Ja, ich muss doch auch mal schlafen. Morgen ist wieder ... Genau ... Ein aufregender Tag. Und du musst dich auch erholen. Vergiss nicht deinen Schönheitsschlaf.« Er lachte. »Nein, natürlich hast du den nicht nötig ... Schlaf gut, mein Schatz, träum schön ... von mir natürlich.«

Kökkenmöddinger legte die Zeitschrift auf den Tisch, nahm zwei Gläser aus dem Schrank und goss Wein ein. Dabei musste er wieder an Jelena denken. Wieso hatte sie nur so viel getrunken? Und das in ihrem Zustand ...

Ullmann-Brixdorf unterbrach seine Gedanken mit einem festen Schulterklopfen. »Kökkenmöddinger, da sind Sie ja endlich.«

»Hmh.« Kökkenmöddinger nickte und trank. »Prost! Und Glückwunsch.«

»Glückwunsch?« Ullmann-Brixdorf griff ebenfalls zum Glas. »Na, ich weiß nicht recht. Wozu denn?«

»Na, dass Sie endlich mit Ihrer Frau gesprochen haben«, erklärte Kökkenmöddinger. »Die Arme muss ja ganz wahnsinnig vor Sorge gewesen sein.«

»Wahnsinnig ist sie wohl.« Der Konsul lachte laut auf. »Schon immer gewesen. Schließlich hat sie mich geheiratet.«

»Da ist vermutlich etwas dran.« Kökkenmöddinger ließ sich

auf der Schlafcouch nieder. »Aber mal im Ernst. Wieso haben Sie ihr das so lange angetan?«

»Ich habe ihr nichts angetan«, entgegnete Ullmann-Brixdorf. »Und das am Telefon ... Das war nicht meine Frau. Das war mein Hanka-Hasi.«

»Was für ein Hasi?« Kökkenmöddinger horchte auf.

»Hanka, meine süße kleine Freundin«, erklärte der Konsul. »Ein tolles Weib. Einmalig schön. Mein ganzer ...«

»Was?« Kökkenmöddinger setzte sich aufrecht hin. »Sie verstecken sich hier vor irgendwelchen Gangstern, vor Ihren eigenen Bodyguards, alle denken, Sie seien entführt, Ihre Frau ist total am Boden, und Sie telefonieren mit irgendeinem Hasi?« Er leerte sein Weinglas in einem Zug. »Mit Verlaub, Herr Konsul, aber sind Sie noch ganz dicht?«

»Hanka. Ich habe mit Hanka gesprochen«, wiederholte er sichtlich verdutzt. »Sie ist eine tolle Frau. Und ich habe mich alleine gefühlt ...«

Kökkenmöddinger goss sich Wein nach. »Sie ticken wirklich nicht mehr ganz richtig, mein lieber Herr Konsul.« Dann zog er sein Handy samt Ladekabel aus der Tasche. Er musste den Akku über Nacht befüllen, wenn es morgen einsatzbereit sein wollte.

Ullmann-Brixdorf sah ihn erstaunt an. In seiner Verkleidung wirkte er wie ein naiver Junge, der sich tatsächlich keiner Schuld bewusst war.

»Nun schauen Sie doch nicht so«, verlangte Kökkenmöddinger und schloss Ladekabel und Smartphone an der nächsten Steckdose an. »Sie haben mich schon verstanden. Sie sind angeblich entführt, wir werden von finsteren Gestalten verfolgt, Sie müssen sich verstecken – und nun telefonieren Sie mit ... Hasi!«

»Hanka«, korrigierte der Konsul. »Sie weiß doch gar nicht, wo ich bin und dass ich entführt wurde. Sie weiß doch nicht einmal, dass meine Frau mit nach Deutschland gefahren ist. Hanka weiß gar nichts. Genau genommen weiß Hanka gar nicht wirklich, wer ich bin.«

»In diesem Punkt fühle ich mich Hanka gerade sehr verbunden.« Kökkenmöddinger trank erneut. Dann zog er Jacke und Schuhe aus. »Ich habe so langsam die Nase voll von Ihnen.« Er legte sich aufs Schlafsofa und drehte sich um. »Gute Nacht!«

Tacheles

Als Kökkenmöddinger am Morgen Kaffee kochte, hörte er den Konsul schon wieder vor der Laube herumsäuseln. Er war bemüht, sich auf seine eigenen Gedanken zu konzentrieren, was allerdings angesichts der anhaltenden Grundmüdigkeit misslang. So konnte er sich dem Hasi-Schatzi-Geschmatze, das mit Sicherheit eine Zigarrenlänge lang anhalten würde, mental nicht ganz entziehen.

Mit einer großen Tasse voller heißem Kaffee zog Kökkenmöddinger sich auf seinen Schlafplatz zurück und griff nach der Zeitschrift *Denken & Verstehen*. Interessiert verfolgte er einen Text über Geist und Verstand, in dem es darum ging, ob das Gehirn bewusst gesteuert sei oder vorbewusst oder unbewusst agiere. Geist sei das, was das Hirn mache, so die Autorin. Man spreche durchaus auch von Fantasie. Kökkenmöddinger trank einen Schluck, ohne den Blick vom Text abzuwenden. »Bedienen wir uns daher unseres Gehirns? Nein. Das Gehirn bedient sich seiner selbst.«

»Hmmh«, entfuhr es Kökkenmöddinger. Er nahm noch einen Schluck Kaffee und fuhr sich über das Kinn. Oh, er musste sich endlich fertig rasieren. Er hatte noch immer die Hälfte seines Dreitagebarts im Gesicht. Durchschnittlich also ein Eineinhalbtagebart … Er schüttelte unwillkürlich den Kopf. Offenbar hatte er zu viele der Grafiken in der Zeitschrift wahrgenommen. Da gab es Balkengrafiken zum Thema »Seelenglauben der Deutschen«, Tortengrafiken zum Zusammenhang zwischen »weiblicher Menstruation und Suizid«; Kökkenmöddinger fragte sich unwillkürlich, welche Menstruation denn außer einer weiblichen gemeint sein konnte … Er leerte seine Kaffeetasse. Er wandte sich einem weiteren Artikel des Schwerpunktthemas »Von der Wahrheit der Seele zur Freiheit der Seele« zu. Das war interessant: Das Gehirn solle auch Entscheidungen vor- oder unbewusst treffen. Somit hegte der Autor – und mit ihm offenbar zahlreiche US-amerikanische Forscher – große Zweifel an der These vom freien Willen des Menschen. Das Gehirn habe die Entscheidung bereits getroffen, wenn unser Bewusstsein noch über Handlungsmöglichkeiten reflektiere. Die Seele sei mithin nicht der Geist, sondern ein »hirnimmanent verankertes Wertesystem«, das die Grundlagen für unser Denken bereits festlege …

Kökkenmöddinger stand auf, um sich Kaffee nachzuschenken. Da er den Blick jedoch nicht von der Zeitschrift lassen konnte, wäre er beinahe mit dem hereinkommenden Ullmann-Brixdorf kollidiert.

»Hoppla, mein lieber Kökkenmöddinger«, tönte der Konsul gutgelaunt. »Sie sollten lieber mit hinaus in den Garten kommen. Ein herrliches Wetterchen ist das!«

Kökkenmöddinger sah von seiner Lektüre auf. »So, so.«

»Nun gucken Sie doch nicht so ernst in diese schöne Welt«, verlangte Ullmann-Brixdorf. »Wissen Sie was? Ich werde uns erst mal ein schönes Frühstück besorgen.« Er rieb sich die Hände. »Und danach werden wir uns um den Garten kümmern. Das haben wir Ihrer kleinen hübschen Freundin schließlich versprochen.«

Kökkenmöddinger ignorierte die despektierlich klingende Beschreibung Jelenas. »Apropos Frau, Freundin und so weiter.« Er räusperte sich. »Ich nehme an, Sie haben wieder nicht mit Ihrer Frau telefoniert?«

Der Konsul lachte auf. »Es geht Sie zwar eigentlich gar nichts an, aber Sie nehmen recht an.« Er warf einen Blick in den Kühlschrank. »Was halten Sie von einem kräftigen Bauernomelett?

Ein paar Zutaten benötigen wir zwar dafür, aber darum kümmere ich mich.« Er nahm Eier und eine Gemüsezwiebel aus dem Kühlschrank. »Dann zaubere ich uns etwas Schönes.«

Kökkenmöddinger goss Kaffee nach. »Ja, ja, machen Sie das.« Mit dem Blick in der Zeitschrift ging er zurück zum Schlafsofa. Ob das Gehirn nun freien Willen vorbewusst oder bewusst hervorbrachte, solange es selbständig arbeitete, dachte es subjektiv. Kökkenmöddinger kratzte sich erneut am Kinn. Er legte die Zeitschrift zur Seite und erhob sich.

»Sie sind heute nicht sehr gesprächig, was?« Ullmann-Brixdorf klang irritiert.

»Ich muss mich rasieren«, erklärte Kökkenmöddinger und verschwand in der winzigen Nasszelle hinter der Küchenzeile. Er rückte sich den kleinen Spiegel zurecht und verteilte Rasierschaum auf Kinn und Wangen. Der Einzelne traf seine Entscheidungen im eigenen Kopf. Er setzte das Rasiermesser an. Und er trug für seine Entscheidungen selbst die Verantwortung.

»Ich gehe dann mal«, verkündete der Konsul. »Bis gleich.«

»Ja, ja.« Kökkenmöddinger runzelte die Stirn und schabte sich den Bart vom Kinn. Er selbst traf die Entscheidungen für seine Handlungen und seine Nicht-Handlungen. Und dafür trug er moralische Verantwortung. Er setzte erneut das Messer an. Es genügte nicht zu urteilen oder zu wissen, was das Richtige war. Man musste es auch tun. Er musste es auch tun. Ein letzter Handgriff, dann war die überschüssige Gesichtsbehaarung verschwunden. Er wusch sich den Rasierschaum aus dem Gesicht und blickte in den kleinen Spiegel. Da konnte er sich sein Gehirn theoretisch zermartern, soviel er wollte. Er griff zu Zahnbürste und Zahnpasta. Es gab keine Ausrede für weiteres Zögern. Er schrubbte gewissenhaft seine Zähne. Es gab keine noch so intellektuell befriedigende Erklärung dafür, das Lügen zu dulden und selbst stillzuhalten …

Kökkenmöddinger warf sich die Jacke über, rollte seine Zeitschrift ein und verstaute sie in der Innentasche. Dann griff er zum Autoschlüssel und verließ die Laube. Im Stechschritt ging es durch die Gartenanlage. Binnen weniger Minuten erreichte er sein Taxi, das unweit des Eingangs stand. Er stieg ein, startete den Wagen und machte sich auf den Weg.

Kaum hatte er die Innenstadt erreicht, fiel ihm Jelena ein. Mist, er hatte das Telefon zwar geladen, aber in der Laube liegengelassen. Nun ja, seine Mission würde nicht lange dauern. Jelena würde nach ihrem Dienst am gestrigen Abend kaum vor Mittag im Garten auftauchen.

Kökkenmöddinger steuerte sein Taxi durch den dichten Verkehr. Das Stop-and-go zerrte an seinen Nerven, und er überlegte einen Moment lang, die Altstadt zu umfahren, entschied sich jedoch für den direkten Weg.

Das war sein heutiges Motto: der direkte Weg.

Es ging über den Pirnaischen Platz geradeaus zum Straßburger Platz, ein Stück am Großen Garten vorbei und nach links durch Striesen in Richtung Elbe. In Blasewitz bog er vor dem Schillerplatz ab und parkte seinen Wagen dort, wo er noch vor ein paar Tagen auf den Konsul gewartet hatte.

Wieder musste er einen potentiellen Fahrgast abwehren, ganz entgegen seiner sonstigen Art kurz und knapp und etwas schroff. Eilig lief er von hinten um das Hotel herum und ging durch den Haupteingang direkt zur Rezeption.

»Guten Tag, ich suche Frau Ullmann-Brixdorf«, meldete er an.

»Sie müssen Frau Brixdorf-Ullmann meinen«, stellte die junge Frau am Empfang klar. »Sind Sie von der Presse?«

Kökkenmöddinger verneinte. »Dann möchte ich zu Frau Brixdorf-Ulllmann. Ist sie im Hause?«

»Wer sind Sie denn?«, hakte die Rezeptionistin nach. »Die

Frau Konsul möchte nicht … Nun, sie möchte nur in besonders dringenden Fällen gestört werden.«

»Dies ist ein besonderer Fall«, erklärte er. »Und dringend ist es auch.«

»So?« Die junge Frau verzog keine Miene.

»Mein Name ist Kökkenmöddinger.« Er räusperte sich. »Ich bin ein Freund ihres Mannes. Sagen Sie ihr das.«

Nun griff die Empfangsdame endlich zum Telefonhörer. »Frau Konsul, guten Morgen. Hier ist ein Herr, der sagt, er sei ein Freund des Herrn Konsul, ein Herr …« Sie beugte sich über den Tresen. »Wie war gleich Ihr Name?«

»Kökkenmöddinger.« Er atmete tief durch. »Doktor Kökkenmöddinger. Ich habe Informationen für die Frau Konsul.«

Die junge Frau wiederholte seine Worte, nickte und legte den Hörer auf. »Frau Brixdorf-Ullmann kommt herunter.«

Kökkenmöddinger bedankte sich artig, konnte jedoch nicht umhin, langsam mit den Fingern auf den Tresen zu klopfen, um seine Angespanntheit ansatzweise abzubauen. Er behielt sowohl Treppe als auch Aufzug im Visier. Zwar hatte er die Frau des Konsuls schon kurz im Fernsehen und vor allem in den Zeitungen bei Bärbel gesehen, konnte sich aber nicht mehr recht an ihr Gesicht erinnern.

Der Aufzug öffnete sich und Kökkenmöddinger atmete tief ein. Doch dann trat ein asiatisches Paar aus der Kabine. Kökkenmöddingers Finger trommelten etwas schneller auf den Tresen. Er konzentrierte sich nun auf die Treppe, denn von oben waren Stimmen zu hören. Kurz darauf konnte er aber nur eine Gruppe von Menschen ausmachen, die aufgeregt diskutierend die Stufen herabstiegen.

Kökkenmöddingers Blick wanderte durch die Eingangshalle. Es war wenig los. Das asiatische Paar verließ das Hotel. Die Gruppe der Diskutierenden folgte ihnen, nachdem sie allesamt ihre Schlüssel an der Rezeption abgegeben hatten. In einer der dezenten Sitzgruppen saß eine Frau und blätterte in einer Illustrierten. Ihre Aufmachung wirkte etwas exaltiert, und eine lange blonde Mähne wallte über ihre spärlich bekleideten Schultern. In dem Outfit würde sie sich heute sicherlich erkälten, dachte Kökkenmöddinger und richtete seine Aufmerksamkeit wieder auf den Aufzug.

In diesem Moment summte das Telefon an der Rezeption, und die Mitarbeiterin griff sofort zum Hörer. »Empfang. Guten Tag. Was kann ich für Sie tun?«

Kökkenmöddingers Finger tanzten noch immer auf dem Tresen, während er unwillkürlich die Stufen der breiten Treppe zu zählen begann.

»Herr, ähm, Kökkenmöddinger?«, fragte die junge Frau vom Empfang. »Die Frau Konsul möchte Sie doch bitten, nach oben in ihre Suite zu kommen. Es ist die Nummer dreihundertzwei im dritten Stock.«

»Ah, danke.« Kökkenmöddinger stieß sich vom Tresen ab, ging auf den Aufzug zu, zögerte kurz und nahm dann doch die Treppe. Ein bisschen Bewegung konnte nicht schaden. Bis zum ersten Treppenabsatz zählte er fünfundsechzig Stufen. Auf dem Treppenabsatz im dritten Stock brauchte er eine kurze Verschnaufpause. Dann folgte er der Beschilderung in den linken Gang und hielt vor der mit »dreihundertzwei« beschrifteten Tür.

Als er die Hand zum Anklopfen hob, öffnete sich die Tür bereits. Eine Dame erschien dahinter, legte den Zeigefinger auf die Lippen und sagte leise: »Kommen Sie herein.«

Kökkenmöddinger tat wie ihm geheißen. Die Tür wurde hinter ihm geschlossen. »Frau Ullmann-Brix…, ähm, Brixdorf-Ullmann?«, raunte er.

Sie schüttelte den Kopf. »Nein, nein. Kommen Sie, ich bringe Sie zu ihr.«

Die Frau führte ihn durch einen großzügigen Vorraum in ein heimelig wirkendes Wohnzimmer. Die Vorhänge waren zugezogen und zwei Stehlampen spendeten gedämpftes Licht. Ein Violinkonzert bildete die dezente Geräuschkulisse, und ein bekannter Geruch stieg Kökkenmöddinger in die Nase. Das roch wie die Zigarren des Konsuls. Dann sah er eine ebensolche im Aschenbecher auf dem Tisch dampfen.

»Nehmen Sie bitte Platz«, raunte die Dame, die trotz ihrer sehr klassischen Aufmachung mit Kostüm und Dutt ausgesprochen jung wirkte. »Die Frau Konsul wird gleich bei Ihnen sein.«

Erfreut nahm Kökkenmöddinger in einem der großen Sessel Platz. Seine Beine schmerzten vom langen Herumstehen und Treppensteigen. Irritiert beobachtete er den aufsteigenden Rauch der Zigarre. Lange konnte sie hier noch nicht liegen, sonst wäre sie bereits ausgegangen.

»Guten Morgen, Herr Doktor …« Eine energisch wirkende Dame um die fünfzig betrat den Raum und kam auf ihn zu.

Kökkenmöddinger sprang auf und reichte ihr die Rechte. »Kökkenmöddinger«, stellte er sich vor. »Guten Morgen, Frau Konsul.«

»Brixdorf-Ullmann«, korrigierte sie bestimmt. »Ich arbeite nicht im Konsulat. Ich arbeite genau genommen überhaupt nicht.« Sie deutete auf den Sessel. »Bitte.« Dann ließ sie sich auf dem Sofa nieder. »Ich gehe in der Tat nur der Tätigkeit Ehefrau nach. Das bringt mehr Arbeit als Anerkennung mit sich.«

Kökkenmöddinger schmunzelte.

»Sie sind also ein Freund meines Mannes?« Ihr Tonfall klang skeptisch. »Das kann gar nicht sein. Mein Mann hat keine Freunde.«

»Nun ja.« Kökkenmöddinger runzelte die Stirn. »Freund ist vielleicht etwas viel gesagt. Bekannter im Gegenzug allerdings weitaus zu wenig. Lassen Sie es mich so sagen: Ich bin hier in einer freundschaftlichen Mission.«

»Darf ich Ihnen etwas zu trinken anbieten?«, fragte sie. »Einen Kaffee vielleicht?« Sie nahm zwei Kognakschwenker vom Tablett auf dem Tisch und griff zur Karaffe.

»Gern.« Kökkenmöddinger nickte. »Und bitte ohne Kognak.«

Sie lächelte. »Nun gut.« Dann nahm sie die Zigarre mit spitzen Fingern aus dem Aschenbecher. »Tihanka, bringst du uns bitte zwei Kaffee?«

»Gern«, war die prompte Antwort aus dem Nebenraum.

»Es stört Sie doch nicht, wenn ich rauche?« Frau Brixdorf-Ullmann sah Kökkenmöddinger forschend an.

»Nicht doch.« Er lächelte. »Sie rauchen dieselbe Marke wie Ihr Mann?«

Sie seufzte, saugte an der Zigarre und blies kurz darauf Rauch aus. »Nur, wenn er nicht da ist. Die Zigarre, der Rauch. Das ist mir so vertraut. Ich vermisse ihn dann weniger.«

»Machen Sie sich nicht so viele Sorgen«, hob Kökkenmöddinger an, als die junge Frau den Raum betrat.

Sie stellte zwei Tassen und zwei Kännchen sowie Milchgefäß und Zuckertopf auf den Tisch. »Der Kaffee, bitte sehr.«

»Danke, Tihanka.« Frau Brixdorf-Ullmann begann, erst Kökkenmöddingers und dann ihre Tasse mit Kaffee zu füllen. »Das, Herr Kökkenmöddinger, ist übrigens Frau Hoffmans. Sie ist meine Dolmetscherin.«

Kökkenmöddinger nickte der jungen Frau zu, die dieses Nicken freundlich lächelnd erwiderte.

»Ist es richtig, dass Sie ein Freund des Herrn Konsul sind?«, fragte sie.

»Ja, ja, ja«, kam Frau Brixdorf-Ullmann seiner Antwort zuvor. »Und wie Sie sehen, spricht der Herr Doktor deutsch. Wir brauchen Sie also nicht, Tihanka.« Sie füllte die beiden Kognakschwenker und wandte sich wieder Kökkenmöddinger zu. »So, mein lieber Doktor, dann schießen Sie mal los.«

Kökkenmöddinger stellte erstaunt fest, dass sowohl Habitus als auch Duktus dieser Frau dem ihres Mannes ausgesprochen ähnlich waren. Das irritierte ihn, konnte ihn jedoch von seinem Anliegen nicht abbringen. »Frau Brixdorf-Ullmann, Ihrem Mann geht es gut«, sagte er. »Sie sollten meiner Meinung nach wissen, dass er keineswegs entführt wurde.«

Sie sah ihn an, nahm einen kräftigen Schluck Kognak und schloss die Augen. »Sagen Sie mir jetzt bitte nicht, dass wieder eine Frauengeschichte dahintersteckt.«

»Nein, da kann ich Sie beruhigen«, erklärte Kökkenmöddinger. »Offen gestanden weiß ich selbst nicht recht, was genau hinter all dem Versteckspiel steckt. Aber eine Frau ist es gewiss nicht.« Er dachte an die Angst des Konsuls vor den Verfolgern. »Wissen Sie etwas über die Drohungen gegen Ihren Mann? Er sagte, solche Drohungen seien der Grund dafür, dass er ständig bewacht wurde. Er sagte jedoch auch, diese Drohungen seien nicht ernst zu nehmen.«

Frau Brixdorf-Ullmann leerte ihr Kognakglas und griff dann zur Kaffeetasse. »Natürlich sind diese Drohungen ernst zu nehmen«, erklärte sie energisch. »Unbedingt sogar. Man sollte nur den Sicherheitskräften keinesfalls trauen. Das habe ich ihm schon in Skopje gesagt. ›Klaus-Dieter‹, sagte ich, ›lass uns einen deutschen Sicherheitsdienst beauftragen.‹« Sie verdrehte die Augen. »Das wollte er natürlich nicht. Gar nichts wollte er, dieser blauäugige Mensch. Aber selbstverständlich hatte er eine Begründung …«

»Ach, und welche?« Kökkenmöddinger beugte sich vor. Ahnte er es doch, dass der Konsul ihm nicht die ganze Geschichte erzählt hatte.

»Nun, Klaus-Dieter ist kein Diplomat.« Sie schenkte sich Kognak nach. »Er ist als Konsul auf die Arbeitsgenehmigung des Gastlandes angewiesen. Bei der zuletzt sehr instabilen Lage und dem Sturz der korrupten alten Regierung wollte er kein Fass aufmachen.« Sie trank. »Im Grunde war er von Anfang an davon überzeugt, dass die alte mafiöse Regierung hinter den Drohgebärden steckte, um sich die Handelsbeziehungen zu den deutschen Firmen vor Ort zu sichern.« Frau Brixdorf-Ullmann sah ihn an. »Moment mal ... Aber ich habe doch mit seinen Entführern gesprochen. Und ich habe das Lösegeld bezahlt.«

Kökkenmöddinger rieb sich die Schläfe. »Das verstehe ich alles nicht wirklich«, gab er zu und trank seinen Kaffee.

»Sie wissen doch etwas ...« Die Frau des Konsuls klang lauernd.

»Nein, tut mir sehr leid.« Kökkenmöddinger schüttelte den Kopf. »Ich fürchte, ich weiß noch viel weniger als Sie. Ich wusste ja lange Zeit gar nicht, dass der Herr Konsul ein Konsul ist.« Er erhob sich. »Gnädige Frau, ich bin wirklich nur gekommen, um Ihnen mitzuteilen, dass es Ihrem Mann gutgeht. Sie müssen sich keine Sorgen machen.«

Sie stand auf und zog an ihrer Zigarre. »Sie machen mir ja Spaß. Was soll ich davon denn nun halten?«

Kökkenmöddinger deutete eine Verneigung an. »Was immer Sie wollen. Nur so viel: Machen Sie sich keine Sorgen. Ihrem Mann geht es gut. Er wurde nicht entführt.« Er sah ihre verständnislose Miene. »Und es steckt auch keine Frau dahinter. Er hat sich nur ein paar Tage Auszeit gegönnt.«

»Und wer genau sind Sie, Herr Doktor?« Sie zog die Augenbrauen hoch.

»Das ist nicht weiter wichtig. Wichtig ist nur, dass Sie sich keine Sorgen machen.« Kökkenmöddinger lächelte und verabschiedete sich. »Danke, ich finde allein raus.«

Als er wieder auf dem Hotelflur stand, atmete er auf. Er hatte seine Mission erfüllt. Jetzt konnte er ruhigen Gewissens in den Garten zurückfahren, dem Konsul noch einmal ins Gewissen reden und schließlich den Rest des Tages mit Jelena genießen.

Beschwingten Schrittes stieg er die fast vierhundert Stufen bis in die Hotelhalle hinunter. Als er an der Rezeption vorbei auf den Ausgang zumarschierte, sah er die Dolmetscherin der Frau Konsul in einer der Sitzgruppen Platz nehmen. Er hielt kurz inne. Sie sprach mit der Blondine, die ihm zuvor schon aufgefallen war. Und jetzt bemerkte er, dass er die Frau kannte. Das war die eigenartige Schießbudenfigur aus der Bar in dem Hotel in Lohmen.

Kökkenmöddinger stutzte. Die beiden Frauen sprachen erregt aufeinander ein. Er wandte sich zur Rezeption, um die beiden nicht so auffällig anzustarren.

»Was kann ich für Sie tun?« Jetzt war ein junger Mann hinter dem Empfangstresen.

»Ich, ähm …« Kökkenmöddinger überlegte kurz. »Hat hier jemand ein Taxi gerufen?« Er warf einen Blick über die Schulter. Die beiden Frauen unterhielten sich.

Der Empfangsmitarbeiter sah auf seinen Monitor. »Nein, nicht dass ich wüsste. Über die Rezeption jedenfalls wurde kein Taxi geordert.«

»Oh, dann war wohl einer meiner Kollegen schneller«, sagte Kökkenmöddinger. »Danke.«

Er schlenderte zur Tür und ließ die beiden Frauen nicht aus den Augen. Die Dolmetscherin übergab der anderen nun etwas, das aussah wie ein dickes Kuvert. Kökkenmöddinger ging hinaus und blieb einen Moment lang unschlüssig vor dem Hotel stehen. Das war in der Tat eine sehr eigenartige Verbindung. Was hatte die Dolmetscherin der Ullmann-Brixdorfs mit dieser seltsamen Person zu schaffen? Und warum drückte die sich erst in dem einen und dann im anderen Hotel herum?

Ein Blick auf die Uhr hielt ihn zur Eile an. Er wollte rechtzeitig wieder in der Gartenlaube sein, wenn Jelena kam. Und vor allem wollte er sich den Konsul noch einmal zur Brust nehmen. Schließlich deuteten die Angaben seiner Frau darauf hin, dass die Drohungen vorab keineswegs so lapidar gewesen waren, wie er sie dargestellt hatte. Vermutlich ließen ebenjene Drohungen alle glauben, dass er tatsächlich entführt worden sei.

Etwas abgehetzt erreichte Kökkenmöddinger den Garten der Jankows. Diesmal stand der Konsul alias Helmut Scholz nicht rauchend im Garten. Auch Telefongesäusel war nirgends zu vernehmen.

Kökkenmöddinger klopfte an die Laube und öffnete die Tür. Dunkel war es drinnen und so still, dass er automatisch hineinschlich, ohne das Licht zu betätigen. Vielleicht schlief Ullmann-Brixdorf ja nach seinem ausgiebigen und einsamen Frühstück. Er hätte ihm einen Zettel hinterlassen sollen. Aber mit welchem Text? »Informiere jetzt Ihre Frau, nachdem Sie das selbst nicht schaffen …«?

Langsam gewöhnten sich seine Augen an die Dunkelheit. Und nachdem das konsultypische Schnarchen ausblieb, betätigte er die kleine Lampe auf dem Beistelltisch und sah … nichts. Es war niemand da.

»Herr Ullmann-Brixdorf?« Kökkenmöddinger biss sich auf die Lippen. »Herr Scholz?«

Keine Antwort. Offenbar war der Konsul auch nicht in der kleinen Toilette samt Nasszelle hinter der Küchenzeile.

Kökkenmöddinger sah sich in der Laube um. Im Küchenbereich stand eine halbvolle Einkaufstasche. Das Geschirr war gespült, Topf und Pfanne offensichtlich unbenutzt. Nur ein Rest Kaffee dümpelte noch in der Kanne.

Wie eigenartig. Ob der Konsul einen Spaziergang machte?

Offenbar hatte er sich noch einmal auf den Weg gemacht, nachdem er vom Einkauf in die leere Laube zurückgekehrt war.

Kökkenmöddinger schaute nach, ob Ullmann-Brixdorf vielleicht eine Nachricht hinterlassen hatte. Doch auf dem Tisch lag nur eine aufgeschlagene Ausgabe der *Tagespost*. Auf der Doppelseite prangte ein großes Foto der Frau Konsul samt ihrer Dolmetscherin. Die dazugehörige Schlagzeile war: »Entführter Konsul bleibt verschollen – Experten gehen vom Tod der Geisel aus«.

Kökkenmöddinger runzelte die Stirn. Etwas eigenwillig hatte er Frau Brixdorf-Ullmann durchaus gefunden, aber den Eindruck einer am Boden zerstörten Witwe hatte sie nicht gemacht. Obwohl Jelena etwas in dieser Art von der Pressekonferenz berichtet hatte. Nun ja, dieses Schmierblatt brauchte vermutlich nach ein paar Tagen eine vermeintliche Neuigkeit. Tagelang nur über eine spurlos entführte Person zu lesen, wurde sicher selbst einem *Tagespost*-Abonnenten zu langweilig.

Vielleicht hatte die Schlagzeile aber Ullmann-Brixdorf erreicht, so dass er sich endlich selbst auf den Weg zu seiner Frau gemacht hatte.

Kökkenmöddinger nahm sein Smartphone zur Hand und schaltete es ein. Es dauerte einen Moment, bis das Gerät bereit war. Dann wurden drei Nachrichten in Abwesenheit angezeigt. Eine davon war älteren Datums und von Jelena. Die anderen beiden waren Anrufe der Zentrale. Kökkenmöddinger betätigte den Rückruf.

Als sich Sarah aus der Zentrale meldete, unterbrach Kökkenmöddinger schnell ihren üblichen Begrüßungswortfluss. »Sarah, ich bin's, Kökki. Du hast versucht, mich zu erreichen …«

»Stimmt, gestern schon«, antwortete Sarah. »Gut, dass du anrufst.«

»Ich habe immer noch meinen Dauergast«, erklärte er schnell. »Sonst hätte ich mich schon …«

»Nee, darum geht es auch nicht«, unterbrach ihn Sarah. Sie war offenbar in Eile. »Die Polizei war hier. Die suchen dich, weil sie irgendwelche Fragen haben.«

»Die Polizei?« Kökkenmöddinger kratzte sich am Kinn. »Was wollten sie denn? Haben sie etwas gesagt?«

»Nein, sie haben nichts weiter gesagt«, erwiderte Sarah. »Du sollst dich dort melden wegen einer Zeugenaussage oder so.«

»Hmmh …« Kökkenmöddinger überlegte. War vielleicht doch irgendetwas von dem Autorennen und dem Blechschaden bis zur Polizei durchgesickert? Vielleicht hatte einer der jungen Kerle ein schlechtes Gewissen bekommen und sich selbst angezeigt …

»Kökki?«, fragte Sarah. »Bist du noch dran?«

»Ja, klar.« Er rieb sich erneut das Kinn. »Ich überlege, was die von mir wollen könnten. Haben sie denn gar nichts angedeutet?«

»Nein, nischt.« Sarah klang gehetzt. »Ich dachte allerdings, du weißt, was sie wollen, und habe nicht weiter nachgefragt.« Sie schnalzte mit der Zunge. »Du, Kökki, ich habe zwei Anrufe auf der anderen Leitung. Du meldest dich, wenn du zurück im regulären Dienst bist?«

»Ja, mache ich. Lass dich nicht stressen. Ahoi!« Er beendete das Gespräch. Sein Magen grummelte. Erst jetzt fiel ihm auf, dass er heute noch nichts gegessen hatte.

Er wollte gerade den Kühlschrank öffnen und ein Stück Käse herausholen, als es an der Tür klopfte. Sogleich flog die Tür auf und herein kam eine ziemlich aufgeregte Jelena.

»Kökki!« Sie fiel ihm um den Hals. »Gott sei Dank bist du hier.«

»Ups.« Er grinste. »Das nenne ich mal eine Begrüßung. Ich freue mich auch, dich zu sehen. Ist etwas passiert?« Dann erinnerte er sich an Schokoladencrème und Gewürzgurken, und seine Miene verfinsterte sich. »Du willst mir etwas sagen, stimmt's?«

»O ja.« Jelena nickte und ließ sich dann auf die ungemachte Schlafcouch fallen. »Hast du einen Kaffee für mich?«

»Ähm, ich könnte frischen Kaffee kochen.« Kökkenmöddinger zögerte. Er hatte einmal in einer Frauenzeitschrift gelesen, dass Frauen in der Schwangerschaft ihren Koffeinkonsum einschränken sollten. »So viel Kaffee ist aber nicht gut für dich.«

Sie seufzte. »Da hast du wohl recht. Ich bin ohnehin schon nervös genug.«

»Dann mal raus mit der Sprache!« Kökkenmöddinger zog sich einen Stuhl heran und setzte sich rittlings darauf. »Ich nehme an, du möchtest etwas … beichten.«

»Beichten? Ich?« Jelena tippte sich an die Stirn. »Bei dir piept's wohl!«

Kökkenmöddinger hob beschwichtigend die Hände. »So wörtlich habe ich es nicht gemeint …«

»Die Polizei war bei uns«, platzte Jelena heraus. »Und das nicht zum ersten Mal. Sie haben die Nachbarschaft befragt.«

Kökkenmöddinger stutzte. Hatte nicht der komische Nachbar aus dem Erdgeschoss auch von der Polizei gesprochen? »Und was wollten sie?«

»Dich!« Jelena klang aufgebracht. »Wenn du mich fragst, mit deinem komischen Konsul ist mehr faul, als wir ahnen. Ihr müsst hier verschwinden!«

»Wir? Das ist gut. Unser Herr Konsul hat sich mal wieder in Luft aufgelöst.« Kökkenmöddinger schnaufte und deutete auf den Tisch. »Das ist das Einzige, was er hinterlassen hat: die Zeitung.«

Jelena griff zur Zeitung. »Seine Frau. Die kenne ich von der Pressekonferenz. Aber wer ist die da?« Sie zeigte auf die jüngere Frau auf dem Foto.

»Das ist ihre Dolmetscherin«, erklärte Kökkenmöddinger. »War die nicht mit auf der Pressekonferenz?«

»Nein.« Jelena schüttelte den Kopf. »Warum auch? Und überhaupt: Was will die deutsche Gattin des deutschen Konsuls in Deutschland mit einer Dolmetscherin? So schlimm ist unser Sächsisch nu ooch ni …«

Eine halbe Stunde später erreichte Kökkenmöddinger mit quietschenden Reifen erneut das Hotel, in dem Frau Brixdorf-Ullmann residierte. Diesmal hielt er direkt vor dem Haupteingang, sah sich kurz in der Lobby um und eilte direkt zur Treppe.

»Ich will zur Frau Konsul«, rief er dem vage protestierenden Rezeptionisten zu. »Sie müssen mich nicht anmelden.«

Dann ging es im Eiltempo die Stufen hoch in den dritten Stock.

Kökkenmöddinger klopfte energisch an die Tür mit den Ziffern 302 und trat sofort ein, als geöffnet wurde.

»Frau Brixdorf-Ullmann, wir müssen noch einmal reden«, polterte er los. »Ich habe etwas Entscheidendes vergessen.«

Als er das Wohnzimmer erreichte, sagte sie: »Herr Doktor …«

Dann bemerkte er, dass sie in Begleitung zweier Herren war, die ihm entschlossen entgegentraten.

»Das ist der Mann!«, erklärte die Frau des Konsuls. »Am besten, Sie nehmen ihn gleich mit.«

Kökkenmöddinger sah von einem zum anderen. »Was ist denn hier los?«

Einer der Männer zückte einen Ausweis. »Polizei. Sind Sie Tjelle Rasmus Kökkenmöddinger?«

Er nickte. »Ja, aber …«

»Bitte begleiten Sie uns aufs Präsidium«, sagte der andere.

»Aber warum denn?«, fragte Kökkenmöddinger irritiert.

»Sie sind festgenommen«, erklärte der Erste der beiden Männer ungerührt.

Der Zweite tastete seinen Oberkörper ab. »Was haben wir denn hier?« Er griff in die Innentasche seiner Jacke.

»Eine Zeitschrift.« Kökkenmöddinger hob unwillkürlich die Hände.

Der erste reichte dem zweiten ein paar Handschellen.

»Nicht nötig«, protestierte Kökkenmöddinger. »Ich komme freiwillig mit.«

Weggeschlossen

Über drei Stunden lang hatten die Polizisten Kökkenmöddinger mit unzähligen Fragen gelöchert. Blödsinnige Fragen, sich ständig wiederholende Fragen und rhetorische Fragen, obwohl die Herrschaften ganz offensichtlich nicht gerade Meister der Redekunst waren.

»Haben Sie mit unseren sauer verdienten Steuergeldern nichts Besseres zu tun, als mir immer dieselben Fragen zu stellen, die ich natürlich auch drei Stunden später nicht besser beantworten kann?«, hatte er eingeworfen.

»Die Fragen müssen Sie schon uns überlassen.«

Es war wie in einem schlechten Fernsehkrimi. Polizeipsychologen nannten das vermutlich Zermürbungstaktik. Doch wo nichts ist, da kann man auch nichts zermürben. Er war nun einmal nie in Mazedonien gewesen. Und er kannte die dortigen Verhältnisse kaum bis gar nicht, weder was die Regierung betraf noch ihre Opposition. Und irgendwelche Freiheitskämpfer im Untergrund hatte nicht einmal Jelena erwähnt. Oder doch?

»Sie stellen sich doch absichtlich doof«, hatte man ihm vorgeworfen.

»Nicht doof, sondern unwissend«, hatte Kökkenmöddinger korrigiert. »Unwissend wäre der korrekte Ausdruck für das, was Sie mir unterstellen. Ich habe nie behauptet, doof zu sein. Aber in dieser Angelegenheit – oder in den Angelegenheiten, die Sie offenbar untersuchen – kann ich Ihnen mangels Kenntnis der Sachlage tatsächlich nicht weiterhelfen.«

»Das sollten Sie aber, wenn Ihnen Ihre Freiheit lieb ist«, hatte einer der Polizisten gewarnt.

»Freiheit? Sicherlich. Ich erzähle Ihnen schließlich aus freien Stücken die Wahrheit«, hatte er erklärt. »Es ist mein freier Wille, nicht zu lügen. Das ist mein grundsätzliches Interesse, verstehen Sie? Tatsache ist, dass Ullmann-Brixdorf nicht entführt wurde. Und genau das habe ich seiner Frau mitgeteilt, weil er das nicht für nötig gehalten hat. Mehr nicht.«

»Und das Lösegeld? Was ist mit dem Lösegeld?«

»Woher soll ich das wissen?« Kökkenmöddinger hatte Wut in sich gespürt, sie kochte langsam, aber kontinuierlich in ihm hoch. »Angeblich soll die Frau Konsul Lösegeld gezahlt haben. So konnten wir es zumindest den Medien entnehmen.«

»Wer ist wir?« Der Polizist sah ihn verständnislos an.

»Nun, der Konsul, Sie und ich.« Kökkenmöddinger verstand nicht wirklich, was es daran nicht zu verstehen gab. »Allerdings wüsste ich nur zu gerne, wer Lösegeld für diese angebliche Entführung verlangt hat.«

Dann hatte man ihm plötzlich eröffnet, man habe das Lösegeld bei ihm gefunden: eine Reisetasche voller Euronoten. Und man hatte ihm nicht geglaubt, dass das das Bargeld des Konsuls sei.

Und so saß er nun auf der schmalen Pritsche in dieser parklückengroßen Zelle und konnte noch nicht einmal auf und ab gehen. Denn außer sämtlichen Tascheninhalten hatte man ihm auch den Hosengürtel abgenommen. Sobald er stand, drohte er seine Hose zu verlieren.

Sein Zeitgefühl – schon in der anhaltenden Vernehmung angeschlagen – war mit Armbanduhr und Telefon außerhalb der vier grauen Wände geblieben. Immerhin zeigte der Blick hinauf zu dem kleinen vergitterten Fenster, dass es draußen bereits dunkel war.

Kökkenmöddinger rieb sich mit beiden Händen die Schläfen. Das Blut schien in seinen Ohren zu rauschen. Er starrte im kalten Deckenlicht auf Waschbecken und Toilettentopf aus Edelstahl an der gegenüberliegenden Wand.

Wenn er wenigstens etwas zu lesen gehabt hätte. Aber auch die Zeitschrift hatte man ihm abgenommen. Warum eigentlich? Befürchtete man, er würde einen Wärter mit der zusammengerollten Zeitschrift erschlagen? Oder sich selbst mit zusammengeknüllten Papierseiten ersticken?

Klack. Jetzt wurde das Licht diffuser. Offensichtlich war das die Notbeleuchtung zur Nacht, bei der er ohnehin keinen Text mehr hätte entziffern können.

Kökkenmöddinger seufzte. Er spürte zum wiederholten Mal Druck auf der Blase. Seit er hier drinnen war, hat er sich nicht dazu durchringen können, die Toilette zu benutzen, die einfach so frei im Raum stand. Nun, im Laufe der Nacht würde ihm vermutlich nichts anderes übrig bleiben.

Zum hundertsten Mal ging er die Situationen und Ereignisse der vergangenen Tage durch, fand jedoch keine plausiblen Anhaltspunkte. Stöhnend machte er sich auf der Liege lang. Sein Kopf schmerzte, und obwohl er nichts im Magen hatte, wollte sich nicht einmal ein Hungergefühl einstellen. Der menschliche Körper war erstaunlich: Sobald er den Tiefpunkt erreichte, stellte er sich auch darauf ein.

Den Tiefpunkt? Ja, so konnte man diese Situation wohl nennen. Weggesperrt, verlassen, ohne Kontakt zur Außenwelt und mit höchst ungewisser Perspektive … So etwas hatte er noch nicht erlebt. Oder? Kökkenmöddinger rieb sich die Stirn. Doch. Er hatte etwas Vergleichbares erlebt. Er hatte sogar schon Schlimmeres erlebt. Er hatte zwei Tage und Nächte gefesselt in einem verlassenen Lagerhaus zugebracht. Damals als es noch kein GPS für die Fahrer gegeben hatte und man ihn verschleppt hatte, um sein Taxi für einen Überfall zu missbrauchen …

Warum hatte er daran noch gar nicht gedacht? Das hätte

er vorbringen sollen bei der Vernehmung. Immerhin war seine eigene Entführung aktenkundig. Es musste den Beamten doch einleuchten, dass eine ehemalige Geisel nicht zum Entführer wurde. Oder war genau das ein psychologisch verdrehbares Argument? Sicher nicht. Zumal man die Bande damals gefasst und verknackt hatte. Entführung war nicht nur eines der widerlichsten, sondern auch der risikoreichsten Verbrechen.

Nach der Tortur damals hatte er Jelena zum ersten Mal getroffen. Im Grunde genommen hatte er sie nur deshalb kennengelernt … Welche unglücklichen Umstände zu den glücklichsten Umständen führten … bis hinein in andere Umstände … Kökkenmöddinger spürte, wie der Schlaf über seinen Körper und Geist regelrecht hereinbrach.

»Finger weg!« Kökkenmöddinger fuhr herum, doch es fiel ihm schwer. Sein Nacken schmerzte.

»So alten Sie doch still, Monsieur«, schimpfte eine Männerstimme. »Isch operierö Ihrö Psyschö, Ihrö Seelö.«

»Was tun Sie?« Kökkenmöddinger setzte sich auf. Hinter ihm stand ein kleiner Mann mit langen dunklen Haaren und einer grotesk wirkenden Ponyfrisur.

»Isch benötigö Ihrö Zirbeldrüs«, erklärte er mit französischem Akzent. »Dort sitzt die Seelö als Verbindung von Körpär und Esprit.«

Kökkenmöddinger rieb sich den schmerzenden Nacken. »Sie kommen mir bekannt vor.«

»Dann spreschen Sie Français? Bon.« Er wetzte zufrieden seine Messerchen. »Sie wissen wohl, dass mon Collègue, Monsieur Alkmaion at erklärt das Gäirn als Organ der Seelö? Vor etwa zweitausend Jahren?«

»Das war fünfhundert vor Christus«, entgegnete Kökkenmöddinger. »Sie haben fünfhundert Jahre unterschlagen.«

»Mitnischten, isch begründö geradö erst die Neuzeit«, sagte er und machte sich erneut an Kökkenmöddingers Hinterkopf zu schaffen. »Das also ist des Zweifels Kern.«

»Ihr Akzent ist albern, Monsieur … Descartes?« Kökkenmöddinger entzog sich seinem Zugriff.

»Oh, Sie kennen misch tatsäschlisch.« Der kleine Franzose wirkte erstaunt.

»Aber sicher, Sie sind berühmt, als Mathematiker und Philosoph. Und Sie wissen genau, dass wir nur an die Seele glauben, wenn das Denken kapituliert. Wir glauben nur, wenn wir etwas glauben wollen, weil das Denken unserer eigenen Vergänglichkeit unser Denkvermögen übersteigt.«

»Lassen Sie es misch so sagen.« Er zog die Augenbrauen nach oben. »Sie zweifeln nischt, Sie sind verzweifelt, Monsieur Kierkegaard …«

»Ha, falsch!«, triumphierte Kökkenmöddinger. »Ich bin nicht der dänische Philosoph Kierkegaard, ich bin Kökkenmöddinger.«

»Oh, là, là«, stieß Descartes aus. »Welsch curiosité! Excusez-moi, Monsieur.«

»Sie sollten mehr zweifeln, Monsieur Descartes!«, riet Kökkenmöddinger, als eine bekannte Melodie einsetzte. Er lauschte auf. »Somewhere over the rainbow …« Das war eine Mundharmonika, die dort spielte …

Als er die Augen aufschlug, saß er auf einer Pritsche und starrte auf einen edelstählernen Toilettentopf. Die Deckenbeleuchtung blendete seine Augen. Er hörte noch immer die Mundharmonika spielen. Dann ertönten harte Metallgeräusche von der Tür, eine Luke ging auf, und eine unfreundliche Stimme rief: »Frühstück!«

Kökkenmöddinger stand auf, machte zwei mühsame Schritte zur Zellentür und nahm ein Tablett entgegen. Seine Hose rutschte. Die Luke fiel knallend zu.

Seine Hose mit der einen Hand haltend, balancierte er das übersichtlich bestückte Tablett hinüber zur Pritsche. Ein Pott mit dampfender Flüssigkeit und ein geschmiertes Marmeladenbrot auf einem Pappteller bildeten das Frühstück.

Seufzend nahm er einen Schluck aus der Tasse. Auch nach einem zweiten Schluck war er nicht in der Lage zu entscheiden, ob es sich um Kaffee, Tee oder Kakao handeln sollte. Er seufzte.

Wieder ertönte die Mundharmonika und spielte ein paar Takte von »Somewhere over the Rainbow«. Man konnte meinen, Ullmann-Brixdorf säße in der Zelle nebenan.

Lustlos und mehr aus Pflichtgefühl gegenüber dem eigenen Körper kaute Kökkenmöddinger an seinem Marmeladenbrot herum. Er fühlte sich matt, wie gerädert. Doch sein Traum tat offenbar die gewünschte Wirkung, so, als habe der berühmte René Descartes erfolgreich die Verbindung zwischen Körper und Seele gekappt.

Als er bald darauf wieder ins Vernehmungszimmer geführt wurde, spürte er fast so etwas wie Gleichgültigkeit.

»Wir haben Ihren Komplizen gefasst«, behauptete einer der Beamten. »Wo ist die Geisel?«

»Bitte?« Kökkenmöddinger gähnte. Er sehnte sich nach einem starken Kaffee.

»Wo ist die Geisel?«, fragte der zweite Polizist.

Jetzt ging das mit den immergleichen Fragen wieder los. Kökkenmöddinger seufzte. »Haben Sie wohl einen Kaffee für mich?«

Die Polizisten sahen sich unschlüssig an. Dann nickte der eine dem anderen zu. »Mein Kollege holt Ihnen einen.«

»Danke.« Kökkenmöddinger unterdrückte ein weiteres Gähnen. »Sie haben also jemanden von den Entführern?«

»Wir haben Ihren Komplizen«, hieß es erneut.

»Das kann ja nicht sein, weil ich keinen Komplizen habe«,

entgegnete Kökkenmöddinger. »Aber wenn Sie einen der angeblichen Entführer gefasst haben, dann fragen Sie doch den.«

Der andere Beamte kehrte mich einem Becher Kaffee zurück und stellte ihn auf den Tisch.

Kökkenmöddinger bedankte sich und nahm einen Schluck. »Oh, nicht übel.« Er nickte. »Also, eigentlich dürfte es ja gar keinen Entführer geben, sondern nur einen Erpresser, denn es wurde gar niemand entführt. Was sagt denn der Mann – oder ist es eine Frau? –, den Sie für meinen Komplizen halten?«

»Er behauptet steif und fest, es gäbe keine Entführung«, sagte einer der beiden Polizisten.

»Ach, und da wir uns da einig sind, halten Sie ihn für meinen Komplizen.« Kökkenmöddinger nahm einen weiteren Schluck Kaffee. »Haben Sie schon in Betracht gezogen, dass wir vielleicht recht haben? Es gibt in der Tat keine Entführung. Fragen Sie doch den Konsul selbst.«

Ein Polizist verschränkte die Arme vor der Brust. »Und wo finden wir den?«

»Zuletzt gesehen habe ich ihn gestern früh im Garten der Familie Jankow«, berichtete Kökkenmöddinger. »Er ging einkaufen, ich fuhr zu seiner Frau, um …«

»Um weiteres Lösegeld zu fordern«, ergänzte der Beamte.

»Nein«, protestierte Kökkenmöddinger. »Jedenfalls kam ich zurück und Ullmann-Brixdorf war nicht da.«

Die Beamten tauschten mehr oder weniger vielsagende Blicke miteinander. Dann sagte einer der beiden: »Wir haben den Garten überprüft. Dort fanden wir allerdings nicht den Konsul, sondern Ihren Komplizen Helmut Scholz …«

Kökkenmöddinger lachte auf. »Helmut Scholz, so, so.«

»Er konnte sich nicht ausweisen«, sagte der Beamte knapp.

»Das ist Konsul Ullmann-Brixdorf«, sagte Kökkenmöddinger grinsend.

»Das hat er auch behauptet«, meinte der andere Polizist.

Kökkenmöddinger griff sich an den Kopf. »Es gibt zwar keine Entführung, aber man hält mich für den Entführer. Und nun wird der vermeintlich Entführte für seinen eigenen Entführer gehalten.« Er sah von einem Beamten zum anderen. »Merken Sie denn nicht, dass das absurd ist?«

»Wir werden das klären«, versprach einer der Polizisten. »Und so lange werden wir Sie hier festhalten.«

»Darf ich denn endlich mal telefonieren?« Kökkenmöddinger leerte seinen Kaffeebecher. »Ich möchte zumindest meiner Mitbewohnerin Bescheid geben, damit sie sich keine Sorgen macht.«

»Keine Sorgen?« Der andere Beamte legte die Stirn in Falten. »Ich würde sagen, Sorgen sind durchaus berechtigt. Sie sollten lieber einen Anwalt anrufen ...«

»Im Übrigen wird Ihre Mitbewohnerin ebenfalls vernommen«, mischte sich der andere Polizist ein.

Kökkenmöddinger horchte auf. »Jelena ist hier? Gehen Sie bloß ordentlich mit ihr um. Nehmen Sie etwas Rücksicht. Die Frau ist schwanger.«

Einer der Polizisten stieß einen Pfiff aus. »Sie haben ja Nerven, Ihre schwangere Freundin in so eine Geschichte hineinzuziehen.«

Kökkenmöddinger seufzte leise. Von außen betrachtet und vor seinem leicht beschränkten Horizont hatte dieser Mann durchaus recht mit seiner Bemerkung. Aber er hatte keine Lust mehr zu erklären, dass alles ganz anders war, als die Polizisten annahmen.

In diesem Moment trat ein Uniformierter ein und grüßte mit knappem Kopfnicken in die Runde. »Kollegen, wir sind jetzt bereit für die Gegenüberstellung.«

»Wir fangen mit der Frau Konsul an«, sagte einer der Beamten und wandte sich zum Gehen. »Dann sind Sie dran, Herr Kökkenmöddinger.« Er verschwand mit dem Uniformierten durch die Tür.

Der andere Beamte setzte sich neben Kökkenmöddinger auf die Tischkante. »Was hat es mit dem Geld in Ihrem Taxi auf sich?«

»Das habe ich Ihnen doch gestern schon lang und breit erklärt.« Kökkenmöddinger schnaufte. »Untersuchen Sie doch die Fingerabdrücke.«

»Das haben wir.« Der Beamte räusperte sich. »Sie sind allesamt von Ihrem Komplizen.«

Kökkenmöddinger atmete tief durch. »Er ist nicht mein Komplize. Aber es ist sein Geld.«

Der Beamte sah ihn durchdringend an. »Wie viel Geld ist in der Tasche?«

»Das weiß ich nicht«, erklärte Kökkenmöddinger. »Es ist schließlich nicht mein Geld.«

»Es ist zu viel«, sagte der Beamte stirnrunzelnd. »Es ist weit mehr als die Lösegeldforderung …«

»Wie hoch ist sie, die Lösegeldforderung?«, fragte Kökkenmöddinger. »Eine Million?«

»Das müssten Sie doch am besten wissen«, konterte der Beamte.

»Ich weiß es nicht.« Kökkenmöddinger überlegte. »Ich denke mal, eine Million wäre angemessen. Nicht im ethischen Sinne, das sicherlich nicht. Aber mehr kann man vermutlich von der Frau Konsul nicht verlangen …«

»Nein, nein.« Der Beamte rieb sich das Kinn. »Auf dem Konto gab es andere Bewegungen, als die Frau angibt …«

»Sehen Sie!« Kökkenmöddinger setzte sich auf. »Und der Herr Konsul hat viel von seinem Geld ausgegeben. Er hat in Niederlommatzsch zwei Esel gekauft, die Pension bezahlt, die Werkstatt, das Hotel in Lohmen. Haben Sie das alles überprüft?«

Der Beamte nickte. »Die Kollegen sind noch dabei.«

In diesem Moment trat wieder der Uniformierte ein. »Gegenüberstellung. Kommen Sie!«

Kökkenmöddinger tat wie ihm geheißen und folgte – seine gürtellose Hose haltend – dem Uniformierten nach nebenan, wo er durch eine Scheibe sieben Männer stehen sah.

»Sagen Sie mir jetzt bitte, wer von diesen Herren Ihr Komplize Helmut Scholz ist«, verlangte der offenbar leitende Beamte, den er schon kannte.

»Nein.« Kökkenmöddinger kniff die Augen zusammen. »Ich sage Ihnen, wer der als Helmut Scholz verkleidete Konsul Ullmann-Brixdorf ist.« Er betrachtete die Männer genau. Da standen Glatzköpfe verschiedener Größe und unterschiedlichen Alters, die alle in Latzhosen und Gummistiefeln gekleidet waren. »Sie haben ihm die Perücke weggenommen.« Kökkenmöddinger musste zugeben, dass es nicht so einfach war. Es waren drei Männer, die annähernd in Frage kamen. »Nummer eins, vier, fünf und sieben sind es ganz sicher nicht«, erklärte er.

Der Beamte gab kommentarlos die Anweisung, die genannten Personen zu entfernen. Dann nickte er ihm zu. »Und? Wer ist denn nun angeblich der Konsul?«

»Warten Sie ...« Kökkenmöddinger überlegte kurz. »Haben Sie eine Mundharmonika hier?« Er sah, dass einer der Beamten nickte. »Dann lassen Sie die drei Herren doch bitte mal Mundharmonika spielen.«

»Wie bitte?« Der Beamte sah ihn sichtlich irritiert an.

»Sie sollen Mundharmonika spielen«, verlangte Kökkenmöddinger. »Und zwar ›Somewhere over the Rainbow‹.«

»Na gut.« Der Beamte gab die Anweisung weiter und ein Uniformierter gab den Personen hinter dem Einwegspiegel das Instrument.

Der erste Spieler, Person Nummer zwei, brachte nur Gekrächze zustande. Bei Nummer drei konnte man leidlich die Melodie erkennen.

»Achtung«, sagte Kökkenmöddinger zu dem Beamten. »Wenn Sie jetzt eine Gänsehaut bekommen, ist er es.«

Nummer sechs spielte »Somewhere over the Rainbow«, bis sogar der Uniformierte und sein Vorgesetzter mitsummten.

»Das ist er. Das ist Ullmann-Brixdorf.« Kökkenmöddinger verschränkte die Arme vor der Brust.

»So?« Der Beamte rieb sich das Kinn. »Seine Frau hat ihn nicht identifiziert.«

Kutschfahrt

Kökkenmöddinger sah Jelena an. Sein Blick saugte sich geradezu an ihr fest. Wie hübsch sie war und wie intelligent …

»Schau bitte auf die Straße«, sagte sie streng. »Ich möchte meine Überraschung ganz gern noch er-leben.«

Er nickte und folgte ihrer Anweisung.

»Was wollte Heinz vorhin eigentlich?«, fragte Jelena. »Er faselte irgendwas von Bananen, die ihm leidtäten …«

Kökkenmöddinger lachte. »Das ist eine längere Geschichte. Wir hatten uns ein bisschen in der Wolle.«

»Heinz und du?« Jelena klang ungläubig. »Wie kann man denn mit dir Streit bekommen?«

»Lassen wir das.« Kökkenmöddinger konzentrierte sich wieder auf die Landstraße. »Du warst großartig! Wie du die Beweise präsentiert hast …«

»Ach, Kökki.« Jelena lachte auf. »Ich habe doch nur die Reisetasche mit den Papieren und den persönlichen Sachen des Konsuls mitgebracht. Hätte ich die nicht vorher aus der Laube geholt, hätte die Polizei sie selbst gefunden. Vermutlich hätte das vieles vereinfacht.«

»Nein.« Kökkenmöddinger schüttelte den Kopf. »Seine Frau hat ihn bei der Gegenüberstellung nicht erkannt … Nun ja, vermutlich nicht erkennen wollen.«

»Weibliche Rache«, sagte Jelena. »Irgendwie kann ich sie sogar verstehen. Sie dachte, er selbst habe die Entführung inszeniert, um ein paar Schäferstündchen einzulegen. Sie ahnte das mit seinen Affären und hat ihre letzte Trumpfkarte ausgespielt.«

»Das würde bedeuten, dass sie von Anfang an nicht an die

Entführung geglaubt hat«, sinnierte Kökkenmöddinger laut. »Aber die Drohungen ...«

»Hinter den ominösen Drohungen steckte ja Mareike Brixdorf-Ullmann«, erklärte Jelena. »Sie wollte ihren Mann disziplinieren. Und als nach der Lösegeldforderung das gemeinsame Konto bereits abgeräumt war, musste sie doch denken, dass er sich absetzen wollte.«

»Wollte er doch gar nicht.« Kökkenmöddinger drosselte das Tempo. »Wobei mir der ausgebrannte Dienstwagen schleierhaft ist. Immerhin ist offenbar einer der Personenschützer ums Leben gekommen.«

Jelena sah ihn an. »Ja, die Polizei beharrt darauf, dass das auf das Konto des organisierten Verbrechens geht.«

Kökkenmöddinger runzelte die Stirn. »Oder auf das Konto der intriganten Frau Konsul. Vielleicht war einer ihrer Auftragnehmer sozusagen übermotiviert.«

»Nicht auszuschließen, dass der Auftrag nur lautete, den Wagen abzufackeln.« Jelena schien laut zu denken. »Bestimmt sollte nur den Drohungen Nachdruck verliehen werden. Und bei den gegenseitigen Observationen hat man dann einen der Personenschützer erwischt.«

»Da habe ich wohl Glück gehabt, dass man mir das nicht auch noch in die Schuhe schieben wollte.« Kökkenmöddinger seufzte vernehmlich. »Die Frau Konsul hat es jedenfalls mindestens so faustdick hinter den Ohren wie ihr Gatte. Wenn ich recht überlege, ist er sogar um einiges naiver und gutgläubiger als angenommen.«

»Nun ja, mir kam das mit Tihanka Hoffmans komisch vor«, sagte Jelena. »Wozu brauchte die Frau Konsul eine Dolmetscherin? Erst dachte ich mir, sie selbst stecke hinter der Geschichte und müsse mit irgendwelchen Gangstern aus dem mazedonischen Untergrund verhandeln ...«

»Auch eine plausible Überlegung.« Kökkenmöddinger gab erneut Gas.

»Deshalb habe ich diese Hoffmans unter die Lupe genommen«, erklärte sie. »Ich nehme an, dass Tihanka sich bewusst an die Konsulin herangemacht hat. Tatsache ist, dass nicht *er* sie engagiert hat, sondern seine Frau. Vermutlich ahnte sie etwas von dieser Affäre.«

»... Tihanka ist Hanka-Hasi, schon klar«, ergänzte Kökkenmöddinger.

»Und nicht nur das.« Jelena nickte. »Hanka-Hasi wollte ihren Konsul-Knuffel für sich allein. Deshalb die Erpressung. Sie wollte Lösegeld kassieren und mit Klaus-Dieter abhauen.«

»Allerdings wusste Klaus-Dieter offenbar nichts davon, was?« Kökkenmöddinger lachte. »Dumm gelaufen. Außerdem hat sie ein bisschen wenig Geld verlangt.«

»Ja, weil sie mitbekommen hatte, dass das Konsul-Konto quasi geräumt war. Und weil sie feststellen musste, dass der Konsul untergetaucht war. Sie glaubte zunächst ebenfalls, er sei mit einer anderen Dame unterwegs ...« Sie kicherte. »Eifersüchtige Frauen sind sehr gefährlich.«

»Deshalb die Verfolger und diese seltsame Frau, die in Lohmen im Hotel auftauchte und dann auch in Dresden«, kombinierte Kökkenmöddinger. »Sie hat uns überwachen lassen.«

Jelena nickte. »Solange ihr euch versteckt habt, konnte sie die Entführungsnummer durchziehen und hoffen, dass sie ihren Klaus-Dieter doch noch für sich einnehmen konnte. Da hast eigentlich nur du gestört.«

»So, wir sind gleich da.« Kökkenmöddinger deutete auf das Ortsschild von Diesbar-Seußlitz. »Und die Frau Konsul und Tihanka alias Hanka-Hasi haben sich gegenseitig zum Narren gehalten ...«

»Allerdings.« Jelena sah sich um. »Was wollen wir denn hier?«

»Abwarten. Lass dich überraschen.« Kökkenmöddinger bog rechts ab.

»Mareike Brixdorf-Ullmann ist zum Schein auf die Entführung eingegangen«, erläuterte Jelena. »Lösegeld hat sie nie gezahlt, denn es war gar kein Geld mehr da.«

»Und der Konsul wusste das. Deshalb hat er sich gar nicht erst bei seiner Frau gemeldet.« Kökkenmöddinger lenkte den Wagen den Berg hoch und steuerte ihn auf die kleine Seitenstraße in den Wald.

»Und Hanka-Hasi musste natürlich mitspielen, obwohl sie nie Lösegeld erhalten hat. Sie wusste ja, dass er das Geld genommen hatte.« Jelena grinste breit. »Es blieb ihr nichts anderes übrig, als ihren Konsul-Knuffel im Auge zu behalten. Und genau das ging schief. Ihr seid erfolgreich untergetaucht.«

»Mit deiner Hilfe.« Kökkenmöddinger fuhr durch das marode Tor auf den Gröbelhof. »Als ich bei der Frau Konsul aufgetaucht bin, muss sie nervös geworden sein und hat mir indirekt die Entführung in die Schuhe geschoben.«

»Das bot sich förmlich an.« Jelena sah sich um. »Wo sind wir?«

»Gleich«, verlangte Kökkenmöddinger und parkte den Wagen unweit des Werkstatteingangs. »Eine Frage noch: Was hatte Tihanka mit dem Konsul vor?«

»Nun, vermutlich hatte der alte Schwerenöter Glück, dass die Polizei schneller war als ihre angeheuerten Kumpane«, mutmaßte Jelena. »Ich nehme an, sie hätten ihn sonst tatsächlich entführt. Es war allerdings ungünstig für sie, dass du das Geld im Taxi hattest.«

»Oh, für mich war das auch nicht ganz so günstig.« Kökkenmöddinger dachte seufzend an seine Nacht in der Zelle. »Danke noch mal für deine schnelle und geistreiche Reaktion.« Er deutete auf den Hof, wo nun Gröbel und der alte Herbert erschienen. »Komm, es geht los!« Kökkenmöddinger begrüßte beide und stellte Jelena vor. »Das ist Frau Jankow, Journalistin, Retterin und Freundin.«

»Freundschaft, Genossin!« Der alte Herbert deutete eine Verbeugung an. Dann zwinkerte er Kökkenmöddinger zu. »Genosse, die Parade ist bereit.«

Kökkenmöddinger lachte, öffnete den Kofferraum und lud zwei Kisten mit Obst und Gemüse aus. »Die Belohnung auch.«

In diesem Moment wurde das große Tor des ehemaligen Pferdestalls geöffnet. Ullmann-Brixdorf führte die Esel heraus, die eine kleine alte Kutsche zogen.

»Meine liebe Jelena, mein bester Kökkenmöddinger, ich bitte einzusteigen«, dröhnte er gutgelaunt unter seinem großen Hut hervor.

Kökkenmöddinger begrüßte Pommes und Fritz ausführlich, und Jelena tat es ihm gleich.

»Die sind ja süß«, rief sie mehrfach aus und staunte, in welcher Geschwindigkeit sie ganze Bananen verputzten.

»Nu aber anstoßen, Genossin und Genossen«, kommandierte der alte Herbert, zückte eine Flasche Selbstgebrannten und füllte großzügig ein paar Wassergläser. »Wohl bekomm's!« Er trank.

Gröbel und der Konsul taten es ihm gleich.

»Für dich ist das doch nichts im Moment.« Reflexhaft wollte Kökkenmöddinger Jelena das Glas wegnehmen.

Doch sie zog den Arm geschickt zurück. »Was soll der Quatsch? Natürlich ist das was für mich.« Sie leerte das Glas in einem Zug und schüttelte sich.

»Aber du …« Kökkenmöddinger verstummte.

»Nun behandle mich doch nicht immer, als ob ich krank wäre.« Lachend ließ sie sich das Glas erneut von Herbert füllen. »Oder schlimmer, schwanger …« Sie prustete los, und die anderen fielen ein.

»Aufsitzen!«, verkündete der Konsul und stieg auf den Kutschbock.

Kökkenmöddinger half Jelena in die Kutsche und krabbelte hinterher. Klappernd rollte die Kutsche vom Hof.

»Ist das nicht herrlich!« Der Konsul machte eine ausladende Handbewegung.

Kaum waren sie von der Straße in einen Waldweg eingebogen, zückte er die Mundharmonika und begann, ein Liedchen zu trällern.

»Wie geht es Ihrer Frau?«, fragte Kökkenmöddinger. »Haben Sie sich ausgesprochen?«

Der Konsul unterbrach kurz sein Spiel und wandte sich um. »Wir haben ... Nun ja, morgen früh nehme ich sie mit nach Mazedonien.«

»Ihre Frau?«, fragte Jelena.

»Pommes und Fritz«, lautete die Antwort. »Und auch meine Frau.« Er lachte dröhnend und setzte erneut das Instrument an. »Somewhere over the rainbow ...«

Jelena lehnte sich an Kökkenmöddingers Schulter. »Eine sehr, sehr schöne Überraschung ...«